贵州出版集团有限公司出版专项资金资助项目

编 委 会

主　　任 欧阳黔森

主　　编 彭学明

策　　划 孟豫筑

特约策划 谢亚鹏

项目执行 王丽璇　向朝莉

多彩民族文学书系

彭学明　主编

稻花鱼

陈永忠　著

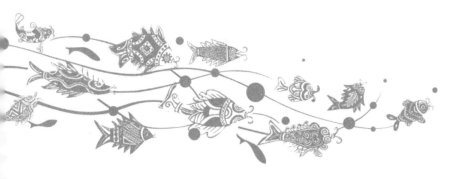

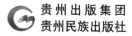

贵州出版集团
贵州民族出版社

图书在版编目（CIP）数据

稻花鱼 / 陈永忠著 . -- 贵阳 : 贵州民族出版社 ,
2025. 4. -- (多彩民族文学书系 / 彭学明主编).
ISBN 978-7-5412-2693-9

Ⅰ . I247.7

中国国家版本馆 CIP 数据核字第 202536H7E6 号

DUOCAI MINZU WENXUE SHUXI
DAOHUAYU
多彩民族文学书系
稻花鱼

著　　者：陈永忠
主　　编：彭学明

出版发行：贵州民族出版社
地　　址：贵阳市观山湖区会展东路贵州出版集团大楼
邮　　编：550081
版　　次：2025 年 4 月第 1 版
印　　次：2025 年 4 月第 1 次印刷
印　　刷：贵阳精彩数字印刷有限公司
开　　本：880 mm × 1230 mm　1/32
字　　数：200 千字
印　　张：8.75
书　　号：ISBN 978-7-5412- 2693-9
定　　价：58.00 元

目 录

饱满的稻子佝着头，专等着有人将它收进谷仓。一条条青背红尾的鱼儿跟着流水游走，以为流水会带着它们私奔，于是拥挤着，弹跳着，浩浩荡荡。

稻花鱼

这段时间，稻花奶奶几乎天天过来陪公公说话。她劝他把断角的牯牛卖了，但他舍不得。

他说："它陪我好多年了，像兄弟一样。你不记得了吗？那年还是你陪着我到集市上买的，当时它才两岁，这一晃二十几年了。对了，你的花妹子还能不能抓鱼？"

"咋个不记得，那时它还是头牛犊，牛主人将它和它的母亲一起赶到集市上，你买了它，它不肯离开母亲，怎么拉也拉不走，没有办法，只好央求牛主人配合，把它母亲一起赶了回来。还好牛主人就是邻村的，赶集要经过咱们村，顺道的事，人家没啥说的。你为了感谢，还挽留别人同你喝酒。牛主人酒足饭饱后牵着母牛赶路。牛犊被关在圈里，看着母亲离去，不停地叫唤，母牛也频频回头，应和着不肯迈步，可是哪里经得住主人的催促……那场景，跟人世间的母子离别没两样，当时我都流泪了。"

那情景就像发生在昨天。稻花奶奶说着说着竟然有些伤感，她稍稍停了一会儿，调了调情绪，又接着说："这么多年来啊，每回你牵牛走过田埂，我抱着花妹子远远地望见你们，那一天就很舒坦，时间就过得快。还有，好多次，我同花妹子一起坐在斗牛场的台阶上，小牯牛在围场上打架，我们拼命地喊'噜噜噜……'它受到鼓励，亮出看家本领，一下子就把对方撞翻在地，差不多回回都是第一名。你看你们得了好多奖旗，家里挂不下，还把几面挂到了牛圈边。"

"你们家花妹子也是不错的，它同你来过几次，我送它鱼吃，它就不想跟你回去。好几个晚上，我听见它与耗子打架，耗子哪里是它的对手，被吓破了胆，好久都不见它们闹腾了。我还看见过它守在稻田边，看样子，它一定是想抓条稻花鱼吃。"

"那背时①的，有好吃的就忘记回家，没良心的东西，下次不准你再那样惯它。还好，它能把山耗子撵走，也不枉你那几条鱼。你看我们两个想得多合意，我的花妹子帮你抓耗子，你的小牯牛帮我犁田，多好啊！春耕时，我那一亩多的大田，你们半天就犁完了。我割了好多嫩草喂小牯牛，还包饭送到田埂上。你呀，饭量大得很，我担心不够吃，洋瓷碗上面还扣了个大菜碗，你硬是吃得一颗不剩。"

……

公公同稻花奶奶在牛圈边胡乱摆着龙门阵，从眼下摆到他们年轻时的光景，记忆像打开闸门的水。说到动人处，他们眯了眼，裂开布满褶皱的嘴唇，空洞的牙床还歪着几颗老牙，会让人产生错觉——他们是两个刚开始长牙的孩子……画面在阿朵的手机里流

---

① 背时：方言，意为倒霉。

动着，播放着，她也眯了眼。屏幕上大批粉丝的弹幕像雪花一样飘着，这是没有标榜"爱情"这两个字的山村里的甜言蜜语。有个网名叫"鱼舟子"的杭州网友说有机会他要过来看一下，问阿朵欢不欢迎他。"怎么说呢，这人也问得好生奇怪，要真想来，不欢迎就不来了？"阿朵想。

掀开窗，吹进一缕清凉的风，吹进一阵欢快的鸟鸣。清凉的风看不见，只看见远山近草，葱绿是寨子的底色，是这个季节的表情；欢快的鸟鸣也听不见，不知从哪棵树上哪丛绿荫中发出来的。好久没用心去呼吸这新鲜的空气，去欣赏这悦耳的鸟鸣。阿朵张开身体，尽情地伸着懒腰，穿上那件蓝色的 T 恤，拉开木门，"嘎"的一声，外面的人知道她起来了。

后阳沟① 蹲着的老人在嚯嚯弄出声响，也不转头。

"是朵儿起来了吗？"公公不叫她杨阿朵，她爸她妈也不这样叫。就算是朵儿，也已经许久没人这样叫了。

"公公，你恁个② 早！"

"年纪大了，瞌睡少，你怎么不多睡一会儿？"

"睡够了，不能再像那几天一样昏天黑地地睡了。"

"补补瞌睡也应该，前段时间累坏了吧？"

"公公又要割牛草啊？"

阿朵晓得公公的小牯牛还关在牛圈里。她家的木屋后面靠着山

---

① 后阳沟，即屋后的排水沟。

② 恁个：方言，相当于"这么"。

林，林子里杂树丛生，比如松木、樟树、野枇杷……各种各样的花草见缝插针，密密地织着，蔓延着。松鼠在树上奔跑，林间舞台上画眉正在吊嗓子；蚂蚱伏在草叶上，随时准备立定跳远；蝴蝶的裙摆在野花丛中旋转着……在阿朵的眼里，她家的后山并不是童话世界，那里曾经有她一段真实的童年时光，只是快要想不起来了。自从上了中学，再没有多余的时间和心绪流连于山野。只是偶尔发愣一下，这些画面便从脑海深处溜出来，她会不自觉地会心一笑。

木屋前面围了圈矮墙，由青色的石块砌成，有半人多高。一株"月月红"倚着门楣，随意地开着，墙上稀稀疏疏地长了些不知名的花草，它们无所事事，好像专为一缕风而来，摇一下身子，趁机往墙的那边探一下头。当然也间或爬了些青苔，足以见证这户农家住在这里有些岁月了。进了院门，是火砖铺就的院坝。站在院子中间，正面三间大瓦房，左边有间厢房，右边是粮仓。

院墙外左侧不远有一小片竹林，牯牛就关在竹林下面的圈里。这么好的居所，如果它是一位诗人，说不定会在好多个月夜或者雨夜吟出很般配的诗句来。然而它却很少出声，吃饱喝足后，安逸地躺下反刍吃进去的青草，那也是有声音的，只是很小，必须离近了才能听见。

这个时节，到处是庄稼，不便放敞牛^①。公公每天早晨趁太阳还未起床就要割一担带露水的青草回来喂它。公公的牯牛是头打牛^②，过节的时候要拉出来同其他寨子的牛斗一场。因此，公公每天的生

---

① 放敞牛，即把栓牛的绳索解开，任凭牛自由觅草的放牛方式。

② 打牛，家养的用来参加斗牛活动的牛。

稻花鱼

活就是围绕着他的宝贝疙瘩转，把它照顾得安安逸逸。

"你自己煮点东西吃，在学校吃惯了。"

"你吃吗？我多弄点。"

"不要，农村人，你见过哪个吃早餐？做趟活路转来再吃。"

阿朵拧开水龙头，白花花的水从那根深色的塑料管里流出来，流进杯子里。塑料管是去年才拉进屋的，水的源头在寨子一里外上方的山涧里，凭借自然的落差，山泉就自动流到了家里，省去了担水的劳力。

她也像公公一样蹲在阳沟坎上，唰唰地刷牙。洗漱完毕后，就把昨晚的剩饭剩菜倒在锅里一起炒。这时，公公起身出门了。

晚饭是阿朵做的。她把公公的酒倒满，公公喝了一口，很享受的样子。"享福喽！自从我的朵儿放假转来，公公就吃现成的啦。"

"公公觉得朵儿做的酸汤菜好不好吃？"

"好吃，咋个不好吃，你同哪个学的？你爸妈常年在外头打工……"公公还不晓得，阿朵有几天去了对门寨，已经学会了酿制酸汤。公公眯着眼又喝了一口。

"要是有几条鱼一起煮，再好不过了。"

"公公想吃鱼了？等赶集时我去买几条来。"

"那些鱼呀，不晓得从哪里弄来的，不香，不要。要吃就吃咱们自己养的稻花鱼。"

"那我明天把门口大田里的稻花鱼捉几条来？"

"那可要不得，还小哩！要到打谷子的时候才长成。你想，现在稻禾正在扬花，只有两指宽的鱼儿吃了掉在水里的稻花，正是长个儿的时候，哪舍得现在就去捉……哦，对了，你们什么时候放榜啊？"

"放什么榜？"

"就是考没考上大学呀！"

"这个，朵儿可能没戏……"

阿朵躲避着公公的目光，公公也不好再问。阿朵的成绩不好，偏科严重，从考场上下来，她心里有数，没指望考上。回到家里这些天，在公公面前，考试的好坏她从不提及，公公自知平常关心不到孙女，也很少打听她的学习情况。至于往后自己的人生该何去何从，阿朵也不是没想过，她翻来覆去问过自己："不上大学，难道就没有出路了吗？"

转眼，寨子前面这块稻田已经从青绿转成一片金黄。

晚饭后，阿朵同公公坐在门口。她摆弄着手机。

"公公，你看你多好看，还有你的打牛，膘肥体壮，皮毛油光水滑的。"手机里播放着阿朵为公公录的视频。

这期间，阿朵一直关注网络红人李子柒。她的那些视频同阿朵的村庄非常相似。阿朵心里已有了打算，也要拍视频。她试着录了家里各种种地用的劳动工具，比如犁耙、锄头、镰刀等。可是，她觉得视频的画面应该有一条主线将其贯穿起来，于是，她想到了从公公每天的劳动入手。

视频里，公公起床后，用木盆从塑料管出水口处接水，放在磨刀石旁。这块朱红的石头不知公公从哪里弄来的，方方正正，斜斜地嵌在阳沟边上，由于经常用刀来回磨蹭，石面中间凹两头翘，像块弯弯的腊肉。公公用左手从盆里泼水出来，将磨石打湿，右手握

稻花鱼

住刀柄，同时左手摁住刀背，嚯、嚯、嚯，一下一下来回磨。磨了一面，反过来再磨另一面，这样反复几次，公公的镰刀就明晃晃起来，端近眼前，拇指迎着刀锋轻抹几下，看锋利不锋利。公公将磨好的镰刀挎在腰间，担上草筐出发……阿朵的镜头跟着公公到了田坝，绿油油的稻浪扑面而来，稻禾间扬着细碎浅黄的稻花，空气中散发着湿润清新的味道，一些虫子还偶尔发出细细的叫声。人走过去，青蛙慌不择路地往稻田里跳。田埂上的绿草尖上挑着亮晶晶的露珠，鲜嫩诱人，公公心里是欢喜的。青草对公公来说就是牯牛的粮食，他得小心翼翼地割，每一株草握在手里都是那么实在，不敢浪费，正如他自己平常端碗吃饭时尽量不让饭粒掉在地上，就算掉了也要捡起来……公公将割回的青草一把一把地送到牯牛嘴里，他一边喂一边抚摸着它的头，同它说话……

阿朵同公公讲："好多人收看哩！"她只能同他这么说，不能说流量，他明白不了。公公越看越喜欢，就问："你爸妈能看到吗？弟弟能看到吗？"阿朵说："能，都能。"

阿朵又播放了她同对门寨稻花奶奶学做酸汤的视频，公公揉了下眼睛，说："这个老太婆……"公公笑了，笑得有点害羞。

夜风中飘着淡淡的桂花香。公公抽着叶子烟，烟斗里的红点忽明忽暗。

"唉，时间过得多快啊！"他取下烟杆，忽然问阿朵："你同你爸妈打电话了没？"

"打了。他们让我去那边。"

"你去不去？"

"不去。我在家陪公公。"

"我老了，陪不陪不要紧，自己的事你要想好。"

"我想好了，在家也是可以做成事的。"

阿朵不同公公讲她搞视频也能养活自己，公公搞不明白其中的道理。阿朵只说："过些天，有个外地人要来看你。"

"外地人？为哪样要来看我？"

"他看到了我拍你的视频，就想来听你摆龙门阵。"

"咱们这里穷，只怕吓着人家，你别让他来。"

"脚长在人家腿上，我哪里拦得住？"

"不过话又说回来，人家喜欢你的视频，你得感谢人家。"

夜很安静，稻田里时不时"咚、啵"地响着水声。公公说："那是鱼儿在跳动。"

"对了，稻子扬花那阵，你录了吗？"

"录了，可是没看见鱼儿吃稻花。"

"鱼儿哪敢当着咱们阿朵的面吃啊，它们害羞着呢！这些精灵鬼，不会轻易让你录到。别说你，你公公我活这么大岁数，也很少见到。等放水捉鱼时，你可要记得录，那时一个两个肥得很，太惹人爱了。"

这天，公公挥动锄头，将门口大田的田埂挖了个豁口，稻田里的水缓缓流动。阿朵支好手机，急忙将撮箕安在豁口上，以防鱼儿趁机逃走。饱满的稻子佝着头，专等着有人将它收进谷仓。一条条青背红尾的鱼儿跟着流水游走，以为流水会带着它们"私奔"，于是拥挤着，弹跳着，浩浩荡荡。鱼儿们憨态可掬的形象出现在网络上，传向天南海北，这待遇可不是山村里每一条稻花鱼都能有的。

傍晚，阿朵遵照公公的吩咐去对门寨请来了稻花奶奶。

稻花鱼

稻花奶奶头发花白，绾起高高的鬏儿，银簪子亮晶晶的。簪子下面的牛角梳深深地穿过发髻，前额还插着一朵红绸做的花。

公公在水龙头下剖鱼。那些肥美的鱼儿经过清水去泥，看上去清清爽爽，灵动诱人。公公剖鱼的动作十分麻利，仿佛那不是劳动，而是一门艺术。阿朵则在灶房里同稻花奶奶准备煮红酸汤。她揭开坛子，舀出红艳艳的液体，公公将剖好的稻花鱼一同放进去，放在火塘上的铁锅里烧煮。红酸汤是按照稻花奶奶教她的方法早就制好了的。柴火越烧越旺，酸汤开始翻滚。稻花奶奶放入木姜子、辣椒、葱、姜……

夜晚，透着凉意。此时，火塘的火光照在脸上，让人感到一阵阵温暖。铁锅里的酸汤鱼冒着热气，通红的色泽叫人着迷，鲜香扑鼻而来。公公让阿朵给稻花奶奶也倒点酒。公公举杯时，稻花奶奶跟着举起来。第一句话，他们好像不知道从哪里说起。阿朵给他们一人盛一碗酸汤，又夹一块鱼。公公尝了一口，只说："这酸汤不错的，这鱼不错的，还是那个味道……"接着对阿朵说："朵儿做的酸汤好是好，可还是比不了你的稻花奶奶，得多学着点。"公公夸奖稻花奶奶时，她用手抚摸了一下自己的脸颊，说："这酒后劲太大，脸膛儿发烫，得少喝一点。"公公接过话："谁让你酿这么好的酒送我，都把我惯坏了，别处的酒就像白水一样，没有味道。想当年……""哎呀，你就别说了，孩子在这里呢！"公公还要说什么，稻花奶奶害羞地打断他的话，说今年的鱼格外肥美……稻花奶奶说少喝一点，到后来，她还是多喝了两杯，然后开始唱起歌来。

久不吃酸打捞窜①

久不打鱼忘记河

久不唱歌难开口

久不喝酒心难过

……

公公放下酒杯，取来他的芦笙嗡嗡地吹……美妙的声音多了一些别样的滋味。到头来，两个老人好像完全忘记了还有阿朵在场。

次日，阿朵去看稻花奶奶，回来说她病了。

昨晚还是好好的，怎么就病了呢？公公不敢相信。昨晚的情形，他们很满意地唱了一回，吹了一回。两个老人都有了酒意，阿朵送稻花奶奶回去。一路上，老人家步子还算稳，就是话多了一些，主动同阿朵摆她和公公年轻时的龙门阵。

稻花奶奶有个妹妹叫稻子，人家说姐妹俩是一对赛花。不仅本寨，就连周边的好多寨子，小伙子们都想着要是能同其中一个对上几句山歌，那一定是很幸福的事。可是，两朵骄傲的花偏偏一个也看不上。这让那些年轻人既沮丧又没有办法。

稻花奶奶说："朵儿，你想啊，那时，我心中早已有人——他就是你公公。你公公年轻时很迷人，就是一头牦牛。热天爱光着膀子在门前的大水塘里洗澡，一口气能从塘口游到塘尾。他还经常挑柴从我家门口经过，我和稻子也常常在阁楼上绣花。当远远地看到他过来时，我们就相互取笑，'你看他那么勤快，油光光的臂膀像

---

① 捞窜：方言，指走路摇摇晃晃。

稻花鱼

几股粗实的麻绳，多有劲啊！想不想要他做阿哥啊？'我们表面上是把他往对方身上推。可是谁都晓得，我们都喜欢他。有一天，我不知怎么搞的，竟然失手把一张即将绣好的绣帕掉下去，正好挂在他挑着的后面那捆柴上。等我急忙跑下去，他已经走远了。"

"命啊，都是命运！"快到她家门口，稻花奶奶摇着头说，"不说了，不说了……你回去吧。没事，我今天高兴。明儿我过去，帮你收拾那些鱼。"

阿朵回来说稻花奶奶病了。公公火急火燎地赶过去。

两天后，阿朵看见稻花奶奶出现在斗牛场的看台上，而公公的牯牛这次却输得一塌糊涂，还被打断了一只角。

牯牛输了，公公骂它："你说你傻不傻，打不赢你不晓得跑，为哪样硬碰硬？把漂亮的角给折断，痛不痛，嗯？"牯牛任由公公帮它包药，眼睛里噙着晶莹的泪水。公公不忍再说它，反而自责起来："都怪我，明明晓得你年纪大了，还让你去斗。人都有老的一天，我咋个没想到你也会老呢？真是老糊涂！"

阿朵又在录公公同牯牛说话，可此情此景，她有点录不下去！

"公公，回吧。"阿朵收起支架，叫公公回家。公公站起来往回走，刚走几步，脚下一歪，险些摔倒。阿朵急忙上前扶住。她感觉公公一下老了许多。刚到院坝，他们看见稻花奶奶站在那儿。

"我是怕你苦闷，过来陪你说说话。"稻花奶奶说，"这些干鱼，是你让阿朵送我的，哪里吃得完？这酒，可能比上次那锅劲头儿还大，你悠着点儿，别喝多了。"

"稻花奶奶，进屋吧！"阿朵走过去，接过稻花奶奶手上的东西。

"今晚，我们炒干鱼吃，你们两个老人家只管摆龙门阵，我来做。"阿朵说。

吃饭的时候，给公公倒的酒，他一口也没喝。稻花奶奶也跟着难过，吃了两筷菜就放碗了。

阿朵原想听听他们说话，故意躲到隔壁房间鼓捣手机。可火塘里安安静静的，只有火苗漫不经心地舔着锅底，与锅里的沸腾声细细地应和着。一会儿，稻花奶奶大声地叫阿朵，说她要过对门去。

阿朵送稻花奶奶回家，一边走一边说话。

稻花奶奶说："你公公的苦闷我懂，这些年，他一个人，你在外面读书，你爹妈又不常回来，只有这头牯牛陪着他。现在牯牛打断了角，相当于折了他的手脚。"

"那你呢，还不是一个人？"

"我，我啊，对，我也是一个人。可是我又不是一个人……每天只要远远地望着他牵牛，望着他挑草走在田埂上，我就觉得我不是一个人。"

稻花奶奶让阿朵回去，可阿朵的手依然挎在她的手臂里，继续往前走。

于是稻花奶奶继续说："上次不是同你说到我的绣帕被他拿走了吗？不对，不是拿走，是我不小心掉下去，挂在他的柴上的。"

"那年'六月六'赶歌场，好多小伙来同我们对歌，他自然也在。他故意把那张花绣帕举在头上摇来摇去，他的同伴也跟着起哄，高声大气地说'信物都得了，还唱什么，过去把她拉过来呗！'"可是谁也不晓得花帕子是谁的。只听他唱道：

哥从妹家门前过

稻花鱼

013

花帕打着哥脑壳
两个妹妹一样巧
喜欢哥的是哪个

"当时，我感到有点难为情。好像是我故意掉给他似的，瞧他那得意的样子。我让稻子唱，打击一下他的气焰，于是稻子就胡乱接嘴对了过去。"

对面哥哥好没羞
青天白日当小偷
偷了妹妹花帕子
还敢对歌羞不羞

"这下，他可来劲了。准是判定那花帕子是稻子的。在噜噜噜的起哄声中，他像一只亢奋的画眉。"

哥不羞
哥就是个俊小偷
别的东西我不要
只把妹妹心偷走

"这样一来，稻子一时接不下去，哑了口。待我再要反击时，他却在众人的欢呼声中得胜离去。"

"有天夜里，稻子偷偷溜下吊脚楼，跟着他走了。一定是这中间，稻子背地里与他私约了几回，把我蒙在鼓里。我后悔失去了他，这⋯⋯这理往哪里说去？"

"从此，我将自己关在阁楼上，成了一只哑了嗓子的雀，任凭哪只画眉来叫，都唤不起我的回应。我同稻子断绝了姊妹情。我恨她，恨她夺走了我的心上人。"

"稻子就是你奶奶。让人想不到，稻子命薄，只同你公公生活五年就得病走了。她临走的时候，让你公公把我叫去，她从他手里把那张花帕子要回来，交到我手上。那时，你公公才知道那块花帕子是我的。"

阿朵生来就没见过奶奶，也没人同她说过。要不是稻花奶奶这样说，她还不知道他们之间还有这么一段过往，不觉嘘唏。

"那个人说，春天他就来。"阿朵又同公公提起这事。公公却问阿朵另外一件事："要过苗年了，你爸妈和弟弟回不回来？"阿朵摇头。

春节这天，稻花奶奶一大早把公公和阿朵叫过去。吃年夜饭前，稻花奶奶让阿朵把她剪的一条稻花鱼贴在门上。

又是一个春天的早晨。

公公割草回来，可是他的牯牛却无法起身。多嫩的青草啊，还沾着露珠，他捧着喂它，它不张嘴，耷拉着脑袋。公公趴下身子，用头轻碰它的头。"你怎么啦？老伙计，你不是挺能打的吗？碰呀，使劲地碰我啊！"牯牛稍稍挣扎了一下，似乎想站起来，可它口鼻里的气息只出来的，没有进去的。公公把脸扭向一边，过了一会儿

稻花鱼

才转回来，顺着它的脑门子抚摸着那只断角……"老伙计，你真的，真的不行了吗？啊……"公公无法说下去，又是一阵沉默，"那好吧，你要走就走吧……"公公久久坐在地上抽烟。傍晚时分，牯牛咽下最后一口气。公公扔掉烟斗，一锄一锄地在牛圈里挖坑，最后将他的伙计埋在里面。

阿朵挂着泪，直播公公同牯牛做最后的告别。她不忍录牯牛咽气的那一幕，也不愿录公公的面容，只把镜头对准即将落山的太阳，直至夜幕拉上。阿朵的镜头并没关闭，过了许久，才转换一个场景——牛圈边，公公的身旁坐着稻花奶奶，他们黑乎乎的背影一动不动，而同样黑乎乎的手机屏幕却弹出潮水般的字幕和感动的表情符号……

此后不久，稻花奶奶的花妹子不知所终。阿朵感叹道："一只没有力气行走的老猫怎么就不见了呢？"稻花奶奶哀伤地说："花妹子不想老死在家里，它肯定找了个该去的地方，不愿意让人看到它死去的样子。"

公公的芦笙又嗡嗡地吹响。稻花奶奶眯着眼，默默地听。

阿朵以为稻花奶奶只是默默地听，不像上次那样主动配合公公的芦笙唱歌。听着听着，稻花奶奶突然站起来，从怀里摸出一样东西——是那张绣帕，稻子还给她的那张。她将它系在公公的芦笙上。公公停止吹奏，稻花奶奶却唱起那首歌：

对面哥哥好没羞
青天白日当小偷

偷了妹妹花帕子

还敢对歌羞不羞

公公接起唱：

哥不羞

哥就是个俊小偷

别的东西我不要

只把妹妹心偷走

　　稻花奶奶原本黯淡干涩的眼睛里，有一丝亮光闪烁。她没有往下唱，只是眼神柔和地看着公公，很满足的样子，说："这歌终于是我同你唱了。绣帕我亲手系在芦笙上，你可别搞丢了。"阿朵从手机画面里看到，那张绣帕上绣着一条可爱的稻花鱼。

　　稻花奶奶已经搬来同公公住在一起。当然，有时公公也会陪着她去对门寨。人们经常会看到两个老人一前一后或者肩并着肩在寨子上走动。

　　春天的李花开得太热闹，使你不会相信突然落下的夜雨会将它们打落在地。头几天，稻花奶奶还好好的，一点生病的样子都没有。可是这天早上，阿朵知道了不好的消息，稻花奶奶安详地走了。她什么时候将自己最漂亮的嫁衣穿在身上，只有公公清楚。她将头发梳得十分整齐，亮堂堂的银饰像花一样盛开在银发里，一如前几日还绽放着的李花，绚烂、圣洁。公公看上去并不哀伤，他端详着稻花奶奶幸福的面容，一边握着她的手，一边轻轻理她额头的发丝，反复

稻花鱼

说："瓜熟蒂落，瓜熟蒂落了，你在那边等着，一定要等着我……"

他将稻花奶奶留给他的绣帕一张一张地展开，一共五十一张。当年，稻花奶奶刚满十六岁，从那时起，她每年都要绣一张。这一绣就是几十年，多么漫长而又短暂的等待啊！她还想绣下去，只是这第五十一张还没有绣完，她就……每一张绣帕都绣着同一个图案——稻花鱼，与那天系在公公芦笙上的一模一样。

阿朵同公公讲："那个想来听你摆龙门阵的人，过几天就要来，我该怎么办？"

公公没有反应，像没有听见。公公已经不喝酒不抽烟，也不磨镰刀了。他只是静静地坐在门口，像等候着什么人，又像在送别什么人。

山那边水那边

一

春天，老木寨的梨花开成一片雪白。

一个下午，对花坐在梨树下看了一会儿书就困了，她慵懒地靠在树干上，昏昏睡去。

一阵风从背后吹来，密密地下了一场雨。那雨，白花花，轻飘飘，落在身上，却未见打湿。

落下的是花雨，有几片花瓣开在她黑土地般的秀发上，看起来还很鲜艳，多数花瓣落到她身旁叠了厚厚一层。此时，她感觉自己飘了起来，飘在白雪里……她看见一只绿色的小船划过来，有个跟她年纪一般大的女孩坐在船尾，垂着脚，拍打着透明的水波……

小船溯流而上。摇橹的是个好看的男孩，女孩深情地瞧着他，一边说笑，一边用手掬起江水又洒出去。船腰上还有个戴斗笠咂旱烟的老鸭客，他脸上深深的褶皱里折叠着惬意的微笑。

老鸭客吐了几口烟雾，说："你们两个小家伙，听我说，我的龙门阵最要紧的一个还没人晓得哩！"

"什么最要紧的，阿爹？"摇橹的小伙子回过头问。女孩停下掬水，也将脸转向老鸭客。

"我的放排姑娘啊，我的放排姑娘找到了！"老鸭客说。

"你的放排姑娘？"两个年轻人的脸上同时打起了问号。

"是啊，她就是春秀的阿妈！"老鸭客温和地看着女孩，"唉——只可惜……"

于是对花知道那个女孩子叫春秀。

沉默的空气里，船桨搅动的水声细细碎碎，很有节奏地飘在江面上。过了好一会儿，老鸭客将烟杆往船梆子上敲了敲，抖落烟斗里的烟灰，才接上刚才那声叹息："只可惜——当年……"

对花正伸长耳朵等着老鸭客把放排姑娘的龙门阵摆下去，却听见有人大声地叫春秀。

叫声吵醒了对花，她在心里埋怨："是谁啊？搅人好梦，真讨人嫌！"不过，对花却在梦中看到了年轻时候的母亲，那个叫春秀的女孩，几乎跟自己长得一模一样。

声音是从对门寨传来的，是对花的庚妈在叫母亲。庚妈同春秀年庚相同，两人打老庚① 就认了姊妹，对花叫她庚妈。庚妈正站在自家院子里扯着嗓子喊春秀，让春秀派对花去取竹筛。借庚妈家的竹筛是为了筛草木灰做灰碱粑。对花只好硬生生把自己从梦幻中拽回现实，起身去了对门寨。

---

① 打老庚：民间交际风俗。这里指年龄相当的人相互结交，彼此结拜成兄弟或姐妹。

二

去年夏天，刚满十八岁的对花没考上大学。她回到寨子上，哪里也不去，成天窝在家里。父母忙地里的活，她帮着做些家务，闲暇时，怀里常抱本书。父母也不知道她看的是什么书，只是以为她还不甘心，还要去考一回大学。但到了新学年，他们也没见对花有复读的意思。

平常，寨子里几乎没有年轻人。过完年，几个从城里回来的姑娘约她外出打工，她提不起兴趣。姐姐丹花回娘家，姐妹俩闲聊，姐姐也想知道她是怎么打算的。如果真的还想补习，丹花就让老公出面找校长。丹花嫁给县城的一名中学老师，让对花插班是没有问题的。要是想出去见见世面，到远方没有把握，到县城里随便找点事做也不难。做洗头妹，或者超市收银员，再不济就到街上发小广告也行。吃住不用担心，可以暂时待在丹花那里。看她姐着急成那个样子，对花却调皮地表示，她哪儿也不去，帮着姐守着爹妈，做一辈子老姑娘。

对花不打算复读，也无心外出打工。在许多人看来，这姑娘有些不按常理出牌。

农闲时，来串门的张婶一边跟对花母亲东一句西一句扯着些不痛不痒的话题，一边拿眼睛瞧边上正在看书的对花，故意问："对花今年多大了？是不是跟她姐一样在城里找个婆家？"春秀说："这个死妹子，整天大门不迈二门不出，看样子要老在家里喽！她婶子，求你多个心眼，要是看着合适的，帮忙介绍一下。"对花转过红着的脸嗔怪道："你们两个老不像老的，净拿人家取笑。等我哪天突然领个帅哥回来,不靓瞎你们的眼睛……"边说边抱着书起身进了屋。

这时候的对花长得那个好看,一时间还真找不到恰当的词儿来形容。只凭着想象,在春天,她若走过田边地角,花草定会黯然失色;如果去洗衣,溪水照见她大概也会忘记流动。可惜,寨子上没有年轻小伙,不然目光也会被吸引,从而忘记脚下的路,失足跌进烂泥田也说不定。

关于给对花找婆家的话题,不管人家有意还是无意,这渐渐成为春秀心上的大事,她暗地里四处托人张罗。对花可不着急,有时还对母亲说,这么急着想把她嫁出去,是不是嫌弃她在家吃闲饭。明知母亲没有那个意思,对花还是那样撒娇开玩笑,以宽母亲的心。

对花不补习不外出,就留在家里,对今后的人生她自然有安排,只是没有人猜得透她那份心思。

母亲的心,对花懂。感情是要讲缘分的,缘分来了,水到渠成。

她还很小的时候,就听过寨子上的老人摆她家的龙门阵,摆母亲与父亲相识并走到一起的龙门阵。那就是一种缘分,一种浪漫。要不然,那天梨花树下,对花也不会毫无缘由地梦见那只船以及船上的三个人。对花想,那个老人一定是她没见过的爷爷——人们口中的老鸭客。现实中,父亲在寨子上人家不叫他来宝,而是叫鸭客。如此一来,毫无疑问他们家就是寨子上的鸭客世家了。对花知道母亲不想让她也一辈子与鸭打交道,母亲有她的道理。

也难怪,对花再要问鸭与鸭客有关的事情,母亲不愿讲,父亲也是。

这难不倒对花。她通过手机从网上知道了她们宋家的鸭客历史。

他们家是老木寨最早的养鸭人。宋家原籍重庆秀山，历史上那里是有名的鸭乡，为避战乱，他们的祖先流落至此，见这里浅滩绵延，田坝宽广，气候温和，特别适合鸭子繁殖生长，于是便定居下来。

宋家先人为人和善，将掌握的养殖技术传授给当地人，得到了寨邻的尊重。家家养鸭，寨子成了有名的鸭寨。老木寨的鸭子渐渐向周边扩散，方圆几十里的人家都乐意接受这种野性十足的精灵。据说，这种鸭是当地水鸭与野鸭杂交而生，抗病力强，产蛋率高，肉特别鲜香，是一种独特的品种。

既然父母不愿意摆，对花只能求助对门寨的庚妈。只要一有机会，对花就缠着庚妈。

以前对花只是听到一些零碎片段，也没怎么放在心上。这次去还庚妈的竹筛，她留下吃饭，就是想好好听听。

庚妈说对花的爷爷早在人民公社存在时期就是生产队里有名的鸭客。那时社员们都一起跟着队长出工做农活。鸭客才十几岁，父母先后去世，生产队为了照顾他，单单派他为集体放鸭。鸭客很用心，几年下来，把鸭的习性摸得清清楚楚，把鸭养得漂漂亮亮。他经常赶着鸭群沿着清水江放鸭，走过四十八个侗寨，一直到清水江码头。鸭子正好长肥，他将其上市卖掉，揣上钱，回生产队交账。

可是有一次，发生了一件让爷爷后悔一辈子的事。

庚妈叹了口气说："那次，要不是途中弄丢了卖鸭的钱交不了差，被当作'坏分子'看管起来，就不会耽误返回清水镇，就不会失去他的放排姑娘，就不会后悔一辈子……"

最近这段时间，对花老是梦见小船，梦见老鸭客要讲放排姑娘的龙门阵。在梦里，老鸭客刚要开口，梦就断了，现实与梦境虚虚实实，在对花的心间挥之不去。

庚妈说："有人劝鸭客'没了放排姑娘，还有别的姑娘嘛！人可不能在一棵树上吊死啊'！鸭客哪里听得进去，他的心就像一潭死水，除了放排姑娘，谁投下石子也不能起一个泡。他泄了气，好些年也不愿放鸭。这一晃，鸭客从一个年轻小伙子变成了老头，要不是后来，他认识了放排佬——春秀的阿爹，也就是你的外公，也许那段陈芝麻烂谷子的事，不管是他还是别人都不会轻易提起。鸭客和他的鸭群重新出现在田坝子里，出现在那条鸭道上时，大伙都习惯在鸭客的前面加个'老'字，变成老鸭客。你爷爷以前爱喝酒，喝醺了喜欢摆他怎么遇上放排佬，怎么与放排佬在江上喝了一夜的酒……"

听到这里，对花又想起无数次出现的梦境。庚妈的讲述，让那个梦境似乎更加真切。

"遇着放排佬那次，清水江码头一片热闹。木商们在水上漂了十天半个月，像水里的鸭子，腹中早被淘空，他们将木排划进水湾停了下来，打算在那儿歇脚，过完端午节再走。这个地方，过端午要吃鸭子是雷打不动的习俗。像往常一样，老鸭客的鸭群也正好在这个时候赶到码头，食客们纷纷围拢过来，生怕慢了一步抢不到鸭子。人群吵闹着，像闹哄哄的鸭群。那天，放排佬买走了老鸭客的最后一只鸭，并邀请他到木排上喝酒。那顿酒，老鸭客没有白喝。他从放排佬嘴里知道了放排姑娘。"

"放排佬说：'当年我师妹，你的放排姑娘，为了等你回来，硬是求她阿爹，也就是我的师傅，在码头多待了两天。你太让她失望了。她悲痛欲绝，发誓今生再也不想见你。从那以后，虽然我们每年照常要在清水江码头靠岸，可她始终不愿走下木排。你这个负心汉，让她伤心了两年。那些日子，我天天陪着她，时时注意着，怕她……终于有一天，她那颗冰凉的心被我焐热，后来才答应嫁给我。可是，就在前年，清水江涨水，我们的木排遇险，撞上暗礁，她被恶浪卷走。我和她阿爹也身负重伤。'"

"那次，老鸭客与放排佬喝了很多酒，泪水流进酒碗里，苦，只有他们知道。放排佬告诉老鸭客，放排姑娘虽然走了，还好给他留下一个小放排姑娘，叫春秀，跟她娘长得一个模样。喝到后来，老鸭客同放排佬打老庚了。"

"分手时，放排佬说：'明年我把她带上，见见你这个庚爹。对了，你的小孩多大了，是伢崽①还是女崽？'老鸭客说：'一个人单了这么多年，哪来的小孩？只是后来捡了个伢崽来养，如今快十六岁了。'"

说到这里，庚妈故意停下来。对花也第一次完整地了解爷爷和外公，她觉得两位老人的那段传奇就像一本小说，是那样吸引人。她还想听下去，想知道那个十六岁的伢崽是怎么跟爷爷在一起的，又是怎么成了自己的父亲。时间太晚，母亲春秀在对门大声呼唤她早点回家。

三

镇上供电所的抄表员小五那天来给对花家修砍菜机。进门时，他身后藏着个小不点儿——他的女儿。小家伙露出半个脑袋，黑珍

---

① 伢崽：方言，孩子，此处特指男孩。

珠般的眼睛打着闪，满院子转，必是在找那啾啾的叫声是从哪里发出来的。当她看到对花正蹲在一只鸭笼前，便松开爸爸的衣角，从后面走了出来。那是一笼嫩黄的毛茸茸的精灵——刚孵出不久的小黄鸭。

小女孩完全不管爸爸在不在身边，眼神被吸引在那些小黄鸭身上。但她还是站得远远的。

对花故意把一只小黄鸭捉起来，摊在掌上，小可爱想逃，往前探了探脖子，太高，它不敢跳。

这时，小女孩已经控制不住自己的双脚。她想帮助它，走到对花跟前，把小手伸出来，说道："姐姐，给我，可以吗？"

对花微笑着把小鸭轻轻放在那双小手上。

"这是你的小鸭吗？姐姐。"

"是啊。"

"你的小鸭从哪里得来的？"

"从鸭蛋里出来的啊！"

"那为什么我爸爸买的鸭蛋里没有小鸭？"

"要母鸡孵才能出小鸭。"

"母鸡……"

小女孩似乎一下子明白不过来。她一定在想，为什么不是母鸭孵出小鸭？她漂亮的眼珠子灵活地转了转，又问："它的妈妈到底是母鸡还是母鸭？"

"这……"

这下倒问住了对花，她一时不知道怎么同小女孩讲。

小鸭还在小手掌上不安地啾啾地叫。

小女孩看着它，问："你妈妈是谁？去哪儿了？怎么不管你？"小鸭歪着头，看了她一眼，又啾啾地叫唤着，终于从她的手掌里翻下来，朝同伴身边挤过去。

"它们的妈妈是不是到外地打工去了？"小女孩若有所思地问。

没等对花想好怎么回答，她自个儿给出了肯定的答案。她很快从小鸭想到了自己，说："一定是，我妈妈也是去打工了，要等我长大了才回来。"

后来，对花才知道，小女孩的妈妈与她爸爸离婚了。

这之后，抄表员小五又来过几次。春秀看出，对花怜爱小女孩，进而对抄表员产生了好感。但春秀心里直打鼓："对花可是黄花闺女，跟一个离了婚还带着小孩的人，算怎么回事？"这道坎春秀无论如何是迈不过去的。她跟来宝商量，来宝倒不觉得，还说："你不是挺着急的吗？这下对花遇上了喜欢的，你又……"

正在这节骨眼儿上，丹花回来了。她一把鼻涕一把眼泪地说她那位中学教师老公跟一名女的搞上了，她要跟他离婚。

丹花在娘家住的这几日，家人一边安抚她，一边又谈论起对花跟抄表员的事。丹花第一个跳出来反对，她以过来人说不，以正在经历苦难的女人的身份警告对花："这抄表员为什么离婚，还不是因为他在外面乱搞吗？"

对花说："你怎么知道是他，而不是他女的？"

"不信？让妈去打听打听就晓得了。"

也不知道为什么，抄表员许久不来。对花想起可怜的小女孩，就借着赶集去了趟供电所，未遇上。再后来，她听说小五调到其他乡镇去了。好多事情就是这样，要趁热打铁，冷了就再也热不起来。

山那边水那边

感情的温度也是如此，对花与抄表员的事就这样不了了之。

一天，庚妈过对花家来串门，顺便要几只鸭崽去养。庚妈听说了抄表员的事，以为对花难过，便安慰了几句："我们对花要人才有人才，要口才有口才，好女不愁嫁！"对花像没事人一样，只是淡淡地说了句："缘分不到！"随即闪了一下目光，转而把话题引开，说："庚妈要我们家的鸭崽可以，得留下龙门阵才可拿走。"庚妈与春秀对了一下眼，指着对花的鼻梁笑道："真是个古灵精怪的丫头！"

"庚妈，你上次没摆完的龙门阵，我还想听呢！"

"好，好！同你摆，欠你的！"

"老鸭客捡来的伢崽啊！"庚妈说，"他当时也给放排佬讲了。本以为失去放排姑娘，可能就这样孤老一辈子，没想到，老天还是开眼，把这个孩子安排给老鸭客。老鸭客遇见小家伙的时候，他才八岁，不知从哪里流浪到了镇上。老鸭客看他饿得慌，买了碗米粉送他吃。吃完了他跟在老鸭客身后不愿离开，老鸭客把他带回寨子。这可是天上掉下来的儿子，像个宝似的，于是给他取名来宝。现在你知道了，你爸也算命好，遇到了你爷爷。后来，老鸭客的腿脚因长期泡在冷水里，又沾了风霜，得了严重的风湿病，走路越来越吃力，就把放鸭的任务交给来宝。在正式交班之前，老鸭客要先带着来宝把那条鸭道走一两回，他才放心。也就是他与放排佬喝酒打老庚的第二年，两个老家伙分别让年轻人见了面。让老鸭客暖心的是，两个年轻人还真如了两个老庚的愿，走到了一起。"

庚妈最后说："这就是你爷爷、你爸妈，你们鸭客家的龙门阵。"

对花含着泪水，她沉默了良久，然后又喜笑颜开，调皮地说：

"我越来越相信缘分，所以，你们不要为我担心，如果缘分到了，我的帅哥一定会来到我身边的。"

四

最近，村委会主任老往来宝家跑。他告诉来宝，县里成立了鸭产办，要组织畜禽专家对全县的鸭品种进行普查。来宝家作为调查对象，已经被报上去，可能过些天他们就要登门造访。

主任说的这个事，来宝赶集的时候多少听到一些风声，但与自己有什么关系呢？他没当一回事。

主任说："来宝啊，你是知道的，现在你们家养的这种鸭叫三穗鸭，很少有人养，全县可能不足一千只。这种鸭子长得太慢，个头又小，除了骨头没有肉，光消耗粮食赚不到钱，按现在时尚的话讲，经济价值不高……"

"既然这样，那为啥他们还要来调查？"

主任也不能解答来宝的疑惑。他只说："这种鸭只有你来宝多养了几只，有点规模，别处找不着，就来找你了。"

对于现在的风向，村委会主任、来宝他们还反应不快，一下子明白不过来。是不是过去这些年，人家不看好的三穗鸭现在又金贵起来了？

主任走出院子时与来宝说的这番话，正好被从外面进来的对花听见了。

对花说："叔，那是一定的！你们没发现吗？快生快长的东西嚼起来越来越没劲，当初的味道都去哪儿了，谁知道呢？所以大家就开始怀念过去，怀念黑毛猪、包谷鸡、稻田鱼……更怀念起三穗鸭来。我佩服爷爷，太有先见之明了。"

"有什么先见之明，还不就因为养鸭是咱们的家传吗？也不指望这个发财，但也饿不死。爷爷是怕咱们忘了宋家的来源。你叔我们过的桥比你走的路还多，别乱说，花儿。"

对花也不争，与父亲站在门口目送主任远去。

如果不是刚才对花又提到爷爷，来宝好久没想起老鸭客了。

吃晚饭的时候，来宝让春秀炒份葱花鸭蛋。他要在神龛前给老鸭客倒杯酒、上炷香。他记得，老鸭客在世的时候反复地说"三穗鸭一定是最好的鸭，虽然个头小，长得慢，但产蛋多，鸭肉有野性的味道"。他交代来宝和春秀必须养老鸭。也就是说，一般一批鸭子养到两个月就要出栏上市，继续养也不再长肉，白费了粮食。然后再养一批，周而复始。但养老鸭可不一样，成鸭不急于上市，还要继续养。此后，鸭子每天都会下一个蛋，至少要一年以后产蛋量才开始下降，直至不足八成方可卖掉。

来宝夫妇就这样一年一年地养老鸭，他们明知赚不了什么钱，却还是坚持了下来。

可真是"三十年河东三十年河西"啊！人们从喜欢养三穗鸭到抛弃三穗鸭，现在重提三穗鸭，这是个什么情况？

差一点儿，三穗鸭就要绝种。专家组的人看了来宝家的两百只鸭，感叹不已。更让他们想不到的是，来宝一家为了坚守这份家传，生活过得竟是如此的清贫，他们一家是村里为数不多的低保户。

终于等到这一天。来宝和春秀挑了个早晨，特意走一趟寨子对面的山坳，那里埋葬着老鸭客，他们把这个好消息告诉里面的人——县鸭产办将他们家的鸭场列为保种基地，专门拿出一笔钱来支持把三穗鸭养下去。夫妻俩坐在旁边的一块大石头上打量着自己的寨子，准备好好感受一下老鸭客在世时经常叨念的这块风水宝地。

眼前，呈现的是开阔的田坝子，两条溪流如一双手从背后将寨子搂在怀里，居住在这里的人家感受到了流水的温暖和力量，在风烟里繁衍生息。可以想象的是，不知经历了多少年，河流把有养分的泥沙推上岸滩，才堆积成现在的坝子。人们在这里开垦出片片稻田，种上稻子，风一吹，绿浪来回翻滚几次，就成了金子般的色彩。等收割之后，宽敞的田坝子汪着浅浅的水，正是放鸭的好地方。

五

刚入冬不久，一场百年未遇的冰冻冻住大半个南方。

这天，鸭产办卜主任赶紧让驾驶员给越野车装上防滑链，之后直奔老木寨。他们担心防寒措施不到位把那些宝贝给冻死了。一下车，卜主任直奔鸭棚，对花掀开门帘，鸭群仍活蹦乱跳。卜主任一直紧张的神情终于舒展开来。

来宝告诉卜主任："这回多亏花儿，提早看了天气预报，做好了防范。"卜主任在屋里看到了几本养鸭方面的技术书籍，那是对花订的。

他随便同对花聊上几句，就知道她掌握了一些科学常识。比如鸭棚要搭在避风的地方，顶棚除了用塑料布蒙上，还要与地板一样覆盖一层草垫，起到保暖的作用；地板上的草垫得经常换，保持干燥……

对花的表现让卜主任刮目相看，卜主任直夸她了不得，说："这批老鸭能安全越冬，对三穗鸭提纯保种、扩大种群是件大事，你们家这个妹崽功不可没。如今还以为年轻人在村子里待不住，没人愿意做这个事，没想到你们家对花还挺有见识的。我原想把你申报为鸭文化非遗传承人，看来，现在我得改变主意……"卜主任用赞许的眼神看向对花。

快要走的时候，卜主任才记起，自己旁边还站着个小伙子。他一言不发，偶尔打量着对花，打量着鸭群。卜主任向来宝一家介绍："他叫林子，重庆秀山人。几年前，他跟着他们老家的一个老板来到这里，在这条溪流的下游养鸭，他们养的是外地的花鸭品种，可是那个老板不善经营，没多久就欠下一屁股债不辞而别。林子留下来，我们正在协调电力部门配电，帮他筹建抱棚，也就是专门用来孵化鸭苗的电子设备。现在，三穗鸭需要迅速扩大种群数量，必须依靠科技。刚才我们路过他那里，他搭我们的车来看看你们家的老鸭。"

开春，对花他们家的老鸭开始产蛋，林子的抱棚已经建好。卜主任早就同对花父母讲好今年他们家的鸭蛋全部由鸭产办订购，拿到林子的抱棚孵化。

电子孵鸭可是件新鲜事。按照过去，对花只知道，小家庭养个十只八只鸭，趁赖抱鸡母①孵鸡仔还未反应过来时，赶紧把鸭蛋放进鸡窝里。母鸡哪里认得是鸡蛋还是鸭蛋，反正都是蛋，就尽了母亲的责任。二十八天后小鸭出壳，可怜的母鸡看到小鸭下水，急得直在岸边呼唤……想起这个情景，对花觉得好笑。如果要一

---

① 赖抱鸡母：方言，指正在孵蛋的母鸡。

次性孵出成百上千只小鸭，赖抱鸡母就无能为力了。这可难不倒鸭客，他们掌握了古老的炒谷孵鸭的办法。对花家就有炒谷抱棚，她无数次见过父亲来宝的操作：将炒热的谷子倒进木桶里，抹平后，放上一层鸭蛋，然后再覆盖一层谷子，如此这般重复，直到把整个木桶装满为止。那时，对花才知道，鸭蛋的初始温度是不足以孵化出雏鸭的，要通过这种叫炒谷的方式提升温度。孵鸭需要的温度最难掌握，来宝学会了抱棚师傅的绝招，将鸭蛋贴着眼皮去感知。他的眼皮相当于酿酒师的舌头，品一小口就知道有几度，八九不离十。

早在前两年，对花就在书上看到过电子孵鸭技术介绍，可是实地是什么样子，她还真想去看看。正好，卜主任让林子来取第一批鸭蛋，不等对花说，林子便主动邀请她与自己一同去参观他的电子抱棚。

这一看可把对花吓得不轻。那排场可不是自家的抱棚可比。好几间平房里，成千上万枚鸭蛋安置在立体孵化器内，由电子控温，还有风扇通风、温水喷洒保湿……

林子告诉对花："要是满负荷运行，每月可孵鸭苗二十万只呢！"

"天哪，这么厉害……"对花惊叹不已，"可是，这么多鸭苗有市场吗？都销往哪里？"

"现在，政府已经把鸭作为全县的扶贫产业，大力扶持。三穗鸭的养殖不再局限于本县境内，已经扩大到整个苗乡侗寨，甚至我的老家秀山也有鸭农来进苗！"

那天，林子把对花送回家，春秀留林子吃晚饭。林子有些不好意思，说空脚撂手①的。对花羞涩地开玩笑说："你要拿什么嘛，把你的电子抱棚拿给我们家可好？"没想到，林子操起水缸边的一对桶要去挑水，对花赶紧说："哎呀，你这个小身板，别闪了腰，现在有自来水，哪里还要挑水嘛？"这下，林子有些不自在，桶被对花夺下放回原处，他站在那里左右为难。还是对花打破了他的难堪，带他去看她家的炒谷抱棚。

两人的互动，春秀看在眼里。等送走林子后，她与来宝正式对这个秀山娃子进行了讨论。

最后得出两种意见：来宝觉得这后生不错，跟着老板来，老板跑了，他全盘接下这个烂摊子，有胆识，还能吃苦。春秀呢，担心就多一些，林子个子瘦小，还没对花高呢！人才差点儿。更要紧的是他的家境如何，是不是住在高坡上？两眼一抹黑，哪样也不晓得。春秀说的高坡，就是当地讲的穷地方。

对花这个时候还不好表态。她只是假装在灶台上忙活，耳朵却静静地听着父母说话。

六

几天后的一个傍晚，卜主任再次登门。他先把三穗鸭产业化分工的大致情况向对花一家作了介绍。

产业化分工这个比较专业的词，对花能听懂，但她父母就有些懵。

卜主任毕竟也是农村出身，知道到什么山唱什么歌，见什么人

---

① 空脚撂手，即空手空脚。

说什么话，到农村，你得讲老百姓喜欢听和听得懂的话。

他说："这个产业化分工啊，按我们老百姓的话来说，好比你们家，专门养老鸭，传承品种，别的不用管。林子呢，只做电子孵鸭，让鸭农都能买得到鸭苗。从全县来说，有专门做鸭餐饮的，开饭店吃三穗鸭；有做白条鸭销售的，发到全国各地超市去；有做鸭产品深加工的，建设加工厂，做成熟食品销售；有做鸭文化的……一句话，大家都在做三穗鸭，但各做各的，相互支持配合，互不干扰。目标只有一个，就是把三穗鸭产业做大，做出品牌和影响力，让大家都有钱赚！"

作为全县鸭产业的负责人，前面这些话是符合他的身份的。但今天登门聊三穗鸭绝不是主题，只不过是放了一颗烟幕弹。接下来他要说的是，他今天的身份是林子的媒人。

卜主任讲："目前林子才起步，还有些困难，但我们看一个人要看他实在不实在，这段时间你们也看到了的，不用我再说什么。我也知道你们当父母的对他家里不了解，下不了决心……这个，你们两位老人家只管放心，据我了解，林子家的情况似乎要比你们家还好一点。我们单位前段时间也是为了考察他，悄悄去了趟他的家乡，那可是大坝子，也是鸭乡，他家也是鸭客世家。要是不信，最好找个机会让林子亲自带你们去看看。"

对花正在灶上切咸鸭蛋。

"当然，还要看咱们对花……啊……"

卜主任稍稍停了停，故意把这句话说得大声一点。

酒已倒满，火塘里的火苗子跳跃着，夜色在加深。来宝和卜主任一边喝酒一边讲起许多年以前的故事，秀山来的那个姓宋的鸭客已经在这里生根发芽，而眼前这个年轻的秀山鸭客，仿佛就是几百年前的轮回。原来，机缘竟如此的巧合……

这顿晚饭，欣喜与温馨在屋子里流动。坐在一旁的春秀，心上的那件大事这时已经明朗起来。她也要喝一杯，在端起杯子的时候，她故意朝对花喊："花儿，你做的那盘咸鸭蛋还不快端出来，难道还要让它咸（闲）下去啊？"

花开的寨子

过了正月十五，春的脚步一天天逼近。

寨子前面，纳欧河流淌的声音格外响亮。挨着河坎儿的是一条通向山外的公路，这会儿正停着一辆要赶路的班车。万金妹帮着欧柳把手上提的东西送上车，嘴里不停地唠叨着什么。欧柳说："快下去吧！车子马上启动了。"就在她们说话的两分钟里，后面又上来几个乘客。"大家坐稳。"万金妹还没有下车的意思，司机回头大声说："你下不下？不下我可要走了。"不得已，万金妹这才慢腾腾地走向车门。

"'二月二'一定要提前回来过节啊！"车子把欧柳送出老远了，还听见万金妹站在路边大声地喊。这不是第一次，每次出门，万金妹像天底下所有的母亲一样，总有许多话要交代。最初几回，欧柳还"嗯，嗯，好的，好的"如此这般应着。她也曾在车开出的刹那与阿妈对流过几回眼泪，但随着时间的推移，阿妈的话慢慢成了耳边风，她巴不得车子快点把自己载走。一晃，在省城上大学的欧柳还有半个学期就要毕业了。

送走女儿，万金妹的心头一下子空了。连着几天，她都要给欧柳打电话，除了聊一些无关紧要的话，最后还是叮咛她回来过节。而欧柳总是那句"到时候再说吧"就结束了通话。一直没得到女儿明确的答复，万金妹就想喝点酒，她把自己酿的米酒倒了两碗，要万土木陪她喝。苗族人爱喝酒名不虚传，过节无酒不成席。当然，他们大都酒量很好。欧柳寒假回家，劝阿妈少喝点，担心她胃病复发。最近，万金妹确实也忌酒，特别是有欧柳在身边的时候，她只给万土木倒酒，自己抓住欧柳的手说话，滴酒未沾。"'二月二'快来了，这次过节，你可一定要回来，这是我们寨子最隆重的节日，你不来人家会笑话的……"欧柳离返校时间越近，万金妹就把"二月二"这个事说得越多，她担心欧柳又像前两次那样，讲好要回的，最终却没回。

万金妹一仰头，碗底朝天。她看了万土木一眼说："你讲欧柳会不会回来过'二月二'？这个死妹崽，越来越不听话。帮我再斟一碗。她不听我的话，我也不听她的话——"万土木见万金妹舌头有些拖拉，劝她别再喝，说："随她来不来，前两年没来，节还不是照样过，有哪样嘛？"不知为什么，这次万金妹要求欧柳回来过节的愿望非常强烈，她隐约感觉到女儿离她越来越远，她快要抓不住女儿那颗心了。这次回来，表面上，女儿没跟她顶嘴，还劝她要注意身体，最好把酒戒了，挺关心她的。俗话说"知女莫若母"，欧柳一些细微的变化，当阿妈的最敏感。欧柳染了头发，穿了高跟鞋，衣服领口开得很低，时不时抓着手机玩，还偷偷发笑，不爱与人说话……这些都是表面上的变化，最让万金妹不安的是，欧柳不喜欢说苗话，寨子上的老人用苗话与她打招呼，她却用汉话答人家，于是有人到万金妹跟前说："你们家欧柳读几天大学就好像不是我们苗寨的人了，搞得洋得很呢！"万金妹的脸皮一下子涌上一股难堪的潮红，只好赔着笑打圆场说："呵呵，不会的！从吊脚楼走出去的妹崽怎么会不是苗寨的人呢？可能是在学校讲惯了汉话，一时没回过神来。"口是心非地应付过去，万金妹无地自容。她早就发现欧柳不喜欢苗家的绣帕，还有那些做工精美、亮晶晶的银饰。

时间退回三年前，欧柳接到大学录取通知书的那段时间，是万金妹最高兴的日子。经常有人上门来道喜说："你们家欧柳真是争气，成了我们苗寨头个女状元，你以后有福享喽……""欧柳阿妈，还上地里呢？该歇一下，多陪陪欧柳，她过几天去省城贵阳了，你会很想她呢……""要请我喝欧柳的状元酒啊，欧柳阿妈……"万金妹成天乐呵呵的，嘴都笑酸了。

她当然高兴，欧柳确实是他们寨子上第一个考上大学的女娃娃。这么多年来，万金妹在人前人后老是低着头走路，现在可以高高地仰起头来了。以前低头，是因为在生养欧柳这个丫头片子后，她和万土木不管如何使劲儿，肚子都再也没了消息。家无男孩，在农村被人看不起，这种思想并非一时半会儿能够扭转的，即便苗家也是如此。两口子心想，这也许是命。他们与寨邻相处时，处处小心翼翼，说话也总是把声音放得低低的。在以后上学的日子里，欧柳凭着聪明的脑瓜儿年年捧回奖状，硬是把堂屋的板壁贴得满满的，这让万金妹万和土木暗暗下了决心，努力挣钱把女儿盘出头①。话说来简单，真要赚钱却不那么容易，两口子没有文化，只能在近处打零工、

---

① 盘出头：方言，指父母抚养子女长大成材。

卖苦力。男的去养鸭基地帮别人喂鸭子，在工地上扛水泥；女的编几只竹器，将养的几只鸡拿到镇上卖……凡是想到能赚钱的活儿都要去干，凡是能省的就把荷包捂得紧紧的。这样的生活，寨子上的人家大多也是如此。勤劳是苗家人的本性。不同的是，其他人挣钱只想着把眼前的生活过好，吃好一点，穿暖一点，过节有肉吃有酒喝，男娃学会吹芦笙，女崽识得针线，至于读书识字的事，他们的心思可没有这两口子埋得深。现在，辛苦的付出得到了回报。过去嘲笑他们的人如今也恭恭敬敬地道喜，这种起伏的心情恐怕只有万金妹两口子最能体会。办酒的那天，全寨像过节一样，不！比他们最盛大的"二月二"还要热闹，寨子上十二房族杀猪宰羊，长桌宴从寨头摆到寨尾，酒歌唱了几天几夜。最后，大家还凑了八千块钱给欧柳交学费。这风光劲头，一直让万金妹回味了好些时日。也是从那时起，她成了大家最羡慕的女人。

万土木不善言辞，时常用行动与妻子保持一致，他明白她担心什么，也知道她的酒量。要换作平日里，做活路累了，回来两口子对饮两碗三碗，轻轻松松，不轻易醉酒。即使过节的时候多喝几口，也是心情高兴，酒往宽处落，微醺的感觉才是最妙。可是，现在妻子真的醉了，第二碗万金妹没喝完就醉了。

临近农历二月，春风吹到了东江苗寨。这一千多户人家的苗寨依山而居，占了大半个山腰。后山长满各种各样的树，郁郁葱葱。寨子前面是一块块良田，纳欧河曲曲折折地绕着寨脚流过。这时节，坝田里开满了油菜花，金黄金黄的，浅浅的草儿开始爬上田埂，像谁用水彩画了几道线条，把每一绺金黄勾出明显的轮廓。寨子中间，桃树、李子树、樱桃树的花蕾渐次打开，这儿一簇，那儿一簇，点缀得恰到好处。巷道里，充满了生机与活力。女人们取出放置了一年的银饰，找银匠用药水浸泡洗涤后捞出来放在太阳底下晒干。阳光照在上面，亮闪闪的。小孩满地乱跑，发出脆脆的笑声。与平常相比，这些都不是太大的变化，让寨子真正活跃起来的是那些青春身影。是的，这时，你可以看到寨子里多了许多年轻人，上学的、打工的、工作的一夜之间又回来了，寨子变得热闹起来。

在省城的大学里，欧柳这几天心神不宁。"要不要回东江过'二月二'呢？"阿妈几乎天天打电话来问。其实，欧柳还是想回去的，她想回去的理由足够充分，可以和许多一起长大的玩伴相见，特别是想见金宝。她赶紧在微信上给金宝留言。

"你不打算去见见我阿爹阿妈，金？"欧柳喜欢这样称呼金宝。

"想啊，可是这几天要去谈一笔生意，一笔大生意，我不想放弃。"欧柳知道金宝看准的事一定要去做，他有这个意志。

"这次我不去看你阿爹阿妈，你不会生气吧？等我做了这笔生意再去见他们，好吗？"金宝说。

欧柳理解金宝，没有勉强他，就说："你不回，我也懒得回。"

欧柳上大学这几年，许多男生喜欢她，可她一个也没接受，因为她心中只有金宝。

金宝是她的初中同学。那年，欧柳从东江、金宝从冷水同时升入镇上的中学，他们被分到同一个班，两人成绩一直领先。放假的时候，他们跟着年长的哥哥姐姐赶过歌场，听苗家男女对歌。开始只是为了好玩，时间一久，听着那些情歌，渐渐懂得里面的含义，便感到有些害羞。当然，他们彼此也有那么一点儿情愫在心间萌芽。只是后来，金宝家发生变故，父亲坐拖拉机赶场时失事丢了性命，家里再也无力同时供兄弟三人上学，初中毕业的他只好选择外出打工。在欧柳上高中的三年里，金宝仿佛从她的生活中蒸发了一样，杳无音信。一直到上完大一，欧柳放假回来，去金宝家的寨子过土王节才从他弟弟那里得到了金宝的联系方式。她问金宝为什么不联系她，金宝说："没文凭出来一直混不好，不好意思联系。"她从视频上看到，金宝的脸还是她印象中的模样，没变，只是黑了一些。金宝说："你现在是大学生，而我只是个打工仔……"欧柳不让金宝这样说，她说："我很怀念初中三年在一起的日子。你很聪明，很能干，只要你不放弃，我相信你，等着你……"不久，凭着诚实勤奋，金宝赢得了老板的赏识，让他接管一家鞋模厂。工作终于有了起色，他非常感谢欧柳的鼓励。

有一年苗年节回来，欧柳与金宝去看望金宝的阿妈，老人非常喜欢欧柳，她不敢相信天底下竟然有这样标致的姑娘——身材高挑，鼻梁挺直，眼睛能说话，说话像唱歌。金宝阿妈把欧柳当成一幅精美的绣品，爱惜得翻来覆去打量，舍不得放下。可是，当得知欧柳家在东江时，老人家收回笑容，转身进了里屋。当时只以为她身体不舒服进去休息，后来欧柳阿妈的一番话才让两个年轻人知道其中的缘故——原本，东江与冷水两个苗寨以前有开亲走动的传统，好得跟亲兄弟一般，可是后来发生的一件事，让彼此结了仇。一次，为边界上一块田地的归属，两户人家发生争执，双方叫来族长也调解不下，于是发展为两个寨子的激烈冲突，酿成流血事件。象征着两个寨子亲情的接龙桥也被拆毁。为这个事双方争斗多年，最终被势力强大的东江占了优势。自此，冷水寨中断了与东江寨的往来，两个寨子形同陌路。随着时间的推移，双方的仇视有所淡化，年轻人认为那是先辈们的旧事，并不想计较。但老一辈对这个事总是有些放不下。以致到现在东江每年过"二月二"冷水的人不愿意过来，只在桥的另一端过，同样冷水过土王节，东江的村民只愿意到当年争斗的边界上埋锅造饭，也不想过去同乐。万金妹说："这个故事也是听老人说的，究竟真不真实，也不得而知。既然是族长定下的规矩，我们后人也不得不遵守。""那您是不是也不高兴我和金宝相处，阿妈？"欧柳想知道万金妹的想法。"再说吧，反正你还在读书，金宝一时半会儿也回不来，顺其自然吧。"万金妹没有打击欧柳和金宝，这令他们感到意外。"只要你阿妈不反对，我阿妈的思想，给我点时间，我会说服她的！"金宝很有信心地对欧柳说。

这一晃还有半个学期欧柳就要毕业，这个"二月二"他俩原本打算回来再去说服金宝阿妈的，看来又不能成行。

"怎么都要让欧柳回来，不然怎么像话？"这天，族长万岩（音读 ái）保吃过晚饭跑来跟万金妹讲，"去年，你们家欧柳不回寨，别的房族表面上没说什么，暗地里却在议论，说什么忘本了，想当初她考上大学，家家都以礼相送，怎么一去就不想家乡了呢？再说'二月二'是我们东江最重要的节日，不管是哪家，年轻人都要回来的，这是几百年不变的老规矩。"族长第三次上门，话说到这个份上，脸色一次比一次难看。自从女儿考取大学，上了民族声乐专业，让他们这一房族的人因此而光荣。万金妹还清楚地记得，第一年"二月二"回来，欧柳在开幕式上唱了首《春花朵朵开》。

春花朵朵开 / 二月二到来 / 和着春的节拍 / 古歌飞山外……东江的酒哟 / 苗家的爱 / 心中的歌谣 / 祖先的血脉……

花开的寨子

这是女儿的高中音乐老师特意到东江采风，为她量身打造的苗族风情歌曲。欧柳那天也是得心应手，唱得非常投入，以至于歌唱结束她还沉浸于其中，眼眶里不知不觉充满了热泪。欧柳从小就听大家讲过关于东江的由来。

那时候，东江人的祖先住在雾也山上。有一天，山上的几个青年人外出狩猎，他们顺着雾也山的龙脉走，不知不觉来到地势平坦的东江。东江山清水秀，土地肥沃，是个宜居的好地方。小伙子们回去后跟寨老禀报，寨老又差人来查看，证实此地的确是重新安营扎寨的好去处，于是决定举寨搬迁。可是，人们来到东江之后却发现背后的竹坪河切断了雾也山的龙脉，对今后发展不利。大家商议，决定由十二个房族各架设一孔桥，一共十二孔，将龙脉延续下来。桥架好这天正好是农历二月初二，于是全寨就将这天作为在东江安身的节日，此后每年举行祭桥和接龙活动，以示纪念。

欧柳还听阿妈讲过另一个更为浪漫的传说：远古时代，苗族的美神仰阿莎对太阳产生爱慕之情，由于乌云的破坏，太阳离仰阿莎而去。后来乌云的阴谋败露，仓皇出逃。太阳迷失而导致天下大旱，众人无法靠近，只有仰阿莎才能接近，为了解救苍生和太阳，她毅然扑向那团烈火。最后，仰阿莎幻化成彩虹，一头连着太阳，一头连着竹坪河。东江人祭桥就是为了纪念这位苗家的美神。

这一带的苗家人夸赞女孩长得漂亮，就说这姑娘美如仰阿莎。仰阿莎的爱情故事也感动着一代又一代的苗族姑娘。

还有两天就是"二月二"了。欧柳接了几个电话，是已经回到寨子上的玩伴打给她的。奇怪的是，阿妈却没了消息。打电话回去，也没人接。她想，阿妈一定是生她的气了。

生气就生气吧，反正还是不想回！

又过了一天，欧柳还是没有接到阿妈的电话。虽然确定不回去，但还是想说点暖心的话安慰一下阿妈。可是电话打过去却是关机的。

到了下午，欧柳心里莫名地不安。她觉得自己有点过分，阿妈身体又不怎么好，万一……欧柳不敢再往下想。

傍晚，金宝打来电话，说她阿妈在医院里。顿时一股酸涩涌上心头，泪水从欧柳眼底涨潮般漫了出来。

第二天中午，欧柳赶到县城医院，阿妈仍在重症监护室。医生不许家属探望，欧柳只好陪着阿爸在过道上着急。

阿爸说："你阿妈巴望着你回来，你却不近人情。最近几天，她天天以酒麻醉自己，我是怎么也劝不住。酒是麻醉剂，也是伤害身体的毒药。她的胃喝出了血。"

到了晚上，医生才让他们进去看一眼，说："病人才醒过来，要少说话。"看到阿妈脸色苍白，欧柳泪流满面，她也不知道说什么好。

"二月二"像往年一样过下去，这一家人却在医院里煎熬着。此时，节日已经不属于他们，他们成了局外人。

九月，寨前的坝田里一片稻香。金黄的色彩滚着波浪。成熟的季节不用人去催，谷粒自然会饱满。

今年开镰的时节并不像往常那样热火朝天，甚至有些冷清。那些老人，秋天的收割者，不声不响，动作像慢镜头，半天也没放过去一帧，秋收变得暗淡失色。

与此同时，寨子上的小学操场上芦笙悠扬。欧柳正领着小娃娃们吹起丰收调。这是她小时候在这个季节听惯了的调子。那时，她跟这些娃娃一般大。大人们收割完稻子，把稻谷打成新米，祭祀米神的时候，吹起芦笙跳起舞，热闹一番。而现在，留守的老人行动很费劲，年轻人也不回来帮忙收割。老人担心谷物若不能及时进屋，遇上连绵秋雨便只能在地里发芽。

欧柳毕业没留在省城，她回到了寨子上的小学教书，这出乎万金妹的意料。阿妈好不容易从死神那里逃脱，她不能再伤阿妈的心，不能没有阿妈。欧柳要用所学把东江的苗族音乐好好整理一下，传授给小娃娃们。

时令进入冬天，全寨的人都在说："冷水寨的金宝在外面发了财，要回来办银饰刺绣厂。他把附近的绣娘和银匠号召起来生产绣品和银饰，然后拿到那边做成皮革上的装饰。一天能挣一百多块钱呢！"

欧柳和金宝先后回到苗寨，两人结合在一起，应该顺理成章。如果是这样的话，这个故事到此可以结束了。但感情之事并不如人们想象的那样顺利。

跟金宝同来的还有个女孩子，是他老板的女儿，叫郑子伊。本来金宝是不想让她同来的。可是不行，这位千金小姐正迷恋着金宝。金宝个子虽然矮小一些，但五官轮廓分明，帅气俊朗。特别是他夹着苗语语音的普通话，简直像唱歌一样动听。子伊听过他吹木叶、唱苗歌，听过他讲苗族的传说和故事。这如同神话般的魅力，像一个巨大的磁场将她的目光吸到金宝身上。她的心已经被磁化了。女孩知道金宝与欧柳的感情，但她毫不介意。子伊就想见一下金宝说的欧柳，那个被他天天挂在嘴上的仰阿莎。她要与欧柳公平竞争。

子伊的美貌不输欧柳，只是她俩的漂亮是不一样的。用一句话来讲，欧柳是苗家人的脸形，穿戴上银饰和刺绣的苗装，那味道就出来了。而子伊的脸上贴着洋气的标签，随便一块面料搭在身上，都能给人以时尚之感。

欧柳即将放寒假，她正在给学生改卷子。在小学的一间办公室里，金宝带着子伊见到了欧柳。欧柳身着苗装，一侧脸，那银帽下桃红一朵，清丽脱俗。尽管在来之前，子伊心里就有一个仰阿莎的美神打底子，但欧柳纯净的面貌还是惊艳到了子伊。她毫不吝啬地夸赞欧柳漂亮。

后来，他们去了县城的餐馆。女孩跟得很紧，有时会不由自主地将手穿过金宝的臂弯挎上去，金宝故意把手散开，不让她挎。这些细节，欧柳只需用余光就能看见。她有意离金宝远一些。此情此景，她也不知道怎么了，为什么不在意，内心反而平静如水？难道一场糟糕的节日经历就把他们变成这样了吗？

对欧柳来说，今年确实是最糟糕的"二月二"，阿妈的重病让她自责又无奈。阿妈从医院出来的那天，"二月二"早已过去。他们回到寨子上，无人再谈起节日的热闹，寨老不再登门，房族里也没有人再羡慕她。好像那段时间什么事都没有发生过一样。

就在欧柳陪阿妈养病的那些天，金宝几乎每天都打来电话，问候欧柳和她阿妈，说他差不多要到年底才能回来。当时欧柳没有特别期待。阿妈出院，欧柳回学校准备毕业的事情。金宝回寨，她反应不是很强烈。没去接他，该干嘛还干嘛。即使子伊出现，她也不意外。

欧柳的平静，金宝能感觉到，以为欧柳是对他带来的女孩产生误会，心头泛酸。从这一点来说，他又得到了安慰。当把子伊打发回去后，他才发现情况有些不妙。

在花桥上，他们并肩走着。欧柳说："金，你不必为我留下。你的生意越做越大，那边才是你的天地。"金宝说："那边有人打理。阿妈已经愿意放下原来的恩怨，我们可以在一起了！"

整个春节前后，金宝忙于筹备他的厂子，很少来找欧柳。

翻年，樱花、李花依然如约开放，装扮着黛瓦的吊脚楼，寨子仿佛又年轻起来。可是，四处空荡荡、静悄悄的。还有几天又到"二月二"了，欧柳一个人拉着行李箱爬上班车。不一样的是，没有人送行，没有人唠叨。欧柳拉开车窗，东江苗寨迅速后退，连同那些美丽的或糟糕的往事都成了过去，最后消失在一片模糊里。

晚　景

一

凌晨一点，尖锐的铃声把我从睡梦中惊醒。

深更半夜，谁这么缺德。心中陡然升起一团无名之火。摸索中拿到咆哮的手机，一看来电，立即紧张起来……

电话是我爸打来的。我犹豫了几秒钟才按下接听键，把手机贴紧脸颊。

听不见任何声音，除了咚咚的心跳声。夜，格外安静。

好半天，他才说，本来不想这个时候打电话，可有个事憋在心头，睡不着。

"你没事吧？"

"那个朋友走了……"他卡住。

"啊？"我被卡住了。

"他是被砸死的，被一个小孩砸死的。"

"小孩？小孩拿什么砸的？为哪样要砸他？"

　　"小孩从十五楼掉下来，他伸手去接，小孩得救了，他的头撞在水泥地上，再没醒过来。"

　　"是，是这样啊。"

　　……

　　"我错怪了他……"

　　说了这半句，又卡了十几秒。听得出我爸很难过。

　　我也替他难过。毕竟一个鲜活的生命，说没就没了。好在，我爸本人没出什么事。我只好安慰他几句，劝他早点休息。

　　接了这通电话，不知他能否入睡，轮到我睡不着。满脑子全是他那个朋友徒手接小孩救人的画面，然后又是我爸的影子……

　　又想起离开他前到省城工作的那次长谈。

　　"去吧，我儿大好前程，为你高兴，别担心我。"

　　"你一人待在凯城，我不放心，要不，我不去了？"

　　"你这是哪样混账话……"

　　多年没动气的他，语气里透着难得一见的威严。

　　那一夜，我跟他聊了很久，似乎把许多年说不出的话都说了。他后来语重心长地说："自古忠孝难两全。"

　　那以后，我只能两头跑，每周一趟。好在高铁方便，一个小时的事。

　　关于我和我爸，我时常还会想起我们的过往。

　　那时，他还年轻，脾气不好，经常打我妈，把她打跑。我小小年纪成了没妈的人。我恨他，故意与他作对，他把打我妈的拳脚转赠给我。"你不是爱打人吗？是你让我没有妈的，我也要让你没有儿子。"一次醉酒后打完我，他像死猪一样睡去，我把嘴角的血渣子吐在他脸上，甩门出走。他花了半个月才把我找到。我仍然清晰记得，那天，他一把抱住我，跪在地上，鼻涕眼泪淌了一脸，承诺不再打我，当时把我吓了一跳。此后，他果然像换了个人似的，处处对我示好，甚至再也没娶过女人。而我对他一直不冷不热。那时，我想，一定要好好读书，早日逃离，逃得越远越好。可我没想到，我的每一步，他都紧紧跟着，像粘鼠贴，甩都甩不脱。

考取工作进了县城，我以为是甩掉他的好机会，心想："你就好生待在农村老家吧。"谁知，我前脚刚安顿好，他后脚便跟了来，涎着脸说要帮我做饭。笨手笨脚的样子，会做什么饭？上学那些年，能不回家就尽量在外面游荡，我已经吃腻了他那猪潲水似的饭菜。

我爸早有预谋，破釜沉舟。他贱卖了农村的老屋、耕牛，土地和山林也委托给别人招呼，只扛了铺盖进城。

说实话，我担心自己遗传他的劣根性，不懂得善待未来的妻子，以至于我对婚姻有一种莫名的恐惧。上大学那阵子，有心仪的女同学，我却不敢表白。工作之后，也有姑娘主动示好，见我木讷，旋即收回芳心。还有好心人提过几次媒，也不了了之。

渐渐地，我似乎习惯了独来独往，习惯了一老一少两个光棍在一起的生活。

在家庭阴影下的少年时代，我变得自卑、敏感、胆怯。后来的这些年，接触的人和事多了，阳光才慢慢照进内心，我开始反省我跟我爸的关系。

一个农村小子能有机会到省城工作，别人说是祖坟冒青烟。要放在往常，我肯定心里窃喜。那一次，我没有，反而心生犹豫。我爸的表现更是反常，无论如何不愿再跟随，好像太阳真打西边出来。

晚

景

以前跟我爸在一起，他说话，我基本上不搭理，多半是他自言自语。同在一室，像两个陌生人。现在，可不一样。每次回来，我提前打电话，他早早坐电梯下楼等着，还抢着提行李。

有时我还会亲自下厨搞两个下酒菜，父子俩对饮。

举杯，仰脖，再举杯……两张脸烧成酒红，话便多起来。

"身体还行吧？"我问。

"好得很，每天二两，就是有点……你呢，工作好不好？"

"将就。我晓得，你一个人肯定有点儿无聊。有没有认识新朋友？你不能老待在家里看电视，到小区跟那些老头玩玩扑克、摆摆龙门阵也是好的。"

"唉，那些跟我一样从乡下来的老家伙净讲苗话、讲侗话，我听球不懂。城头的呢，退休的那伙老干部，他们净扯些国家大事、国际形势，我又搭不上嘴……哦，对了，有个同你一般大的小伙子长得眉清目秀，经常同我摆龙门阵，挺不错的。"

"小伙子？你搞错没得，老者，年轻人肯同你玩？"

"是这样，前些天我的手机坏了，坐在小区椅子上鼓捣，怎么也开不了机。有个小伙子走过来，说帮我看看。你猜怎么着，他随便摆弄几下就好了。我们聊起来，他住六楼，说以后有什么需要帮忙的，只管找他，还给我留了电话。"

"我得提醒你，要小心啊，现在骗子多得很，专门针对你们这些老人下手！"

"看你，总把人往坏处想……"

此后，每次回来，我爸都要说起他那个朋友。我提醒他，说什么都好，只是莫提到钱就行。

二

又遇见六楼的老人。

这个老人，我还没去省城的那几年经常在电梯里碰上。小个子，窄脸，花白头发。穿的是山寨版迷彩服。身上挂着一个双肩包，一把折叠椅，还有一把长把雨伞，像被五花大绑了。他这身行头进电梯，小心翼翼，生怕挂着别人。别人也担心被他挂着，尽量缩着身子。有人瞄他一眼，眼里带嫌弃，也有人见他进来便退出去，不与他同乘。

这次遇上他，是在六楼步梯口。我不小心按错楼层，电梯一停，我低头抬脚跨了出去。反应过来，再要回头，电梯门已关闭。这时，听见步梯口传来脚步声和喘气声，接着，他全副武装地出现。猛一见我，他似乎吓了一跳。我赶紧说："你老人家不——不坐电梯啊，我是楼上的，下——下错了。"他略略定了定神，扫了我一眼，确认不是坏人。

"进屋坐坐？"他转身，边说边掏钥匙开门。

"不了。"我面对电梯，按下数字"9"。

电梯不慌不忙按着它的节奏运行。我听见砰的一声，他进屋了。

一个周日早晨，我出门买菜。天下小雨，快到小区门口，前面有个披塑料膜的人影，我紧走几步，回头一看，是他。

"叔，这么早，下雨也去啊？"

他朝我微笑，"这算哪样，在乡下，冒着大雨犁田呢！"

"不能比啊，进城就享享清福呗！"

"习惯了。"

晚景

我俩并肩走了一段路，他似乎不想与我同行，故意放慢脚步。

恰逢凯城赶集，即使正下雨，也不妨碍人们的兴致。老街的人格外多。

老街很老。新城似乎已将它忘记，它被栋栋高楼包围着。这些老房子，墙体斑驳脱落，远远望去，像长了一身牛皮癣。巷道交错狭窄，无论什么时候都透着一股潮湿的霉味。头顶的天空只有巴掌大，交织着各种各样的线，蜘蛛网一般。老街不仅样子老，许多习惯也是老旧的，比如星期天赶集，据说有些年月了。有人不喜欢它，嫌它破旧、杂乱，可那缕烟火味却是这座城市的记忆。

由东往西，两边店铺林立。有的物件将要退出历史舞台，它们是农耕文明时代的产物，现代农业不再需要它们出场，但仍然能在老街的店面见到。不说什么钉子、螺丝、夹钳、扳手、灯泡、电筒……应有尽有，锄头、犁、钉耙、斧头随处可见，马鞍、马笼头、马嚼子倒是稀罕，在城里长大的小孩大多不知道那是干啥用的。还有一种面上烙着"湾水"字样的镰刀，挺受乡下老人喜爱。他们蹲在摊子前，把刀的两面翻来覆去地瞧，用大拇指在刀锋上轻轻地抹，看看"钢水"好不好，够不够快，久久不肯离去。

曾经听说过一件趣事：前些年，有几个老外逛老街时淘到一种农村掏粪用的工具，喜欢得不得了，一连买了好几个，他们戴在头上，扛在肩上，招摇过市，引来路人围观。那种工具，我是见过的，叫打粪 dang。dang 是哪个汉字，就不晓得了。

在老街，传统手艺人"守艺"是它的特色。银匠、绣娘、老中医、酿酒师……仿佛还停留在历史的深处。街边理发师也不少，尤以星期天赶集时多见。他们行头简单，一把椅子、一面镜子、一把剪子，随便找个合适的角落支起摊子，只等买卖上门。光顾这里的多半是乡下老人。五块钱剪一个，不吹不洗，剪完走人。他们就图个便宜方便。这些乡下老人趁赶集进城，卖掉捎来的土特产，舍不得乱花费，他们在街边小店点个狗肉汤锅，喝半斤米酒，花五块钱理个发，便心满意足。

我转了一圈，胡乱买了一些时令蔬菜：折耳根、白菜薹、竹笋、香椿……挤出人群，冷不丁撞见六楼的老人。雨过天晴，他系着围裙站在街边的一面墙下，椅子上露半个脑袋的人面壁而坐，墙上挂着一个小圆镜，镜子旁边有张硬壳纸片，写着"理发五元"几个字。他的目光追逐着剪子忙活着，原来，他是街边理发师。

我有意往边上移了几步，不让他发现。

三

"你电话怎么回事？"我向单位请假，火急火燎从省城赶回来。一进门，看见我爸歪在沙发上睡着了。

"坏了！"他从昏睡中醒来，不紧不慢地说。

我说："你没找你朋友修一下？害我担心。"他不接我的话茬儿，也不提他的朋友。

我带着他来到街上，打算给他换部新的智能手机，一来方便联系，二来无聊时看看小视频。我们在手机店徘徊许久，他坚持还是要老人机。说智能手机不会用，浪费钱。

忸怩半天，终于被说服，买了他平生第一台智能手机。

从老街出来，我们突然被一群人吸引。

抬眼望去，那不是六楼的老人吗？发生了什么？我心里有不祥的预感。

我爸不屑地嘟囔一句："又是城管。"

几个身着制服的人，七手八脚，把老人的理发家当扔上皮卡车。随后跳上车，一溜烟消失在了街头。刚才还叽叽喳喳的人群散去。等我回过神来，发现我爸不在身边。他站在不远处发愣。

一路上，他一言不发。

回到家，我问："刚才有一会儿，你上哪里了？"

他沮丧地说："遇见一个熟人。"

"谁？"

"我的朋友。"

"他？你怎么不让我认识一下？"

"但我想不到……"他没继续说下去。

枯坐了一会儿，我有意找话说。问他："小区门口卖炒粉的小推车怎么不见了？"

"遭城管撵跑了。"他没有好气儿地回答。

"城管？"

"听说上面要来检查，他们不管三七二十一，搞得鸡飞狗跳。"

这一说，又让他想起先前在老街发生的一幕。他愤愤不平地说："老百姓讨生活不容易，难道就不能体谅一点？"我理解我爸，也理解城管。一个城市没有规矩不成方圆。这对矛盾由来已久，我们父子之间无法争论出结果。

只是，我仍然怀念小区门口的炒粉。摊主是位中年女人，她的买卖不错，摊子前经常堆满人。尽管动作娴熟，但还是禁不住食客们的催促。上班的、上学的、赶早市的，大家都赶时间。催得急了，她便说："你们自己装吧，要多少装多少。"每天上班途中，我也喜欢凑热闹，买她的炒粉，那种味道成了好些年的习惯。

四

五一"黄金周"，难得有这么长的假期。我打算接我爸到省城逛逛，可他死活不肯出门，说这个时间节点外出，人挤人，活受罪。他让我自己玩，不用管他。其实我跟他的想法一样，不愿去凑那个热闹，只是想利用这个时间陪他出去透透气。既然他不愿意，也只好作罢。

头两天，我们还能有一句地没一句扯一些闲话，日子一长，又相对无言。他已经学会刷抖音，内容全是投其所好的革命歌曲、农村山歌什么的。

无话可说的时候，他低头刷手机，嘹亮的歌声在客厅回荡。我只好钻进自己的房间，把门关上。

正好把那篇烂尾的小说收拾收拾。朋友们都知道，我的兴趣与他们有点格格不入，我不打麻将，也不喜欢应酬，唯一的爱好就是写写小说。

现在，手上这部小说《种在小区里的稻子》写得有些不顺。

要讲的故事发生在我们小区，听我爸说的，没亲眼见过。说是一位从乡下来的老人住在小区里，异常孤独。他曾经是一名种田能手，一辈子与稻田打交道。他还是侗寨里的大祭师。每年插秧时节举行开秧门，稻子将熟又要过吃新节，都得请他出场。可后来，寨

晚景

子遭遇地质灾害，山体大面积滑坡，整寨易地搬迁，他不得已进城同女儿住。白天女儿上班，家里空空，他非常不习惯。好不容易熬过冬天，他寻思着找点事做做，打发时间。他突发奇想："可不可以在小区种点什么？"有一天，他在小区角落里偷偷"开垦"了一块"稻田"，撒上稻种。后来被物业发现，要求他恢复原样。他跟物业发生冲突，后来郁郁不乐，生病后不久便去世了……

我听了很不是滋味，花了两个晚上写成个"毛坯"，总感觉四平八稳的。推倒两次，仍不满意。坐在电脑前，半天找不到突破口。

黄金周稀里糊涂过完。看样子，这个作品无药可救，注定要胎死腹中。这对写作的人来说，是十分郁闷的。

收假那天吃晚饭时，我陪我爸喝两盅，他又说起他的那个朋友。

一口喝掉剩下的半杯。他说："有段时间你不是没空回来嘛，我打电话让他来家里陪我聊天，我问过他家里还有谁，他说只有个父亲一直住在乡下，不愿意进城。还有几次，我的降压药吃完了，也是他帮着买的……那天在老街发生没收理发师摊子的事，你还记得吧！我无意中发现的那个熟人就是他。那时，我才知道他也是城管。在那样的场面碰上，他有些慌张。他没动手，站在一旁。我当时请求他放老人一马，可他无动于衷，好像那件事与他无关。"

"难怪后来你不愿再提起他。"

"是的。平常那么善解人意的人，怎么就没有一点同情心呢？我想不通。"

我爸把空杯子提起来，又重重地放在桌上，叹了口气，起身进了他的房间。

五

我已经很久没回去看我爸了。单位派我到一个偏远的村庄当第一书记。只能偶尔给他打打电话。

直到春节前，我才回来。

那天，我爸让我陪他去老街逛逛，那儿有从乡下来的新鲜稻田鱼。

我跟在他后面，往人堆里挤。挤到一个卖鱼的摊子前，他停下来，说"这鱼地道，就是它了"。他选了两条，一条一斤多。

我们往回走，好不容易挤出老街。

我有意识地往理发摊那里看了一眼，没看见六楼的那个老人。

我问我爸："这里真的不准摆摊了吗？"

"你跟我来吧。"我爸稍稍犹豫了一下，继续往前走。

我们穿过人群，拐到一栋建筑下面。这栋楼房，一二层是商铺，上面住人，大概有二十多层。前面沿街的三角地带有个小广场。

"这地方什么时候改叫好人广场了？"

"半年前。我朋友出事后，这儿就改了名。"

"那儿，你张叔的摊子就在那儿。"我顺着他手指的方向看去。空空的，什么也没看见。

"张叔？哪个张叔？"

"理发的张叔。"

"哦哦。"我半天才反应过来。

"你们……"

"我后来才晓得你张叔是我朋友的爸爸。"

"啊？"我不觉哆嗦了一下，脸上似乎起了一层鸡皮疙瘩。

晚景

"那天，去殡仪馆送别，在那儿见到了你张叔，才知道他们是父子关系。后来，我特意到这里来看他摆摊，一直没见着。不久，这里竖起了一块宣传栏。把我朋友跟许多好人的事迹公布在上面。你看看，就立在那儿。"

我们走过去。宣传栏里一共有八位道德模范。有孝老爱亲的，有因公致残的，有支教助学的……我爸的朋友张青山排在最前面。

张青山，男，1998年8月生，2021年10月参加工作。凯城城管大队老街片区城管员。2022年3月5日在工作途中勇救坠楼儿童，造成重伤医治无效，光荣牺牲，时年23岁……

我默默地盯着张青山的照片，那是一张年轻帅气的脸，他微笑着。同在一个小区，从未谋面，却因为我爸，我似乎与他产生了某种联系。

我爸感叹："年轻啊，太年轻了……我当时还错怪他……可怜你张叔……"

在好人广场，我们没见到张叔的理发摊，我爸久久注视着宣传栏。

张叔父子俩住到我们小区才一年多。那时，张青山考到凯城工作，唯一的亲人父亲从乡下跟随过来。张叔是个勤快人，闲不下来，就到小区捡拾破烂。张青山不愿意父亲那样做，让他好好在家待着，帮他做做饭就行。没事时，张叔喜欢到老街闲逛，他发现那儿有街边理发摊，自己年轻时学过理发，这倒是个好差事。回头与儿子商量，想到老街摆摊理发。张青山也不好再阻拦，只是说不要影响城市管理。最初，张叔的摊子摆在老街口，没人啰嗦。若遇上面检查，儿子提前给他打招呼，暂时不出摊……可是，那天上面搞突然检查，等张青山知道时，为时已晚……儿子眼睁睁看着父亲的摊子被同事收走，他无能为力。

听我爸说这些情况，我心里沉沉的，想让他陪我去看下张叔。我爸说，他回了老家，不晓得哪个时候回来。

六

春节过后，我又回到工作岗位。

我爸学会视频通话，有事无事就拨过来。有时，我正忙于应付检查，没商量地把它掐断。到了晚上，再打回去。

聊着聊着，又说到张叔。我爸说，张青山出事后，张叔接受不了这个事实，病倒在家里，被人发现送到医院。

张叔住院期间，我爸经常去看他，同他摆龙门阵。两个月后，张叔拖着一身倦态出院。

回来的那些天，他总把自己关在屋里。社区和张青山单位来人看望他，开导他。我爸遇到过几次，他们还特意拜托我爸多去同他说说话。

儿子意外离开，张叔的心一下子被掏空。他好长时间不再出摊。小区，小区的家变得陌生起来。想想当初，张叔每天总是有盼头。儿子不愿让他去捡拾垃圾、去理发、去挣什么钱。那是心疼他。张叔的想法不一样，找点事情做，打发时间是一回事，也能多少补贴一点儿家用。住在城里不比乡下，什么都要钱。水电、物业、一

晚景

日三餐，哪一样不要钱？在农村，只要勤快，自家的土地里什么没有？这些都是小钱，最让张叔担忧的是儿子买房子贷的几十万元，这可是个天文数字，什么时候才能还得清啊！还有，儿子的婚事也是他要操心的事，这上头也要一大笔钱。张青山经常开导他，不用愁，哪个进城的年轻人不是这样熬过来的。

张叔也算尽力了，儿子上大学，他卖了耕牛，撂荒土地，租住到城里，捡破烂、做泥水工、贩卖鸡鸭……为给儿子买房出首付，他卖掉老屋和几十棵老杉木。儿子有了工作，完成他心头的一件大事，他想回到农村去，可是，老家什么都没有了，无奈之下才留下来。

在哪里不是过日子？只要儿子的日子慢慢好起来，当老子的怎么着都行。他才六十出头，身体很好。那个时候，为了儿子，他每天早出晚归，并不觉得累。

更让他无法释怀的是，对不住大哥。当年，大哥得了绝症，临终前，把自己唯一的儿子张青山交给弟弟，让弟弟替他把张青山养大成人。那个时候，大嫂因看不到希望，照顾病人一段时间后，不辞而别。只有四岁的张青山，从此跟了自己的叔叔。最初因为贫穷讨不到老婆，后来有了张青山，人家更怕沾上这个累赘，张叔也就断了结婚的念头，叔侄俩相依为命。上初二那年，张青山得了一场重病需要立即手术，张叔四处借钱仍然不够，走投无路，去了血站。张青山病好后重新回到学校，无意中得知叔叔为了救他，卖了好几次血。这个懂事的孩子从那以后改口将叔叔叫作爸爸。

想起这些，张叔无所顾忌地当着我爸的面老泪纵横。

"这孩子跟我亲，再苦再累也要把他盘出头。"张叔说，"张青山也很争气，顺利上了大学，考到工作，进了城。村子里的人无不投来羡慕的眼光。"张叔稍稍松了口气，眼看日子越来越好，浑身使不完的劲。谁曾想……

后来的一次通话，我爸对我说，张叔直到清明节才回来。他回来是为了把小区的房子卖掉。

我爸还说起上次带我逛好人广场的事。他说："张叔其实是舍不得走的。政府为了照顾他，特意在老街租了个门面，免费给他用，被他谢绝了。他后来终于出门，仍然每天早出晚归。只是换了一个地方摆摊，就是好人广场。人家来理发，他连五块钱也不愿收。那几个月，他在那儿是为了陪伴儿子张青山。"

我爸说到这里，沉默了好一会儿。

当天晚上，我做了个梦，梦见我爸跟张叔在一起，两人坐在乡下木屋前摆龙门阵。太阳西沉，余晖铺在两张脸上，密密的皱纹像春天里湖面荡开的波纹。

驻村工作一结束，我第一时间告诉我爸，组织上同意将我调回凯城。他不说话，掐断了电话。

晚景

他躺在一蓬干黄的稻草上，望着夜空。那片半月分外明亮，边上有淡淡的云飘过，幽深的天穹不是那平静的江面吗？半月像一只小船荡在水里。蓦然间，来宝感觉自己的身体跟着晃悠悠地滑行起来。

半边月

天上的月亮只有半边。另一半呢？落在田坝子。

寂静开阔的田坝子，一弯半月在夜色里闪着光。

这弯半月属于牧鸭人。

牧鸭人也叫鸭客。

太阳下山，鸭群归来，吃饱喝足，安安静静地待在竹帘里。鸭客挨着鸭群，把类似门窗合页的架子打开，用竹帘子分别撑在两端，形成月牙儿一般的拱形，再蒙上塑料薄膜以挡雨露。点亮马灯，远远望去，就像一轮弯月照在田野里。这便是鸭客睡的床，当地人称"月亮床"。第二天，鸭客起程，将月亮床对折收拢后挂在肩上，轻便自如。

此刻，来宝正睡在月亮床上。他的养父老鸭客还在寨子上同别人喝酒。这个"别人"，是老鸭客的老庚，来宝叫他庚爹。老鸭客喜欢认老庚，熟识他的人都知道。每到一个寨子，鸭客和他的鸭群要在那里待上好几天，人们听到"咿呀，来呀来呀"的唤鸭声就知道鸭客来了。有人过路找鸭客抽一袋烟，摆一会儿龙门阵。龙门阵摆的话题通常是鸭客一路上的所见所闻，但听龙门阵的人还是喜欢听他摆放鸭的话题。比如，那人问："一只公鸭要管多少母鸭？"老鸭客说："这你难不倒我，公鸭是厉害的，至少要管十五只。产蛋的季节，一天之内公鸭会把它的鸭妻们踩上一遍，一只也不会遗漏。"他讲的"踩"就是交尾。经过公鸭"踩"过的才能保证每个鸭蛋都是受精的，科学地说只有受过精的才能孵出鸭崽。那人又问："你这鸭为哪样恁个机灵，生人靠近不得？"老鸭客有些骄傲地跟那人讲："这个你就不晓得了。以前，寨子上有个老鸭客清早准备放鸭下河，从帘子里冷不丁飞出几只"大鸟"。仔细一看，原来不是什么大鸟，是野鸭，他的鸭群里混进了野公鸭。此后，寨子上的鸭就有了野鸭的血统，它们身轻如燕，翅膀毛又长又鲜亮，野性十足。高兴时，一展翅就能飞过好几道田坎。"他们越摆越合心，那人就请老鸭客去他家喝酒。酒过三巡，他们彼此问了年庚，巧得很，都是戊子年的，属耗子。不管是山耗子还是水耗子，反正都是合心的耗子，难怪如此款① 得来。这年庚相同，性格相投，缘分啊，不打老庚说不过去！酒满上，再喝三碗，从今往后就是老庚了。几十年下来，老鸭客走过的这些村寨差不多都有他的老庚。年轻的时候，老鸭客喝够了酒，有了醉意，辞别老庚，要回到月亮床去睡。老庚担心他走不稳，一心留他住下，说坝田里的鸭群有老黄狗帮他看着，丢不了。但老庚似乎低估了老鸭客的倔脾气，他死活都要回到月亮床去。

今晚，老鸭客第一次听了老庚的劝，他不走了。月亮床太窄，

---

① 款：方言，谈。

半边月

睡不下两个男人。来宝也不想让老鸭客睡在这里，因为老鸭客已经在月亮床上睡了几十年。

阿黄趴在稻草上，一会儿吐出舌头喘两口粗气，一会儿把头埋进稻草里。其实天气已经转凉，它爱伸舌头的习惯好像还没有改变过来。老鸭客也是这样，犟脾气老改不了，本来他可以待在家里，再也不用风餐露宿，可他放心不下来宝，还是要陪着走这趟。

来宝已满十六岁，这趟路要涉几条溪河、翻几片坝子、过几寨人家，他清楚得很。他劝爹在家休息，等着他回来。爹的腿疾发作，是多年放鸭踩凉水、沾冷露染上的风湿。爹不听劝，就像三年前来宝不听爹劝一样，硬要跟爹一起去放鸭。爹舍不得来宝过早受苦。领来的雏鸭还没老练时，他是不会撵到坝田里去的。雏鸭抵抗力还差，过早沾染野地的凉水和冷露容易生病。那时，来宝也是爹的一只雏鸭，身子骨还没长称展①，断不可下坝田。又过了一年，来宝像那只绿头公鸭一样嗓子沙哑，嘴上有了淡淡的绒毛。爹再也禁不住他磨，只好让他跟在屁股后头。

跟了两年，不知不觉中，两人的角色发生了互换，到后来，倒是当爹的央求着让来宝带上他。

来宝拗不过爹，就说这是最后一次，以后不准再跟了来。还有一个条件，晚上，老鸭客必须去寨子上的庚爹家睡。听了这话，老鸭客并不生气，相反，他心头如沐春风，觉得来宝真的长大了。

老鸭客遇见来宝的时候，来宝才十一岁，不知是从哪里流浪到镇上的。老鸭客见他饿得慌，买了碗米粉送给他吃，吃完他跟在老鸭客身后不愿离去。老鸭客便把他带回寨子。这可是天上掉下来

---

① 称展：方言，有帅气、漂亮、好等意思。

的儿子，老鸭客如获至宝，于是便给他取名来宝，百般疼爱。转眼，来宝长成大小伙子。

一路上，来宝明显感觉爹的脚力大不如前了。爬坡上坎的时候，老鸭客得借助手里的棍子。走到开阔地带，把鸭群放到坝田里。父子俩坐在田埂上，来宝帮爹敲敲腿、揉揉肩。爹说："这腿真不争气，才多大点年纪就这个样子了。"来宝就趁势劝爹："你回去吧，回去还来得及。"老鸭客听不进去，就拿别的话岔开，要教来宝唱山歌。

老鸭客的那些山歌，来宝的耳朵都听出了老茧。词和调子早就烂熟于心，只是来宝一次也没唱过。比如有女子善意地拿老鸭客开玩笑，就唱道：

看鸭客来看鸭客
竹子篙篙十八节
白天跟着田坎走
夜晚睡的半边月

老鸭客正无聊，开口迎过去。

妹莫嫌哥看鸭客
哪里黑了哪里歇
一天三个荷包蛋
哪个神仙比不得①

_____

① 比不得：方言，即比不过。

半边月

稻花鱼

养鸭有"两水鸭"的说法。一曰春水鸭，秧苗定根后下水，端午出栏；一曰秋水鸭，谷子开打后下水，重阳上市。鸭客一般多爱养秋水鸭。那时，收割后田野里会遗落一些谷粒，鸭群捡食这些免费的午餐，同时又活捉溪沟里的虾螺、秋虫等活物，为鸭客节约了粮食，省了成本。吃谷粒和活物的鸭子，人们仿佛能听到骨头拔节生长的声音，体貌一天天水灵起来。长成的鸭子有卖相，肉质也更加鲜嫩可口。

来宝和老鸭客这趟放的是秋水鸭。他们和鸭群在二十多天里要翻越一坝一坝的水田，蹚过一条一条的溪沟，经过一寨一寨的人家，必须赶在重阳节上市。清水镇不仅有等着吃鸭过重阳的当地人，同时，还有从清水江上游柳川码头启程的放排②人，他们架着木排浩浩荡荡地顺流而下，那时也应该到了清水江码头。

在走走停停的日子里，鸭子的模样一天不同于一天。这种变化就像春天来临时冰消雪化、大地草长花开一样。最先是翅膀绒毛逐渐褪去，长出麻色硬毛，接着这些硬毛向全身漫开，扇子一般的尾毛也长齐后向上翘着。鸭子浮在水面上，形似一只只小船。此时的鸭客看着漂漂亮亮的成鸭，心头愉悦。

这几天，来宝的鸭群正在清水江边的田畴里翻上翻下，扇动着翅膀，嘎嘎撒欢儿。江面上隔一段时间就会漂下来一组木排。清水镇越来越近，那些赤裸着上身的放排人，一会儿站在排头用竹篙拨弄江水，一会儿跃身江中后爬上木排。他们似乎在表演水上功夫，因为两岸河滩有年轻女子在洗衣和淘菜。

---

②放排：利用水流运送木柴的方式。

这时，来宝听到江面上有歌声传来。

排到清江① 心开怀

情妹天天等哥来

娶得妹子下洞庭

放排哥哥不枉来

歌声自然也传进了老鸭客的耳朵。他鼓动来宝："你看人家放排佬敢唱歌逗姑娘，你敢不？来一首试试。"来宝说："人家是男的唱，我这会儿接过去，公对公怎么成？"来宝不唱，懒洋洋地躺在田埂上。老鸭客去唤鸭子："来呀，咿呀，来呀……"太阳很快就要下山。再走几里便是清水镇，但他们不打算走，要在这里留宿最后一晚，明天一早直接将鸭子赶到集市上去。

趁天空还有些光亮，老鸭客把鸭群赶进竹帘。来宝搬了几块大石头围成简易的土灶，准备生火造饭，野外的生活非常简单。从家里带的米早已被吃完，路上靠沿途的寨子接济。如果遇上老庚，不用说，老庚会塞给老鸭客一小袋米，并且还包了油和盐。菜是不用带的，人家的菜园里随便什么菜你只管扯几把，打不打招呼都不要紧，谁也不跟你计较。有时，老鸭客会揣上几个鸭蛋交换。更多的时候，老鸭客和来宝不用在野地里做饭，寨子上的人想听鸭客的龙门阵，便把他们请到家里去吃。

吃过晚饭，天空中升起弯月。田野里，来宝的半边月也明亮起

---

① 清江，此处指清水江。

来。清水江上的木排已经过去好几趟，忽然，夜空里飘来一曲女子
幽幽的山歌，唱词是如此的熟悉。

　　看鸭客来看鸭客

　　竹子篙篙十八节

　　白天跟着田坎走

　　夜晚睡的半边月

　　来宝眼睛尖，立即看清水江面上远远的地方有一丝亮光，山歌
就是从那里传来的。老鸭客纳闷：这个时候了，江面上怎么还有排
过。过了几分钟，那亮光似乎没有移动，一直在那里，那么一丁点
儿。难道有人在那里过夜？

　　阿黄听到动静，竖着耳朵叫了两声。

　　这边唱歌怎不接

　　难道与哥没有缘

　　哥的妹妹有几个

　　像我乖的有没得①

　　"好像是冲你来的呢！"老鸭客似乎听出了名堂。他用烟杆指指
对面。来宝知道爹又在鼓励自己，他的脸膛有些发热，可还是开不了
口。他躺在一蓬干黄的稻草上，望着夜空。那片半月分外明亮，边上

―――――――――

　　① 有没得：方言，即有没有。

有淡淡的云飘过，幽深的天穹不是那平静的江面吗？半月像一只小船荡在水里。蓦然间，来宝感觉自己的身体跟着晃悠悠地滑行起来。

去年，也是这样的月夜，他们并排坐在江边的一只小船上，来宝还记得当时她的一句话——"什么时候能睡你的半边月？"来宝说："这容易，放一回鸭不就可以了吗？"她的眼睛一下明亮了许多。咂着嘴，好像月亮床是吃的东西，满口生津。来宝说："不过放鸭挺苦的，不像这般好玩。"她说她不怕吃苦，再苦也没有放排苦，放排还有生命危险，她阿妈就是放排没了的。说到这里，她有些伤感。来宝不知道怎么安慰她，就把放鸭时听来的山歌轻声地唱给她听。

本来身旁的阿黄一直安静地趴着，这会儿突然发神经似地蹿了起来，朝天空乱叫，把来宝的思绪从去年拉了回来。

老鸭客坐在月亮床的床沿抽烟。

他见来宝回过神来，就说："你真不想开口唱啊？不唱，别人把她唱走了你莫后悔。"

来宝说："我后什么悔，后悔的恐怕是你呀阿爹。要是你当年认真点，也不至于后来一个人过。"

"你听谁胡说的？"

"阿爹的事，哪个不晓得！庚爹同我摆过好几回。"

"庚爹？你庚爹同你摆我的龙门阵？"

老鸭客倒想听听别人是怎么说他的。

来宝就把庚爹给他说的像摆龙门阵一样一五一十地摆了一遍。

当年，年轻的老鸭客在清水镇卖完鸭后遇上一个放排的姑娘，她听了老鸭客摆放鸭的龙门阵便喜欢上了他的半边月。可姑娘的家人却不愿女儿留下来，要是老鸭客真心做他们的女婿，就得上木排顺江

半边月

073

而下。那时还在搞生产队，老鸭客就对姑娘说他得先回队，交了鸭账再来找她。姑娘说她父母只同意等他一天，他必须在次日天黑前回来，否则这辈子别想再见到她。不幸的是，老鸭客在回队途中弄丢了包裹，交不了差，被队上批斗。等他逃脱监视，来到清水江码头时已经是第四天了。听人说，放排人一家在那里停留了两天，看他不来才走的。老鸭客后悔得很，发誓不再放鸭。但每年到那个季节，他都要准时去那里等。就这样，一年一年地等下去，始终没见到那个姑娘，也没有半点儿音信，等不来姑娘的他就一直打着光棍。后来分田到户，他才重新放鸭。时间慢慢流逝，明知无缘再见放排的姑娘，但他还是在那个时间前往清水江码头等候，向其他放排人挨个打听。

没想到，以前都是自己摆别人的龙门阵，从那以后，他倒成了别人的龙门阵。在他经过的那些寨子，人们摆起来津津乐道，嘘唏不已。

第二天一早，一望无边的清水江码头江面上铺了一层木排，来来往往的放排人从上面走过，如同走在楼板上，稳稳当当。码头成了市场，热闹、拥挤。放排人在江上漂了好几日才如期赶到这里，他们把从江里打来的鱼提上码头换钱，转手买进鸭客的扁嘴货。重阳吃鸭是清水镇的传统，这传统也影响了路过的放排人。他们在清水镇停留，要和这里的人共度节日。因为常年在这里经过、停留，一来二去，大多数放排人与镇上的人相识，于是上岸买了鸭和提着鱼，找熟人喝酒叙旧。有的干脆把熟人邀请到木排上的竹棚里，听着江水声，用文火煨酒，享受这份难得的闲暇。这些所谓的熟人，有江湖上那种讲义气的朋友，也有男女恋人。

来宝父子刚把鸭群赶到码头，安顿在竹帘里，拥挤的人便围拢过来，都说今年的鸭子长得漂亮，让人心动。他们生怕抢不到，争着在竹帘里薅。有的揪着鸭脖子，有的抓紧鸭翅膀，有的倒提着鸭，舍不得放下。不用说，老鸭客一袋烟没抽完，鸭就被抢购一空。无论怎样，老鸭客也要留下一只，来宝知道爹要把它给谁。

来宝没有猜错。人群刚刚散去，放排佬就出现在视线里。那人正踩着木排朝岸边走来。老鸭客朝江面上喊："不忙的，小心，别崴了脚，给你留着呢！"一会儿，两个老家伙就相拥在一起。上次一别又是一年。放排佬让父子俩稍等一会儿，他去采买一些生活用品，马上就回来。

放排佬是老鸭客多年前相认的又一个老庚。他把来宝父子引到排上的竹棚里。来宝看见一个女孩正在竹棚外生火，他知道是春秀——放排佬的女儿，去年见过的。春秀见来了人，起身站立，朝老鸭客唤了声"庚爹"，又叫"来宝哥"，脸立即绯红。他俩也是一年没见面，两双眼睛碰在一起，越发害羞起来。排尾还有个人，他是庚爹的徒弟，叫阿江。他跟老鸭客打招呼，却没跟来宝打招呼。倒是来宝主动跟他打招呼，他瞄了一眼，没应。

吃饭的时候，两个老庚一边喝酒一边扯些他们的话题，把时间慢慢泡在酒里。春秀勤快地给来宝夹菜，来宝想谦让，说"自己来"，却任凭她把菜往碗里堆……阿江把这些都看在眼里，只是低着头吃闷饭，几口刨完①后，把碗响亮地丢在旁边的板子上，跟师父说他去检查下排，看看竹绳是否还牢固。

----

① 刨完：方言，意为吃完。

春秀要来宝带她去镇上转转。喝酒的两个老人抬起醉眼看着已经走出竹棚的一对年轻背影，随口说"注意安全"，别玩得太晚了。

这竹棚里，两个老庚还在款那些陈年旧事。他们的酒从中午一直喝到岸上掌灯。刚刚喝出点酒意，被江风一吹，散了，他们接起又喝，好像永远喝不醉。

月亮弯弯照江面
妹想哥哥好多年
哥若有情妹有意
愿陪哥睡半边月

两个老酒鬼把酒碗悬在半空。老鸭客说："是春秀妹崽。昨晚，我就知道你们没进镇子来。年轻人，一年不同于一年，不经意间个子都蹿高了一截……你家妹子真是个好姑娘！"

放排佬往脖子里灌了半碗酒，长长地叹了口气："我不是不晓得她喜欢你们家来宝，去年见面之后我就察觉到了。可是你不晓得，我这个徒弟这两天正跟我恼气呢！"

"难不成，阿江……"

"就是，他俩从小一起长大，这几年又跟我上了木排。孩子大了，他们那点心事，当老的咋会看不明白？来宝这孩子也是不错的。人老不中用，我也快放不动排了，得把竹篙交给年轻人。"

"那你问过年轻人没有？"

"这倒没有，我是想到那一天再说。"

"不瞒你说，我这腿疾越来越老火，只怕这是最后一次出来。"

说到最后，两人感叹岁月真是不饶人啊！

次日，两个老庚醒来时已是日上三竿。放排的队伍纷纷解下缆绳，吆喝着离开码头。三个年轻人不在排上。

"不好，可能出事了！"

两人下排后，看见阿江坐在码头的石墩上。

"咋个了啊，那两个呢？"放排佬问阿江。

阿江垂着头，半天才悲愤地说："春秀妹子被那个浑蛋拐跑了！"他用拳头捶自己的胸口。

"唉！你看看我们两个这酒喝得都误事了。"放排佬有些埋怨老鸭客。

"怪我，怪我，是我不好，要不是我饿酒① 多喝两口，那坏小子也不会那么胆大。不怕，我这就去追，你等我追回来，把春秀还给你。"老鸭客嘴上这么说，心里却暗自高兴。臭小子，真看不出，平时闷声闷气的，到底还是比我这个老鸭客强。

放排佬也是精明人，他哪里相信老鸭客的屁话。他说："一批放下来的排，江浙的木商早就在沅江码头等着接货了，我哪里等得了你？我等得，这排也等不得！咱俩老庚感情好是另外回事，一码归一码。你回去给我那死丫头讲，半边月和江上排，她到底要哪个。还有，这两个爹……"他似乎觉得有些不妥。半边月和江上排都好理解，让她选择来宝还是阿江，这两个爹就不好比较了。老庚不是兄弟胜似兄弟，春秀叫放排佬爹，叫老鸭客庚爹，似乎没有什么区别。

其实，来宝和春秀并没有离开清水镇。远处码头上的情景，他

---

① 饿酒：方言，意为贪杯。

们都看到了。来宝和春秀从风雨桥看过去，只有三个小黑影，听不见他们在说什么，然后又看到放排佬和阿江爬上木排解下绳索，排和人划到了江心，越走越远，渐渐消失在春秀的视线里。来宝拥抱着她，安慰她，替她擦去泪水。

回程的小船逆流而上。来宝和春秀坐在船头，他们一边说笑一边用手掬起江水又泼出去。老鸭客咂着烟，笑容爬上满是褶皱的脸。

"喂，你们两个小家伙，听我说，我的龙门阵最要紧的一点还没人晓得呢！"

"什么是最要紧的，阿爹？"

"我的放排姑娘，我找到了。"

"是谁啊？"

"她就是春秀的阿妈。可惜……"

三个人脸上扬着微笑，泪水却不知不觉地流了下来。

开秧门

一

去往老木村的路上，一辆电动三轮车慢悠悠地行驶。

罗夫坐在车斗里，风吹在脸上，夹着一丝早春的凉意。他叼着烟斗，漫不经心打量着马路两边。

远山朦朦胧胧。跟他多年前看事物一样，眼睛像蒙了一层米汤皮，那是人上了年纪，自然规律。常言道："四十四，眼生刺。"那时，他已年过五十。

他把目光往回拉。近处的田畴、地块一片沉寂。布谷鸟一声赶着一声地鸣叫。一种说不出的滋味在心里蔓延滋长。

这空空的野外，干干净净。布谷鸟清晰的歌喉枯燥而乏味。他原本不怎么平整的脑门子更添了几道沟壑。人呢？一个也没有。怎么还不着急下地啊？要是往年——他还住在村子里的时候，过了清明，人们就该犁田播撒稻种了。他的思绪似乎一下子回到老木村，回到同他打了大半辈子交道的土地。可那一切又是影影绰绰的，刚一出现便又消失了，只有黑皮在眼前挥之不去。

黑皮，是只陪伴他多年的乡下土狗，它身上全黑，像墨一样，要是在黑夜里，根本看不见它。它野惯了，不像城里的同类，被妇人抱在怀里，不伦不类。乡下广阔的山野才是它的天地。

刚住进城那会儿，他害怕它惹事，若不小心弄伤别人，除了赔不是，还要出钱给人打疫苗。它似乎懂得主人的心思，主人给它做的铁屋子后，它毫无怨言地住了进去。头几日，不管是白天还是黑夜，它的两只耳朵一如既往地灵敏，稍有风吹草动，它便兴奋地转圈、叫唤。他说它大惊小怪，让它安静点儿，它果真老老实实地坐着听他说话。这样过了些日子，它经常在半夜里抓挠铁栅栏，轻声哼哼，像小孩子受了委屈，想哭又不敢光明正大地哭出来。有时他听见了，呼唤它，安抚两句，便又睡去。有一日，他端吃的过去，它闻了闻，不张口，抬起头可怜巴巴地瞅着他，眼睛里掉下泪来。他懂了，只好将铁门打开。

他说："黑皮，没我同意，不能随便跑出门。"它坐在他跟前，耳朵往后轻闪了一下，眯着眼，扬起一只前爪，轻声回应。空闲的时候，他同它下楼，在小区里转悠。它认识了保安四吉的宠物狗小白。小白脖子上套着绳子。黑皮同小白在一起，总是很兴奋，彼此低声叫唤着。黑皮撒腿跑开，逗小白去追它。可小白一时竟忘记了绳索的牵绊，被勒翻在地。

有一次，趁罗夫跟四吉不注意，黑皮一口咬断小白脖上的绳索，带着它飞奔出了小区。

从此，罗夫再也没见过黑皮。

……

"哎，我说，你们村到底有多远啊？这半天还不到？"

四吉的问话，被风从前面捎过来，呼一下从罗夫耳旁溜走。罗夫收回目光，收回心思。轻轻抚弄一下脚边那小捆秧苗，眼里流露出格外的疼爱——新鲜嫩绿的叶儿，仿佛一刻也没有停止生长，生怕轻微的抖动会弄折了它们。他索性将其提起来，抱在怀里，只有这样，心里才会踏实一些。

"喂，听见我说话没？问你呢？"

"开吧，少不了你的车钱。"

"唉，真搞不懂，放着好好的日子不过，偏要回什么乡下！你那几根秧苗喂牛还不够塞牙缝哩！"

"你懂个球，你是有福气的人，我哪敢跟你比……哎，话又说回来，你也难得出趟远门，应该感谢我才是，去乡下玩几天，整天守门不闷吗？"

"把你送到，得赶紧回去，明天下午轮到我值班。要不是看你说得可怜，我才懒得送你。"

二

三轮车突然成了只没力气的甲壳虫，趴在路边不动了。

四吉打了几次火，都打不着。

"没电了。"他说。

"出门时，我反复问你电充满了没，你咋个说的？还拍了胸口，说开个四五十里没有问题。这才出来多远就……"

"你还说我，要怪只怪你那狗屁村子太远，还诓骗我近得很，放个屁就到。"

"远哪样远？是你开得慢……"

两人相互指责，情绪渐渐有些失控，争得急了眼，罗夫没遮没拦地喷了句："没把我送到，哼！车费，车费想都莫想。"四吉一听就冒火了，松开龙头，从驾驶位下来，一歪一歪地走到车斗前，脸拉了老长，抬手指着罗夫的鼻子说："有你的，罗老鬼，老子才不稀罕你那几个钱，你马上给老子把车弄回去。"他说着便返回车头，欲将三轮车原地掉头。罗夫看他来真的，便赶紧软下来，说："都大把年纪了，急什么眼呀？好好好，咱俩谁跟谁，好说好说……"

四吉直勾勾地瞪了对方好半天，拉长的脸才重新回到原位。

空气凝结。过了好一会儿，罗夫才笨拙地从车斗下来。

"不走了？"

"走？怎么走？"

"推呀！"

"哼！你以为几步路啊！"四吉索性蹲在地上。

"那咋办？"罗夫原地转了一圈，背对着四吉，也蹲下来卷叶子烟。他慢悠悠地卷，卷好后放在烟斗里，点燃，咂几口，白烟往脸上爬，在头上盘旋。烟斗的光亮接连又闪了好几下，发出呼噜噜的声音。他缓缓从烟雾里站起来，想跟四吉再说点什么，可还是没说，他伸长脖子朝路的远方瞭望。

光线渐渐暗淡下来，天空堆起一团乌云，压得低低的，四下里一片寂静。

"这天气……真闷，可能要下雨。"

罗夫自言自语。四吉没接话。

罗夫又说："这半天怎么没见一辆车经过呢？要是有，拦下来，麻烦人家捎咱们一程，只要到了镇子里，到我女儿家，就不用发愁了。"

四吉仍然甩着脸。

又是长时间的沉默。几道微弱的闪电在天边奔跑，隐约响起数声闷雷。

四吉猛地起身，朝车头走去。他双手把住龙头，回头望了罗夫一眼。

罗夫赶紧跟在车后推了一把，好在眼下是一段平坦的路。三轮车缓缓前行，像只蜗牛。一会儿，罗夫便感觉身上潮湿和黏稠。

雷声越来越清晰，近在耳畔。突然，乌云被划开一道闪亮的口子，啪的一声，好像有块巨石从头顶滚落……

罗夫让四吉赶紧把车龙头转向路边停下，随即从身上的帆布包里取出两张塑料纸，一人一张，刚披上，雨点便打到他们头上。

俗话说："晴带雨伞饱带粮。"罗夫为自己有先见之明而得意，说："歇一下吧，等雨停了再走。"

雨滴密集，随风一阵一阵打在塑料纸上，越下越绵长，看样子一时半会儿停不下来。

去年春夏之交，像这样的雨一连下了半个月。白天下，黑夜下，没停过。谁也不会想到，灾难就那样发生了。那个半夜，斜坡上的整个村子瞬间滑坡。罗夫的老伴被人们从泥浆里抠出来时就断了气，他和死里逃生的村民被临时转移到一个安全的地方。后来，县城安置新区建好后，他进了城。虽万般不舍，可有什么办法呢？村庄都被毁了。

开秧门

罗夫后来想，在某些方面，人有时真不如牲畜。滑坡前的十几分钟，黑皮狂躁不安，几次用爪子挠他们的房门，还大声叫唤，老太太骂它深更半夜的发什么疯。黑皮无望地跑出门，那时，寨子上的狗同时发出哀号，整个夜空笼罩在不祥的气氛之中。

进城那天，罗夫到老伴坟前坐了半天，最后依依不舍地起身离开。走了几步，发现黑皮没跟上。他回头，看见它像他刚才一样坐在坟前。他唤它，它一动不动；他走回去，它呜咽着往山边跑。

三

雨雾缠绕，天地一片朦胧。

"莫等了，也许天黑还不能打住。"罗夫抖了抖雨水说。

"这么走也不是办法。"沉闷半天的四吉终于开口，"真后悔上了你的老当，唉——"

"咱们也不要相互埋怨了，我刚才也拦了几次车，人家不停你是看到的。这年头，都怕惹麻烦。其实也不远了，翻过这段坡路，下去就是镇子。"

"你以为像走平路那么容易啊，我这腿可吃不消了。"

"哟，忘记你腿上有残疾。一直想问你，是怎么落下的？"

四吉原本不想理他，可性格使然，他藏不住话。

"唉，别提了，小时候生病被庸医打错针造成的。要不然，我也不会落到守大门的境地。那会儿，公社要招干部，凭我上过初中，文化水平是够格的。可人家嫌我是个瘸子。"

"哎呀，这人，一辈子会摊上什么事真说不准。就像我，老了老了，却遭遇这档子事……你想啊，都这把年纪的人，不到万不得已，谁愿意离开本乡本土。"

"无法啊，都是命。原本也跟你不熟，谁让咱俩都来到这个小区。见你刚到时不言不语，整天呆坐门口，就晓得你心里烦闷。"

"这日子真难过！要是在农村，心烦了就到地里走一趟或者进山转转，没工夫想这些，也就一天天过去。可是，这安置小区田无一丘、地无一角，哪是咱们庄稼人待的地方啊？那时，我真不愿意进城。政府的人上门好多次，又让两个儿子来劝我，真是没办法。"

"我跟你不同，我是一个五保户，在哪儿都一样，有政府罩着，不愁吃不愁穿，也落得个没心没肺，开心快活。哪像你心事重得很……给，整一口……"四吉身上经常挂着个酒壶，平常守大门闷了就喝一口。这会儿他身上有些发冷，自己灌了两口，然后递给罗夫。

罗夫不接。他平时只抽叶子烟不喝酒。罗夫焦急地看了看天色，又从怀里掏出烟斗，明知这鬼天气，落雨又吹风，打不着火，便不打算卷烟，只咬着个空烟斗。

越到后来，天色越暗了，大雨裹挟着冷空气，身上的春寒又重了一些。在这前不着村后不着店的半道上，如果不想办法尽快脱离困境，必然会招致不可预想的麻烦。两人也不再相互抱怨，心态平和了许多。

四吉把三轮车推到马路中间，他大声说："我就不信拦不住车。"

时间一分一秒过去，天将要断黑时，他们终于拦住了一辆拖拉机。

开秧门

四

"你以为我不晓得？只是觉得你可笑。你想嘛，小区里面怎么能种稻子呢？"四吉烧红着脸，眯起眼睛说。

这会儿，那辆拖拉机已将两个老家伙送到镇子上罗夫的女儿家。

说来可巧了，罗夫认识开拖拉机的人，叫龙伍。龙伍也是从村里搬出来的，只是他被安置在镇子上。他告诉罗夫，这段时间他用这台拖拉机帮人家翻地，忙得很，天断黑才收活路回家，没想到竟被这两个老鬼"打劫"了。

关键时刻，得到人家的帮助，自然要挽留他吃饭，好好感谢一番。龙伍并未推脱，索性陪四吉喝起包谷烧来。四吉喝了两杯就管不住自己的嘴，他说起罗夫在小区里偷偷种稻子的事。

四吉嘲笑他，是他不懂罗夫的心思。他年轻的时候，以身体残疾为由，不事农事，一辈子没与庄稼打过交道，不晓得庄稼人对土地、对稻子的感情。

罗夫打断四吉的话，说："你别觉得我可笑，同你摆摆我们老木村的龙门阵，你就晓得了。"

老木村向来缺水，都是些"望天田"。每年春天，罗夫都要同他的水牯牛趁着下雨把"望天田"犁上几遍。好多时候，春雨都是深更半夜下，要是等雨停了、天亮了再去，雨水早就跑了。田里留不住水，种不了稻子，只得改种玉米、红苕等耐旱作物。

罗夫家门口那块大田有两亩多，是全家人的主要口粮地，他很重视。为了保证春雨来时有水进田，他从后山挖了两条沟渠，把雨水拦截到大田里。

从半夜一直犁到天明，罗夫虽然年轻，但还是累得够呛。人累，牤牛也累。一大早，女主人把灶火烧燃，抓紧做早饭，派孩子上山割草。人和牛得停下来补充体力。

很多时候，辛苦了半天，结果田里的雨水还是溜走了，半拉子工程烂了尾。更糟糕的是，之后再也没有一场像样的春雨，时节不等人，那一年就遭罪了。

如果运气好遇上好年景，全家吃上白米饭，自然也不会亏待他的黑皮。吃饭的时候，主人会往它的盆里倒上半碗米饭，它便愉快地摇着尾巴。有一次，罗夫的二小子吃饭洒了一地，他一巴掌扇过去，吓了黑皮一跳。等他气消，便给儿子讲了一个故事：很久以前，人间没有稻米，人们忍受着饥饿。有个老神仙下界巡游，说话间不慎泄露天机，告诉人们，在遥远的国度到处是金灿灿的稻谷。于是，人们派出一条聪明能干的狗，远渡重洋去取稻种。这条狗到了那里已是秋天，看见晒谷场上重兵把守，它瞅准机会将湿漉漉的身子往晒谷场一滚，身上沾满了谷粒，急忙赶回来。谁知它在渡海时身上的谷子全被水冲走，只剩下尾巴上不多的几粒，人们小心栽培才有了稻谷。现在的谷穗形状为什么长得像狗尾巴一样就是这么来的。罗夫讲狗的祖先对人类的贡献时特意看了一眼黑皮，它好像能听懂主人的故事，将尾巴摇得更欢了。

罗夫进城时，除了身上穿的就只带了一把稻穗。

离开那天，他告别老伴后，站在面目全非的稻田边，久久不肯移步。自从住进安置小区，他整天失魂落魄。儿女们怕他想家，怕他支持不住病倒了怎么办？可是又不知道怎么安慰他。过完春节，两个儿子再次举家外出打工，女儿将罗夫接到镇上住了几天。一次

开秧门

无意间，罗夫对女儿说："要是能有办法把那块稻田恢复，我宁愿搭个棚子住在那儿。"女儿知道他心里欠[1]着母亲，欠着那块他耕种了一辈子的稻田。整个山体的泥土和石头堆在上面，他自己也知道要恢复是不可能的。过了元宵节，他要走，女儿留不住便又安慰了一番，让他想开些，有空她会去看他。临了，他见女儿家的檐下挂着一串糯谷穗，那是留来开春做种的。他向女儿要了一把，女儿虽不解，但还是给了他。

清明节，罗夫在女儿的陪伴下回了趟老木村。祭扫完老伴，他又站在稻田边发了半天呆。回来后，心里总是不踏实，老觉得有人在催促他要做点什么。好几次，他把阳台墙壁上挂着的那把稻穗取下来又挂上去。如此反复几回，他突发奇想，想看看小区里能不能种稻。那几天，他趁人不注意，故意往小区角落里转悠。终于在一处不显眼的墙根发现一块"稻田"——那儿有个水龙头，大概是物业用来给绿化带浇水的，水龙头坏了，不停往地上滴水，流到墙根蓄积成一方小水塘。旁边正好有一丛绿化树遮挡，不到跟前根本看不出来。他像发现了什么宝物似的，心里暗自高兴，但又有些担心。要是被人瞧见，不让种就麻烦了。白天小区里经常有人进出，他不敢贸然行动，只能等到晚上。

罗夫住的地方，从窗口能看到保安四吉的一举一动。他通过观察，发现天断黑之后，四吉至少有半个小时脱岗，他干嘛去了？上厕所，每天那个点他都要去，雷打不动。在行动之前，罗夫做了必要的准备，他提前把稻穗脱粒下来浸泡好后装在塑料袋里。那天晚

---

① 欠：方言，即想念。

上，罗夫扛着铁锹，趁四吉上厕所的工夫，悄悄向他的"稻田"走去。到了那儿，他头戴一只探照电筒，用铁锹从旁边的绿化带里将泥土铲进"水塘"，像建筑工人搅拌混凝土一样把泥和水混合在一起。平整之后，他将稻种均匀地撒在上面，再覆盖薄膜。他很紧张，边干边停下来观察动静，以至于不久就浑身大汗。事后想起来，整个过程有点惊心动魄。

此后几日，他每晚都要去察看一番。看看是否被人发现把他的稻田给破坏了，看看稻谷是否破壳长出新芽。

罗夫每晚行动都小心翼翼。他如同电视剧里的地下工作者，既担惊受怕，又颇有成就感。他不敢想象自己要是被谁盯上会是什么样的结局。比如四吉，一定会把他臭骂一顿，嘲讽一通，命令他将"稻田"恢复原状，说不定还要罚款。就算是其他人，到物业那里去告发，同样不许他干下去。

他感到很庆幸，十多天过去了，秧苗已经长出来，一寸多高，密密麻麻，嫩绿一片。罗夫看着它们，脸皮舒展开来，眼里重新有了许久未见的光。

五

罗夫憧憬着，再有十来天就可以移栽了。

这天夜里，他接到一个电话。电话那头的人让他回村，说过几天就要举行开秧门仪式。这个人的声音听上去有些熟悉，他不由得激动起来，问对方是谁。那人故意卖关子，说："怎么连老熟人的声音也听不出？"对方反复交代了几次让他一定要回去，然后就挂

开秧门

了。他迅速在头脑里把村支书、村委会主任还有族长……想了一遍，还是觉得不像他们。

罗夫心里不踏实，把电话拨回去，对方语音提示是空号。怎么可能？明明刚才来的电话，转眼成了空号？他不信邪，不厌其烦地一遍一遍摁那个该死的号码……

后来，他感觉手指头火辣辣地疼，手机也没电了。他身心疲惫，气恼之下把手机狠狠扔到地上，像泄了气的皮球瘫倒在床上。

突然，一阵急促的敲门声将他惊醒。

刚开了个门缝，四吉的脑袋便挤了进来。

"好你个罗老鬼，敢在小区种稻？你以为在乡下啊？真是乱来！"

"你，你，你说哪样？谁，谁种稻了？"罗夫结结巴巴，神情惊慌失措。

"别不认账，我早就发现你神神秘秘的……不过秧苗倒是长得不错。本来想几下把它铲掉的，可于心不忍。这样吧，你自己解决，赶快弄走，把那儿恢复原状，我当哪样也没看见，不然，我告诉物业，够你喝一壶①的……"

此后，罗夫再也无法入睡。后半夜，他悄悄推门出来，朝他的"稻田"走去。他在那儿鼓捣了大半夜，天麻麻亮②时，他敲开四吉的房门。正好，四吉轮休。他缠着四吉用三轮车载自己回趟乡下。

事情再清楚不过，这趟回乡之行，罗夫是冲着开秧门去的。

尽管外面的世界花花绿绿，一日千里，可黔东南深山里的一些

---

① 喝一壶：方言，此处指事情难以处理。

② 麻麻亮：方言，指天刚刚亮的状态。

寨子时光仿佛还停留在过去。这一带的民间，苗族和侗族同胞做什么事都讲究仪式感。比如"二月二"，有的苗寨通过祭桥把祖先的灵魂接回来；侗族青年谈恋爱，夜晚要在鼓楼下行歌坐月，对歌传情。种稻这等重要的农事自然要慎重对待，不是谁想栽就栽，必须由掌管农事的活路头召集大伙举行一个神秘的仪式来打开那扇通往神灵的门，全寨的人才可正式下田插秧。这就是当地人常说的开秧门。

女儿觉得父亲有点儿不正常。村子都毁了，哪里还开什么秧门？可是看到他从小区扯来的那捆秧苗，她知道父亲是认真的，阻拦不了。

第二天，雨还在下，四吉一早冒雨回去了。临行，他拍了拍罗夫的肩膀，让他在女儿家多住些日子，别整天胡思乱想。要是想回小区，提前打电话，四吉来接他。

吃过早饭，罗夫犟着要进村。女儿说等雨停了再去也不迟，可是哪里劝得住！女儿只好叫龙伍开拖拉机捎他进去看一眼，以安抚他那颗心。

罗夫再次见到黑皮，它好像不认识他了，龇牙咧嘴地不让靠近。罗夫想不到还能见到它，想不到它居然在这里，替他守着老伴。老伴的坟旁边有块巨石，那是当时滑落下来的。巨石下面正好有个空间，可挡风雨，供它栖身。

去年进城，它没跟罗夫去。罗夫几次打电话给女儿，让她进村看看它。有一次，罗夫的女儿在镇上遇见几个小混混追打一只瘦弱的黑狗，差一点就成了他们口中食。她唤了一声"黑皮"，它便朝她奔来。她给它吃了几顿饱饭，打电话让父亲来接……那次，黑皮带着小白不辞而别，罗夫当时很生气，说黑皮不知好歹，怎么忍心扔下他。后来，又担心它去了哪儿，外面可不比在家里，没个遮风挡雨的地方有没有吃的。

其实，那天逃走，小白吃不了苦，半道上当了逃兵。四吉见到小白回来，还狠狠地教训了它一顿，拴得更牢了。

罗夫失去黑皮，变得更加沉默寡言。黑皮不愿在城里，他何尝不是呢？

从女儿家出门，罗夫突然问她后来见没见着黑皮。女儿先是摇头，后又说："有几回半夜里听见叫声，很像黑皮，开门瞧，什么也没有。"她叹气道："黑皮啊，可能也是不愿意见我，怕我通知你再把它接走。现在，恐怕不是饿死也早被人吃进了肚子。"

黑皮已经瘦得皮包骨了。罗夫叫了声黑皮，转脸偷偷抹了一把老泪。

"走，跟我走。等我把这捆秧苗栽完，咱俩就回去。"罗夫说。

罗夫带来了刀头肉、面包、香、纸。他将它们摆在老伴坟前。雨一个劲儿地下，没有给他点燃香纸的机会。黑皮浑身发抖，罗夫给的面包它无法下咽。它已经饿过头，没有食欲。罗夫将它抱在怀里劝它吃点，不然一会儿没有力气跟他回家。它耷拉着眼皮，谁也不知道它是不是因为惦记着罗夫一直强撑着。现在，它放松了。

六

天色暗下来，雨越下越大。

罗夫看见自家老木屋还好好地立在那里。他快步走近牛圈，那头牯牛抬头看见他，哞哞地同他打招呼。他从墙角扛起铧口，取下牛圈门栏，牵出牯牛朝门口的大田走去。他和牯牛有使不完的力气，一个晚上就把大田犁了好几遍，泥和水充分混合在一起，田底子也被抹得光滑无比。他敢确定，就算往后一个月不落雨，这块大田也不会干涸。

次日清晨，村人都朝他的大田走来。有人把一只全村最雄壮的公鸭交给罗夫，请他主持开秧门。罗夫推辞，说这项庄重的仪式应该由活路头来主持，而不是他。站在身边的一个老人贴近他的耳朵说："你糊涂了？你就是活路头。快开始吧，大家还等着呢！"罗夫只好把那只公鸭宰了，鸭血淋在水田里，对天和地念叨起一段祭词……接着将自己从小区带来的那捆秧苗打开，从中取出五丛苗株栽插在自己的大田里，瞬时，响起鞭炮声和阵阵欢呼声。人们开始在自家稻田里插秧。

……

罗夫醒来的时候，整个房间亮着一片白光。他微微睁开的眼睛条件反射般闭上。过了几秒钟，他再次睁开才稍微适应了一些。

"醒了，都三天三夜了，真让人心焦。"他看见女儿俯在床边，兴奋得脸上挂着泪。这时，有人握住他的手。"罗老鬼，你差点儿死在老木，你晓得不？要不是镇里派挖机抢通塌方的道路，你就出不来了。"

罗夫转动眼睛，把床前的人都看了一遍，张了张嘴，说："黑皮，开秧门了，咱们回家……"

找寻遗失的影子

一

老街很老，新城似乎已经将它忘记。这片矮平房处在高楼的包围之中，墙体斑驳脱落，远远望去，它像长了一身牛皮癣。巷道交错狭窄，无论什么时候都透着一股潮湿的霉味。头顶巴掌大的天空交织着各种各样的线，如蜘蛛网一般。老街不仅样子老，就连许多习惯也是老旧的，比如星期天赶集，据说有些年月了。

从乡下来的人，像蚁群一样涌入老街。老街今天赶集。

他牵着她的手，随人流走在玉溜溜①的石板路上。他们许久没牵手了，触感怪怪的。怎么个怪法？说不清楚。她主动将手伸过来，先是轻碰了一下，对方没什么反应。拥挤，人群间不经意地触碰很正常。又一下，直接握过去，被握的另一只大手像被什么蜇了一样，条件反射般想抽回去，没成功。他转脸看了她一眼，正好她也看过

---

① 玉溜溜：方言，指光滑。

来，两张脸平静如水。

走了几步，那只冰凉得握得有些紧的小手，显得无力，终于松动，大手趁机挣脱出来，转而去握虚弱的小手。小手仍然冰凉、柔软。

他与她只是这场集市中的一分子，好比被流水推着滚动的两粒河沙，谁也不会在意这样一对人。

他们住的小区离老街很近。之前很少去逛老街，尤其是赶集天更不愿意去挤，空气不流通，有股难闻的汗臭味。

这次决定一起去老街赶集，是欧纳提出来的。戈略没有拒绝，这出乎意料。

逛街似乎是女人的天性，逛起来没完没了，不知疲倦。这一点，欧纳却是个例外。除了恋爱的时候，戈略约她看过几场电影和压过几回马路外，他们在结婚之后很少逛街。戈略一度感到幸运，找了个不喜欢街的老婆。当酒友们吐槽被老婆强迫逛街的痛苦时，他心头是快慰的，幸灾乐祸。

他们似乎忘记附近还有这么一个叫老街的地方。平常，家里买菜、买生活用品，都是老妈操持。柴米油盐在哪里买、价格如何，两人不清楚。

现在，他们很默契，愿意到老街来赶集并且像恋人一样牵着手。

两人来到一家竹木器店。老店，经营板凳、饭桌、砧板、脚盆、竹筛、簸箕……几十年来，还是老样子。

到这里来逛的人并不多，摊主是位上了年纪的男人，衔着的烟快要燃到嘴唇，烟灰还顽强地保持着原来的形状不肯掉下来。他慵懒地躺在睡椅上，任由这些物件包围着自己。仅有的两三个顾客东瞧瞧西看看，摊主视而不见，眼睛一直微闭着。他知道来人也只是看看，并不指望有人能买走什么。你不用担心他的生意不好，过不下去。老街就是这个样子，卖的永远是些老物件，遇上有缘人，说不定什么时候就随了去。对摊主来说，慢条斯理是他们的常态，不急于一时顾客盈门，细水长流才是生活的本真。

欧纳先跨进店里。驻足于一张饭桌前，她用手轻轻摸了摸桌面，然后抬头看向还站在门口的戈略。她朝他招手，示意他过去。难道是看上那个物件，想征求一下男人的意见把它买走？

"你还记得这张桌子吗？"欧纳温柔地问戈略。

戈略举起手，稍稍挠了一下头，配合着她的问话，好像在努力回忆。随即，他遗憾地摇了摇头。

"这是我们结婚后买的第一件家具。那时，我们租住在附近的一栋筒子楼里。我第一次学着做菜，你帮我打下手。我不小心切伤手指，你比我还紧张，赶紧把我的手指含到嘴里吸吮，我说那样不行，抽屉里有碘伏，你跑去找了半天，满头大汗……我们只做了两个菜——一个回锅肉，一个白菜豆腐汤。菜端上桌子，刚好停电。你找了一对我们结婚时未燃完的红蜡烛点上，吃了一回烛光晚餐，我们沉浸在温馨的烛光中。红烛燃尽点着了桌角，烧了一个疤。你过来看，还在呢！"

"我们有过这样的桌子吗？在这儿……怎么会在这儿……"戈略为想不起曾经有过这样一张桌子而感到惭愧。

"这张桌子跟着我们搬了好几次家，一直到买新房才想要把它扔掉。可是我舍不得，那时我知道老街有回收旧物的，于是将它送到这里来。"

"还有这个呢，我们后来又买了这个。几个？你还有印象吗？"戈略抬起头的时候，看见欧纳手上举着一个小板凳，在期待他的答案……

二

两人从店里出来，到了丁字口，这儿原是旧书摊一条街。现在只看见一辆三轮车横在那里，平展的车厢上有一些书，它们像垃圾一样堆着。随便瞄一眼，仅有一些关于算命、唱山歌、学生辅导手册之类的书。

"怎么就这么点儿？还是些这样的书。"欧纳有些失望。

"正常啊，什么年代了，谁还上这儿来淘旧书？网上有的是，更何况现在的人又不怎么读书，刷手机都忙不过来。"戈略不以为然说道。

两人继续往前面走，欧纳却想起二十多年前她同戈略在新城那边上大学时经常到老街来淘旧书的事。

欧纳依然清晰地记得那天的情景。也是个星期天，她独自逛这条街，抬眼望去，一溜儿全是旧书摊。有的摆在小推车上，有的码在地上，用塑料纸铺着，整整齐齐。欧纳的目光在书堆里找寻着文学旧书。那段时间，上当代文学课的老师讲到路遥的《平凡的世界》，她便想拥有一套。她去过学校的图书室，没有。大十字新华书店那儿有两套，上、中、下三册。一问书价，五十元，抵得上她十天的伙食费了，她舍不得。父亲每月只能拿得出一百五十元伙食费给她。她必须精打细算，不敢乱花一分钱。早餐只吃一个馒头，正餐打半份菜。同学请吃饭，她总是找理由婉拒，吃别人的，自己还不了人情。

淘书的细节历历在目。

当时她一连走了好几个摊位，眼睛都看酸了，硬是没发现那套书。还有两个摊儿就到头了，她看得更加仔细，生怕一晃眼便错过。

站久了，腰有些酸，她蹲下身子，把眼睛凑得更近一些。

"怎么就没有呢？"她有些不甘心。到了尽头，她站起来直了直腰板，想往回再找一遍。

渐渐地，淘书的人多了起来，有些拥挤。回到第三个书摊时，人群中突然传出大声的争执。只听见一个说是他先看到的，另一个说自己先拿到书，都想着让摊主卖给自己……欧纳挤过去，抬头一看，乐了，其中一个不正是班上的吴戈略吗？另一个不认识，看上去也是学生模样。场面一时僵持着。

"你怎么在这里？"那时，戈略也看到了欧纳，两人几乎同时问对方。

欧纳看见戈略手里抱着两册书，"《平凡的世界》！"她差点叫出来。

与他争抢的那个人手里还有一册。

"难不成，你也在找这套书？"戈略把其中一册递给欧纳。

"嗯，比你来得早，却没你运气好。"

与戈略争执的那位同学好像还不依，欲伸手夺书，戈略顺势一让，不屑地说："你别跟我争了，咱们让给这位女同学好不好？好男不跟女争。"

"就是就是，让给女同学吧。"摊主趁机做了顺水人情。

于是戈略把手上的那册也给了欧纳，那位好像也不好再说什么，扔下另一册后走了。

一路上，两人有说有笑。戈略说："要不是你来，咱们可淘不到这套宝贝。"

"咱们？不是你开的钱吗？打我的旗号。"

"是啊，不以你的名义，那人肯让吗？这点钱算什么，算我买来送你的。"

"那可不行，我才不夺人所好呢！借来看看倒是可以。"

"你知道，我不爱看书。"

"那你买它干啥？"

"买给你呀！"

"给我？你咋知道我要这书？"

"我啊，神机妙算，哈哈……"

"你就会耍嘴皮子……"

想起这些，欧纳不由得嘴角上翘。在人群里，她依然很美，不知戈略看见没有。

三

周五上午，他们从市民之家的办证大厅出来，各自把一本暗红色的离婚证放进包里。分开时，欧纳说："后天是星期天，咱俩能不能一起再上老街赶集？"戈略想都没想就答应了。

几年前，欧纳被提拔到另一个县任公司经理，戈略是一个局的一把手，女儿正处在青春期，两个老人又体弱多病，两口子商量：要牺牲一个人来镇守大后方。权衡一番，只有牺牲戈略。于是，戈略主动辞去局长职务，做欧纳的坚强后盾。

此后的日子，夫妻俩过着聚少离多的生活，好不容易才把女儿送进大学，心头算是舒了一口气。在旁人看来，这是个多么完美的家庭啊！然而他们还是和平分手了。

于是，这对夫妻——不，已是前任，像一对恋人一样，手牵着手出现在烟火气息浓郁的老街集市上。

这会儿，他们来到银饰一条街。店面一家挨着一家，柜台上摆放着银帽、银项圈、银手镯……在灯光的照射下亮堂堂的、白花花的，格外耀眼。它们是银匠一锤一锤敲打出来的智慧，是开在指尖的银花。据说，苗族女孩一出生，家里就要为她准备嫁衣。一套精美的嫁衣，刺绣和银饰是绝妙的搭配。过去，穷困的人家银子是靠一点一点积攒起来的，后面拿到银匠那里慢慢敲打，这是个漫长的过程，父母为此倾尽所有。如今日子好了，到银店里看上哪种款式，直接扫码支付后拿走。

欧纳虽然也是苗家女孩，可是家里一直很穷，戈略的家庭也不宽裕。两人结婚时，双方父母力不从心，拿不出更多的钱来给欧纳置办嫁妆。欧纳的母亲省吃俭用，好歹给欧纳打了一只分量很轻的银手镯。两人甚至连婚纱照都没拍。按照双方父母商定的日期，简简单单摆了几桌酒席就把婚结了。戈略兄弟多，家里住不下，婚后他们只好在老街附近租房，以后的日子，又搬了几次家，一直到女儿上完小学才按揭买了商品房。

"想看点什么？我们这儿都是上好的银子打制的，分量足，工艺好，随便看看。"一个摊主见二人牵着手走来，很热情地招呼着。

欧纳拉着戈略走近柜台，饶有兴趣地欣赏着一项银帽。

"啧啧，多么精致的银花！花瓣薄如蝉翼，锦鸡振翅欲飞，栩栩如生……要是那时能穿上这么一身银光闪闪的嫁衣，拍张照片多好啊！"欧纳一边感叹一边悄悄回头看了眼戈略。

戈略站在一旁，目光散漫、游离。

他们正要离开，店主脸上仍然保持着笑意，说："你们真不想要点什么吗？比如手镯、耳坠……"

已经跨出店门的戈略回头对欧纳说："给你买个礼物吧！"

"礼物？什么礼物？"

"耳坠。"

"算了吧，你看我何时戴过？走吧，你的心意我领了。"欧纳拉了一把戈略，将他拉出店外。

四

欧纳不是不想要礼物，她同许多女人一样都希望在恰当的时候收到男人的礼物，特别是这个她曾经深爱过的男人的礼物。

在新城上大学的时候，校园后面有一座山，山上长满了高大的松树，树下草丛绵延。春天里，无名的野花恣意开放。闲暇时，戈略总拉着欧纳往山上跑，在那儿度过无数美好的时光。

一次，两人玩累了并排躺在一起，看树梢上面的那片天空。欧纳慵懒地看着一团团一丝丝变幻着的白絮软软地在树隙间游动，她眼神迷离。当她再次睁开眼睛，太阳往树的那边掉下去一大截，飘浮的云朵不知在这个过程中变了多少花样，眼前已经是一片艳红的色彩。大自然真奇妙，是个了不起的魔术师。欧纳享受春日里的梦幻。

　　欧纳揉了揉眼睛，看见戈略背着手从树的背后走来。戈略神秘地说："纳，你猜我给你准备了什么礼物？"

　　"有礼物？哪来的礼物？你会变魔术吗？"欧纳坐了起来。

　　"是的，快把眼睛闭上。"戈略已经来到了欧纳的跟前。

　　欧纳老老实实地闭上眼睛，她感受到一股温暖将她包围，那气息里有花香，有男人身体独有的青春味道。一只彩色的花环是在她游离梦中那会儿戈略编织的，戈略温柔地给她戴在头上。她秀发乌亮，像一帘黑色的瀑布从花环的四周缓缓流淌下来……她还不愿意睁开眼睛，她在享受这美妙的时刻，他们滚烫的唇贴在了一起……那个春日的下午，欧纳收到了戈略的第一份礼物，这让欧纳突然一阵眩晕，那种眩晕感久久停留在最初的幸福里，成为日后奢侈的回忆。

　　此后，他们正式谈恋爱、压马路、看电影……每一次见面，戈略都会从身后拿出一份礼物——他亲手折的千纸鹤、在小店里买的紫色风铃，或是从旧书摊上淘到的一本小说……他简直就是个可爱的魔术师。

　　大学毕业后，同学们各奔东西。欧纳的父母在老街附近摆了个临时小摊，卖自制的酸汤，勉强维持着一家人的生活。戈略则回到乡下。那段时间，两人各自承受着待业的煎熬和相思之苦。就在那年秋天，欧纳率先考上工作，在一家电信公司当文员。戈略迟迟考不上，只好在县里的一所私立中学代课，他对此有些自卑。欧纳写信鼓励他一定要振作，一定要考到她的身边来。这样，他们的爱情才会有结果。

　　又过了一年，戈略终于考到街道办，做办公室文秘工作。年底，他们在父母的安排下简单办了婚礼。之后，他们有了孩子，把孩子交给父母带，两人分别在各自的岗位上打拼。一晃十多年，他们在这座城市有了不错的事业，稳稳立住脚跟。然而，他们的感情却慢慢出现裂痕，婚姻拉响警报。他们也尝试沟通过，可是常常说不到一块儿。那些事情说起来不大不小甚至无关紧要，然而两人却互不相让，争吵之后又长期陷入"冷战"。时间一长，欧纳说已感受不到他的关心，而戈略却说他仍然想像过去一样爱她却已爱不起来。

于是，逢年过节、结婚纪念日、她的生日……那些特殊的日子欧纳再也收不到礼物，哪怕是一句问候也没有。戈略也感受不到妻子的温柔，他和女儿越来越难吃到欧纳做的饭菜。欧纳几乎没给父女洗过衣服，没拖过地，甚至一家人坐在一起看电视都是那么奢侈。有人说"久别胜新婚"，一个月只见那么一次两次，他们却兴奋不起来。那些为数不多的夜晚，两人躺在一张大床上各自朝向一边，像两个受刑的囚徒被婚姻的枷锁捆绑着。

最后，欧纳说："咱俩也别再争吵，都好好冷静冷静。最近公司要派我去总部北京进修半年，我们利用这段时间调整一下心绪吧！"

五

沿着斜斜的巷道，他们看见的是另一番热闹——除了两边固定的门店，乡下来的人可以将摊子随意摆在路的中间。人与摊融为一体，看起来有些杂乱，却充满了生气。做生意的摊位并不大，一张像合页一样的小桌，只要寻到一点空隙他们便将小桌打开，从一个大包里取出要卖的东西——塑料发髻、彩色丝线、绣片、绸子花朵、花帽、银饰……以及苗族穿着打扮为主的小物件、小饰品摆在桌上，

稻花鱼

琳琅满目，挨挨挤挤，一条街巷成了彩色的河流。

有一张桌子上码放着许多小发髻。一眼看过去，油光发亮，像几股大麻花绞在一起，一丝不乱，漂亮极了，真叫人惊叹。

正好有两个女人走过来，她们说着苗话与摊主交流。摊主热情地拿起一个发髻替她往头上穿戴。戈略看见底部有一个塑料模子，假发便依着这个模子缠上去。现在的人真是聪明！

头发稀疏或者掉光，对于男人来说不打紧，街上光头男人并不少见，甚至有的明星也以光头出名。女人却不一样，谁不希望自己有一头漂亮的秀发？她们以为假发皆是为了掩饰秃头的缺陷，这是平常人的思维。这也不全然。苗族妇女大多要把自己的头发盘在头顶上，形成一个高耸的发髻，以便插花戴银。过去没有这种可以以假乱真的假发买卖，凭她们自己的头发成就这种头上的美丽，要麻烦很多。

穿行于这条街市，不难发现：摊贩之中，有的只负责经营假发，摆放有序，横竖成行，好像多放一件就会乱了桌上的风景，另外一些则专门兜售绸子做的"鲜花"，可以乱真，各式各样铺满桌面。这两种摊主是不是来自同一个地方？也许彼此私下约好你卖发髻，我卖"鲜花"，分工合作，大家都有钱赚，也未必不可能。

两人看了一会儿。欧纳无意识地用手扶了扶头上的宽檐帽，一下又一下。

挤过人群，一间临街的店面吸引了欧纳。一个着苗装的中年女人背对着街面，她似乎没发现有人进店来，自顾自地忙着手上的活。欧纳摸了摸几绺系在架子上的长发，问："老板，这长发是真的吗？"女人半晌才回头看了欧纳一眼，带着浓重的老街口音说：

104

"假的。"欧纳说："跟真的一样。"女人又恢复了刚才的状态，再没理人。

欧纳悻悻地走出店门，头上的一块灰云遮住了阳光。

街面上的人还是那么多，人们没有散去的意思。两人行走的方向应该是自东西向，这会儿快到巷子尽头了。

欧纳脚下突然窜出一个人影。

六

那个人影是她自己。刚才遮住太阳的云朵已经移开，自己的影子突然从身后跑到前面来，又高又大，仿佛要挣脱出去，有些夸张和变形。现在，她似乎是追赶着自己的影子往前走，可是怎么也追不上。她眼前越来越模糊，天瞬间黑了。

……

她再次睁开眼睛，一位老奶奶出现在眼前，欧纳的人中被她掐着。

"醒了？"老奶奶安详地说。

"怎么了，你这是？"戈略紧张地问。

过了一会儿，欧纳才完全清醒，像没事了一样。

"你不是要给我买礼物吗？我就要那个。"

欧纳要强地站了起来，她指着老奶奶门枋上挂着的两束长发。

老奶奶不像做生意的。她狭小的门店冷冷清清，没有人逛到她这儿来，除了挂在左边门枋上的两束长发，她也没什么东西可卖。

"你要那个干嘛？假的。刚才那女人不说了吗？假的，老街卖的都是假发。"

"如果你愿意买给我，我就要那个。"欧纳看上去有些虚弱，帽檐下面额头冒出几粒豆大的汗珠，但眼神很坚定。

戈略目光转向老奶奶，问价。老人用苗话说着什么，他听不懂，欧纳却能明白老人家说她不卖。

欧纳仔细打量着其中一束头发，用手反复摸了又摸。然后依依不舍地转身对戈略说："走吧，要散场了，逛得也差不多了，我也累了。"

"等等！"老人说。

老人让欧纳坐在身边，缓缓抬起眼睛打量着欧纳。

"可不可以摘下你的帽子？"她目光慈善而温暖。

欧纳抬起虚弱的手缓缓摘下头上的宽檐帽，她那剪得很短的染过的黄发露了出来。

"你的头发？"戈略突然意识到欧纳的长发不见了。欧纳一直习惯蓄着及腰的长发且从来不染，黑亮飘逸的秀发，走到哪里都会引来羡慕的目光。

"你现在才发现？拍照办证时，你就没注意？"欧纳脸上有一丝不易察觉的难过，但她努力地掩饰着。

他们已经有半年多没在一起。一个月前，欧纳从公司总部出差回来，说："我想好了，还是分手吧！"吵吵闹闹过了这么多年，一旦真要离婚，这个平常无所谓的男人似乎还是无法接受。可是，欧纳心意已决。

"你不想把这束长发的故事告诉他吗？"老人慈祥的目光抚摸着欧纳苍白的脸。

"算了，我们要走了，感谢您帮我保存这么久。"欧纳重新戴上帽子，从老人手上接过那束长发。

"事到如今，我替你说了吧。"老人用鳖脚的汉话对戈略说，"她已经没有头发了，像我一样。半年前的一天她找到这里来，把一束漂亮的长发交到我手上，让我帮她收好……可怜的孩子……"

老人神情沮丧地看着欧纳说："孩子，我是不希望你来取的，那样说明你的头发还会长起来。可是你还是来了，难道真的就长不出来了吗？"

半年前，欧纳并不是去北京出差，而是在省城的医院里做化疗。她那天去了理发店，非常难过地剪下自己的长发，将它寄放在老人这里。她当时说半年后回来取。

欧纳以前喜欢穿苗装，喜欢绾高高的发髻……这些年因忙于工作而没有机会。她一直想着有一天能穿上盛装与戈略补拍一张结婚照。可是，现在……

找寻遗失的影子

半溪梨花

一

阳光越来越暖和，空气里夹杂着花草的味道。陈家寨簇拥着的木屋，屋顶上积了一层厚厚的"白雪"。这层"白雪"只坚持了一周左右，便在一阵风的吹拂下，打了个激灵，飘飘扬扬落下来。小孩们仰起脸，伸手去迎接。"雪花"粘在稚嫩的脸上，很快便与他们的快乐融化在一起，而落在老人头上的却化不了，抖不掉。

也许不是一阵风，是梨树下少有的动静惊动了它们。

梨树下，这几天，人们慢腾腾地送走了一位老人。

晚上，大山叔让老伴把半溪领回家去。

我和老李头还有四个白发老人聚在半溪家，就着办丧事剩下的酒菜一边喝酒一边讨论村里的大事。端起第一碗酒，村支书老李头说："这几天为送走半溪的奶奶，大家都累着了，喝吧，喝几碗解解乏。顺便把眼下的事情说道说道，这孩子现在成了孤儿，无依无靠，得找个人家管管他不是？"

大家都看着大山叔。他把酒碗放在地上，揭开头上那顶土布帽子，抓挠着几根银发，似有话要说。老李头裹了一杆烟递给大山叔说："大山，你看看咋办？"大山叔这才说话："半溪侄儿跟我生活，没有问题。虽然我们隔着几菀^①也没有这个责任，可常言说得好，一笔难写两个'陈'字，我们陈家族规历来也讲个'一家有难，全族照应'的道义。"

有人跟着附和："还是大山仗义，这族长没得说的，德高望重，半溪这孩子真有福气！"我乘势端起酒碗，敬了大山叔一口。

没几天，寨子的老少都知道半溪有了着落，大伙儿忧心的脸上才恢复了平静。

"半山村就两个寨子，以一座山为分水岭，你看，就是前面那座山。我住的那边叫李家寨，这边是陈家寨。"

我初来时，老李头这样同我介绍这个村子。

翻年，一阵春风一阵雨，陈家寨的梨花如约而开。那些梨树不知种于何年，满寨都是，大的树干要好几个人才能抱拢。每年这个时候，白花花的一大片铺在硕大的树冠上，从远处望去，像落了一寨的雪。走到树下，有嗡嗡的蜂声，它们的翅膀扑落的花瓣笼罩着寨子。

我几乎每个月都要到半山村几趟，但基本上见不着大山叔。一晃，半溪在他家有一年了。这天，我跟大娘说，半溪已七岁，到了该上学的年纪。半溪听说我要带他上学，显出几分高兴，但这高兴

---

① 几菀：方言，指距离。

里头还夹着一丝胆怯。

我们从大片的梨花下穿过，走出寨子，翻过对面的山坳就到李家寨——村里的教学点设在那里。回来的路上，我对半溪说："咱们半溪长大了，刚才你认识了路，认识了老师，明天，你敢自己去不？"他没有立即回答我。又走了一段路，他才说："敢！"半溪话不多，问几句才答一句。这还是相处了一年多才有的结果。之前问他什么，他总是低着头。不用说，他刚没了奶奶，哪能说马上跟谁谁就亲呢？怪可怜的。每次去看他，我都要买些糖果和玩具，称几斤肉，还交代大娘多注意一些，生怕惹他伤心。大娘倒不担心什么，说孩子只要你用心对他，给点时间，慢慢就会缓过劲来。大娘留我吃晚饭，我留意到，半溪吃饭很快，几下子刨完，坐到门口的矮凳上出神。我跟大娘唠："说不定到了学校，跟小子们疯一阵子，把什么都忘记就好了。"

后来，大娘还跟我提起一件事：有天夜里，听见睡在小床上的半溪突然哭了起来，还大声争辩着什么。她与老伴急忙披衣下床摇醒他，问怎么了。醒来的半溪一个字也不说，只顾着哭。哄了好一会儿才安静睡去。第二天，李家寨的一位老太太领着个小孩径直找到大娘，说半溪把她孙子的脸挠破了，差一点就伤到了眼睛。大娘一看，小家伙眉毛上方有两道抓痕。顺着屋檐，她抬头看了看太阳，照往常，这个时间半溪该回到家了。大娘跟老太太说："这孩子平常挺老实的，不是那种会打架的野孩子。"这时，被挠的那孩子突然哭丧着脸说："他就是野孩子，没娘的野孩子。大家都叫他野孩子，他干嘛只打我？"大娘立刻明白是怎么回事。她给了那个老人一点钱，并说："平白无故的，半溪这孩子不会生事的，快带你们家小子去卫生室上药吧！"说完，便急匆匆地出了门。赶到学校，学生早已走光，校长和班主任还站在操场上说着什么。看见大娘，两人惊奇地问："大娘怎么来了？"大娘说："怎么不来？半溪这孩子还没回家，我心想是不是他闯祸被你们留在学校了。"这下，大家才知道孩子失踪了。

二

半溪的声音里含着委屈，把脸转向一边。

过了一会儿，他才把那天发生的事情告诉我。

去学校没几天，就有同学知道他是个孤儿。那天放学，一个叫李果的孩子邀了李家寨的几个小子先于半溪跑到半路，他们把小路两边的茅草拉过来打成死结的套，一连打了好几个。那些套隐藏在一片青绿的草丛中，不注意是看不见的。几人躲藏在路边的树丛里等待着。这时，半溪像往常一样连蹦带跳地跑，不料突然被套翻在地，树丛里发出一阵得意的爆笑。随后，李果他们窜到半溪跟前大声嚷嚷："野孩子，野孩子，有娘生无娘养，你妈是个白眼狼，哈哈……"

半溪的手掌划破一块皮，他忍着痛爬起来，一把揪住李果的衣领用劲儿一摔，两人一齐滚在地上。旁边的孩子，有的喊李果加油，有的去拉半溪的脚。正热闹的时候，有个小孩惊叫："出血了，出血了！"原来，拉脚的小孩，鼻子被半溪踢了一脚，被压在半溪身下的李果分了神，让半溪胡乱地挠了几下……这时，有个牵牛的老人老远就骂："你们这些小孩，不学好，净打架，看我不告诉你们

半溪梨花

111

公奶^① 去。"小孩们顾不得什么，各自一趟子^② 跑开。

"那后来呢，你去了哪儿？怎么没回家？"我问。

"哪里也没去。我想奶奶……"眼泪终于掉下来，停了一会儿，他才说话。

"他们欺负人，打我。我不想回伯母家，我想奶奶啦！以前天黑的时候，奶奶去地里还没回来，我就坐着等她。

"那天，我回到我家的矮屋，坐在门口的石头上，一直坐到太阳落山。门口的梨树被风吹落了一地的花瓣。我感觉有些冷，我想里屋可能会暖和一些，我望了一眼，屋里黑漆漆的，我害怕。我转过身子背靠着门，可能是靠得太用力，门嘎的一声开了，整个人翻了进去……

"我吓着了，一边哭着喊奶奶，一边扶着门枋挣扎着站起来，头上吓出了一层汗水。凭着记忆，我摸索着，摸到了电灯拉线开关，拉了一下不亮，又拉了几下还是不亮。开关一定是坏了。这时，我慢慢平静下来，对自己说'这是我和奶奶的家，我怕什么，不用害怕的'。"

"我晓得灶台怎么走，上面有一个旧罐子。我给自己加油、壮胆……走过去摸到罐子，里面的打火机还在。双手紧紧握住它，怕它掉了找不着。我用拇指使劲摁上面的开关，一下、两下、三下，终于打火机亮了，照见灶台旁边以前和奶奶烤火取暖的火塘。"

"我想生火，可是里面死灰一团。稻草，我晓得稻草一定能引

<hr>

① 公奶：方言，即爷爷奶奶。

② 一趟子：方言，意为一下子。

燃火塘的。打火机烫手，拇指有些痛，我松开后又什么也看不见。"

"记得穿过旁边的一道门就会到我和奶奶睡过的床。蜘蛛网粘住了我的脸，我用手抹了一把，摸到了床枋。我重新摁了一下打火机，小火苗跳动着，有一丝丝暖和。突然，不晓得从哪里吹来一股凉风吹灭了打火机。我又摁了一下，用力地摁，比上次还用劲儿，小火苗又蹿起来，怕它再被风吹熄，我就用手小心地罩着。只是那颗火苗比之前矮小了许多，越来越暗，我晓得打火机快没油了。奶奶说过，里面像水一样的东西是油。我不小心踢着了床前的一个破搪瓷盆，它发出的响声吓了我一跳。里面的纸灰泼在地上，床上的稻草还在。我赶紧抓了一把，刚点燃，打火机就熄灭了。房间一下子明亮了许多，我靠着床脚，火光温暖着我的脸。我感觉奶奶还睡在床上，就这么睡着，睡了好久。"

"我不断添加稻草，就像那天夜里我给奶奶烧钱纸一样。上半夜，奶奶还能费劲地同我说话，'宝啊'——奶奶平常都这样叫我的。她说'奶奶要走了……'我没听清下一句，眼泪就出来了。我把头伸到奶奶手边让她抚摸，她的手像根干柴又硬又凉。我忍不住哭出声，奶奶说男子汉是不能随便哭的，我只好下蛮力把哭声吞进肚子，我用很长的时间听奶奶说话。其实，奶奶也没说多少，她说得很慢、很轻。"

"我有爸爸妈妈的，不是野孩子。"当时，我一边烧稻草，一边想着奶奶的话。我相信奶奶没有骗我，从小只有奶奶跟我最亲，没有骗过我。我也问过好几次为什么自己没有爸爸妈妈，奶奶说有的，他们去城里打工了，过年就回来。可是过年的时候，还是不见爸爸妈妈。我说奶奶是骗子，把她说哭了。奶奶一哭，我就后

半溪梨花

悔了。奶奶搂着我，我帮她擦干眼泪。她接着又说她不是骗子，爸爸妈妈实在太忙，要找很多很多钱给我买新衣服，买糖吃。奶奶一边说一边真的拿出新衣服和水果糖，说是爸爸妈妈买的。可我还是很想他们，我舍不得吃糖，舍不得穿新衣，我要等他们回来……"

"我还记得，奶奶那天晚上最后一句话——'要是想奶奶了，给奶奶烧点钱纸，奶奶就会晓得宝在想我了'。"

"我晓得奶奶去了天上。那天晚上，我特别想念奶奶。我烧了很多稻草，奶奶一定在天上看着。搪瓷盆里全是草灰，我不能再烧了，要留一些给奶奶，不然，她回来，没有稻草，怎么睡啊！我想着想着就睡着了。也不知过了多久，我感觉好热，手指也痛，睁开眼睛，火烧着了床上的稻草。我吓得赶紧跑出来，摔倒在梨树下，屋子变得更矮，火苗伸出了房顶。"

后面的情况是大娘告诉我的。他们找到半溪时，他正坐在梨树下，人们都松了一口气。回到大娘家，半溪脑门烫得厉害，他说着胡话，说房子不是他烧的，他不是野孩子。大山叔请来村医打了退烧针，让老伴细心地照看着。

半溪好过来时已经是一个星期之后，只是，他无论如何不愿意再去学校。大娘说："班主任唐老师找上门，说你这么小，不上学能干嘛呀？"连哄带诓说了一大箩，"最后，唐老师保证，要是有谁再敢说咱们的半溪是野孩子，咱们就开除谁！"

时间一晃，我在半山村已经两年多，对村子的情况也更加了解。我在考虑怎么样把半山修路的项目跑下来，动员一些在外多年、有点头脑的年轻人回来干点事。他们总不能在外打工一辈子，当有一天这些年轻人回来，村里的人老去，泥路长满了树和草，他们找不到回家的路怎么办？

本来，我以为半溪能这样顺顺利利地在大山叔家生活和上学，那该是他很好的造化。

一年后，大山叔唯一的儿子从县城回来，可是他不是真正的回来，他要把大山叔老两口儿接到县城去。

这回，是在村支书老李头家里开会。大山叔有些难为情地说："儿子哪是来接我？是来求助老太婆进城帮他带小孩，没办法，就这么个宝贝儿子，你不帮他谁帮？"大家都理解大山叔。情况发生变化，还得另想办法。老李头说："现在咱们村都是些老头老太太，有的还拖着一大帮孙子孙女，没人再愿意也没能力去照看半溪。大家都担忧，这么大点小孩，你能忍心不管他，任其在外流浪？全村人会戳咱们这伙人的脊梁骨的。"大伙把老李头家的酒喝完了也想不出办法，然后各自散去。

过了两天，老李头从镇上开会回来，一进村委会，便把我叫上，说陪他去大山叔家一趟。到了他家，正碰上老两口和半溪一边吃饭一边说着什么，大山叔急忙拉着我俩坐下一块吃。我们都说吃过了，老李头也不坐，兴奋地说："有了有了，有办法了！"两个老男人对视了一眼，老李头把大山叔拉到院子里，我也跟着出来。老李头说："半溪这孩子有办法了。"他把他的办法和盘托出，问我们有没有意见，要是没有的话，待会儿他就顺道过去给那几个白头发的说一声，这事就算成了。

这天，正好是镇上赶集，我和大山叔一人背着一个包裹，大娘牵着半溪往村外走。

晌午时分，我们到了镇上。半溪从来没见过这么多人，他紧

半溪梨花

紧拽住大娘的手。到了街心，她蹲下身问半溪想吃什么，她给半溪
买。半溪摇头。我给他买了根雪糕，又在杂货店要了些糖果，然后
我们岔进一条小巷子。尽头是座不大的院子，围墙围着一栋矮平房。
我们直接找到了镇上负责民政工作的王主任。她脸上带着微笑说：
"就是这小孩啊，小朋友叫什么名字？上几年级了？"说着要拉半
溪的手，半溪赶紧将手藏到背后。"还认生呢！"王主任说，"大
山叔、婶，你们放心吧，既然是我们书记和镇长同意的，就留他在
这里。上学的地方也不远，镇政府斜对面就是。平常饭有人做，衣
服有人洗。这敬老院今年初才启用，只有一对老人住在这儿，安静
得很。有这小家伙闹闹，正好给两个老人解闷。"

　　说完，王主任领着我们走进给半溪准备的房间，还看了洗澡的
地方和厨房。一切都是崭新的。

　　大娘蹲下来跟半溪说："伯母跟半溪商量件事，我和你大山伯
马上要去一个很远的地方办事，老家那里没人招呼你。我们想让你
在这儿待一段时间，有阿姨照顾，还有爷爷和奶奶陪着，小张哥哥也
会经常来看你。你得听话，等办完事，我们就来接你，好不好？"
半溪低头不语。见半溪没反应，大娘偏头望着他，试探性地重复了
一句"好不好？"半晌，半溪似乎点了下头，可是接着泪水就淌了
下来。大娘一把将半溪搂在怀里，自言自语道："可怜的孩子，不
是伯母狠心，我是没有办法。"

三

　　时间过得真快。转眼半溪在敬老院生活了三年，现已是五年级

的学生。这几年，镇上给他办了低保，学校减免了相关费用，还提供营养午餐。

尽管脱贫攻坚任务很重，我还是尽量抽时间去看半溪。跟班主任了解他的学习情况。在攀谈中得知，他们学校百分之九十的学生是留守儿童，大部分来自镇政府所在地以外的偏远村庄。孩子们每周寄宿在学校，周末才回一趟家。在学校期间，老师们除了教学，还要照顾着他们的生活。

我差不多一个星期没见到半溪了。"六一"国际儿童节到了，正好抽时间去看看他。老师让家长们参观孩子们画的画，学校在教室的后墙上贴满了花花绿绿的纸片。半溪带我找到了他画的那张。我看见在纸张的边沿，他画了一个小孩蹲在地上，还画了几只小虫子，看上去像是蚂蚁。这天，稀稀拉拉来了些乡下老头老太太，基本上没有年轻家长。接着，老师又带我们到隔壁的一间教室，门楣上的牌子写着"电脑室"。在里面，老师让孩子们跟自己打工的爸爸妈妈打个视频电话。有个女孩子的电话接通了，任凭她爸爸妈妈在里面怎么叫她，她始终说不出一个字。最后，她扔下电话，抱住旁边的奶奶暴风骤雨般哭了起来。可能是受这种情绪的影响，接连几个孩子都是这样……转身出来，半溪不在教室里。

我在学校绕了一转^①，仍然没找到他。我想，他一定去了学校后面的山坡。之前，我带他去过。

是的，他果真在那儿，正坐在一棵松树下出神。我喊了几声，他才注意到我。

①绕了一转：方言，指绕一圈儿。

117

半溪梨花

"你怎么到这儿来了？"

"小张哥，你说从这条路去会不会找到我爸爸？"他指着出镇的公路。

"也许能找到。"

"你什么时候带我去？"

"等放暑假。"

他没有再问，只是抬起眼睛看呀看，看到后来，他抹了把眼泪。我将手伸过去，拍拍他的肩膀。

"你画的画不错！"

"乱画的。"

"画上的小孩是你吗？"

"嗯。"

他低着头，地上正好有只蚂蚁爬过来。他用手迎接它，它顺势爬进他的手心，他另一只手合拢来将它捧起。

"我看他们都画爸爸妈妈，你怎么不画？"

"我画不了。"

"为什么？"

"我没见过他们。"

他转身将那只蚂蚁放到树干上，它欢快地朝上爬。看见不远处有几滴流淌的松脂，它以为是糖浆，跑过去却被粘住了脚。它想挣脱，可是越使劲越动弹不得。半溪把它从松脂上分离出来，但它仍然走不顺畅，久久地停在那里，试图把粘在脚上的松脂弄干净，但它做不到，反而一不小心从树上摔了下来。半溪自言自语道："它一定也想找爸爸妈妈，它们在哪里呢？"

半溪等不到我带他去县城。有人看到，一天傍晚他爬上了一辆去县城的货车。

敬老院的王主任打电话给我时，我正在村里忙。上面最近要来检查扶贫工作，我有一大堆表格需要填写。镇里领导要求，凡是有扶贫任务的干部这段时间不得离开工作岗位。我在电话里交代王主任，一定要想办法尽快找到他。挂了电话，我马上想到大山叔，他这几天正好在县城殡仪馆给人家做法事，晚上，我打他电话，打了半天他才接，说是忙得很，又嘈杂，没注意电话响。他听了我的话，也觉得事关重大，答应立即去找半溪。

我忙了好几天才把表格填完，总算把检查工作应付过去。等我在殡仪馆找到大山叔时，半溪跟他在一起。

半溪已经不成样子，头发很长，一绺一绺地贴着头皮，脸上像抹了层锅灰似的，黑得发亮。两只眼睛看人也不知道躲闪。

大山叔告诉我，说来也巧，他在城里找了好几次没找着，后来却在这里看见了他。

我带半溪到街上理发、洗澡。在澡堂里，我们互相搓背，我故意抓挠他的痒痒处，他才勉强打开久违的笑脸。

我问："半溪，你有没有想我？"

半溪说："不想！"

"为什么？"

"说带我来找爸爸的，你说话不算数。"

在他面前，我确实失信了。马上转移话题说："你真行，一个人敢来县城！"

"那有什么？"

半溪梨花

话说到这里，他立即显示出半大男孩那种独闯天下的得意。

他说那天货车走了很久才停下来。司机一离开，他便从车厢里溜了下来。这时，天已黑透，路边灯光很明亮，让人有些睁不开眼睛。他沿着光亮一直走，也不知道走了多久，老走不完，他感到又累又饿。正好旁边有一条小路，岔进去不远，里面宽阔起来，像学校的操场空荡荡的没有人。他走进一块草坪正要躺下，突然有人叫他的名字。扭头一看，好像是敬老院的王主任。可是仔细看又不是，王主任没有这么老。她显然是位老人。老人见半溪有些迟疑就说：

"你好好看看，连我也不认识了，宝？"

是奶奶。"奶奶你怎么来了？好久没见，我好想你！"

"说谎话吧，你才不想奶奶呢，是奶奶想你了！你告诉我，为什么要逃学？"

"我，我想找爸爸，你晓得的，爸爸在县城打工，他在哪里呢，你马上带我去见他好吗？"

"你不好好上学，你爸爸知道了，他会不高兴的！"

"奶奶，现在已经放暑假，如果爸爸知道我认识好多字，他一定很高兴。等找着他，我就跟他在县城上学，你快告诉我，他在哪里？"

"我哪里晓得，找了他好多年。听说在县城里，就是不出来见我。他一定怕见我。没良心的东西，不要我和宝。他真狠心，真狠心呀……"

"奶奶，奶奶别走啊，带我去找爸爸，奶奶……"

奶奶用拐杖碰了一下半溪的脚，消失在黑夜里。

半溪醒过来，猛然看见一个人站在他面前，正用棍子戳自己的脚。

"哟，做美梦呢？快滚开，怎么霸占老子的地方？"

半溪不敢怠慢，爬起来一看，是个比自己高一个头的大个子。

"这是你的地方啊？哦，好吧，我走我走。"

"走？一走了事？没那么容易。"

"你还要咋个，我走还不行吗？"

"不行！"

"为哪样？"

"你把这地儿睡脏了，农村来的吧，你看看你自己，脏兮兮的。"

"你不讲理！"

"我就不讲理，怎么了！"

"那你想咋个？"

"陪我喝酒！"

"不喝！"

大个子将半溪推了一把，他滑倒在地上，接着被带有一股怪味的液体浇在头上。

"哈哈，浪费我一瓶啤酒……"

地上的半溪突然伸脚一蹬，绊倒大个子。趁他还来不及反应，半溪爬起来骑在他身上。

"我叫你欺负人，我叫你欺负人，老子也不是好惹的！"半溪叫嚷着，挥动着小拳头。

大个子这时似乎才回过神来，半溪的举动出乎他的意料。他双手挡住半溪的拳头，毕竟他的力气要大一些，没费多少劲儿就把身上的半溪推了下来。半溪像一头愤怒的牛犊，双脚乱踢、双手乱抓、嘴巴乱咬。常言道："鬼也怕恶人，恶霸怕不要命的。"不妙，大个子的耳朵被半溪咬住，任凭他怎么挣扎，半溪就是不放。大个子

半溪梨花

痛得实在受不了，不得不求饶。

这场打斗很快结束。

大个子捂着耳朵说："小子，你真狠！"

"不狠不被你打死呀！反正我是没家的人，是死是活只能靠自个儿。"

"没家？"大个子嘭的一声拉开酒罐子，一仰头狠灌了一口。停了几秒，大个子才说："我也是，咱们同病相怜。"

"同病相怜？哪样意思？"

"这下可以喝酒了吧？我慢慢跟你说。"大个子从口袋里又掏出一罐啤酒。

他告诉半溪，虽然他在县城里，也像没有家一样。父母离婚了，没人管。他跟着爷爷奶奶住，自由着呢！

"那么刚才，你说我睡的地方是你的，难道你也经常不回家吗？"半溪问。

大个子说："回家有什么意思？我有几个好兄弟，常在外面一起玩，只是他们有时会被父母找回去。在遇到你之前，他们刚刚走。怎么样？今晚陪我喝酒。以后你就是我的兄弟，只要有我好吃好喝的，就绝对少不了你的。"

"喝酒可以，你有家，一会儿你还是回去吧。再说，我很困，明天还要找我爸爸呢！"

"找你爸爸？"

"是的，我爸爸在你们县城打工……"

"打工？好！明天我同你一起去找。"

半溪突然感觉心里一热，好久没有人跟他说过这样暖心的话了。

接下来的几日，大个子陪着半溪找遍了县城所有工厂和工地，但都没见到他爸爸的影子。半溪有些失望。很快，假期结束了，半溪不想回学校。他问大个子："县城哪些地方可以打工？"大个子说："不用打，我家有好吃的，随便你吃。再说也没处打，人家不收小孩子。"半溪说："我不能老吃你的。在县城找不着爸爸，我要自己挣路费，去更远的地方找。"大个子说："挣钱也不是很难，我有一个好法子，不知道你敢不敢？"半溪迫不及待地说："快说说，做什么？只要有钱挣，有哪样不敢的？"

秋季开学，大个子领着半溪还有几个半大的孩子每天早上准时出现在通往一小的巷子里。大个子掏出水果刀，那些更小的孩子吓得赶紧交钱。一开始，半溪觉得不妥，这分明是抢钱，欺负小孩。但看到他们一个个乖乖交出钱，一早上能收入好几十块，也就管不了这么多了。但好景不长，很快发生了一件让半溪后怕的事。

那天早上，他们像往常一样来到巷子里，却看到另外几个跟他们一般大的孩子霸占他们的地盘，抢"生意"。大个子火冒三丈，带着半溪和小兄弟们跟他们理论。没说几句就动起手来，然后扭打成一团。在拉扯过程中，对方的一个小孩被小刀刺中，倒在地上。两边的人见势不妙掉头就跑，结果还是被赶来的警察逮住。听说，后来那个小孩死了。由于参与打架的全是未成年人，警察只好叫家长把孩子们先领回去加强管教，赔偿责任则由家长承担。警察通知校长来接半溪，这时，他们才知道半溪的下落。但在途中，半溪以拉屎为借口逃脱了。

经历了那场打架后，大个子被在外地做生意的父亲接走，那些小伙伴也被家里管了起来。回到县城的半溪又是孤零零的一个人。

人要活着必须有吃的。可是半溪经常饿着肚皮在街上闲逛。在一次饥饿中，他做了个梦，梦见爸爸送来了食物，醒来却见到的是一个陌生的男人。他笑眯眯地说："弟，是不是饿了？我有油炸粑，你吃不？"

老水只有五六岁孩童的智商。据说，他家在城郊的一个村子里，可是他不喜欢待在那儿，整天在县城游荡。老水是乞丐中唯一不讨人嫌的，在街上他会跟人打招呼——见着小的，叫弟或妹；见着年轻的，叫哥或姐；见着老的，叫公或奶。人们喜欢给他吃的，还送些零票子。

半溪真的很饿，他接过老水的食物，三下两下全塞进了嘴里。老水则坐在旁边，保持着和善的笑容。

没过几天，人们发现老水后面跟着的半溪。一些中年妇女就善意地拿老水开玩笑说："老水，你真是懒人有懒福，平白捡了个儿子。"老水似懂非懂，说："不是儿子，是弟。"然后仍然笑容满面。半溪懂得人们的眼光，他跟着老水但跟得不紧，远远地落在后面，老水走到阴凉处或者僻静处就会等着半溪。那时，他手上有了一些食物和钱，他大方地分给半溪。

四

有一天，半溪和老水在县城出口的公路边晒太阳。一辆小四轮货车从面前过时突然滚下一个圆形的东西，铛铛铛地一直滚到他们的跟前，两人先是一愣，然后老水起身捡起来一瞧。"锣！"老水兴奋地叫着，"死人了，死人了！快，我们去死人那里。"老水很有经验，他知道殡仪馆又有人办丧了。

对他们乞讨的人来说，殡仪馆可是个好地方。

入秋，外面有些凉意，乞丐们正愁没个管吃管喝且暖和的地方。

说来也奇怪，每到换季的时候死人就多了起来，好像去那边也得约个伴似的。死了的人只能在殡仪馆停放三天就得化为灰烬。常常是前面那个刚收拾好，马上就有死人又被抬进来。来吃酒的人，有时不注意，容易走错厅，送错礼，吃错饭。

乞丐们才不管，哪家他们都可以去吃去喝。这个时候，谁家也不会计较和嫌弃这些脏兮兮的人。这伙人，并不全都是那种白吃白喝的主。他们中有的人——像老水这般脑筋有几分清醒的还能够帮助孝家做些事情。比如搬蜂窝煤烧火取暖、给死人点长明灯、帮道士先生打打下手等。这些活，一开始并没有人要求他们去做。他们的到来，倒让这些办事的人家觉得少不得他们。

现在，办丧只管花钱，一切琐事都有人来做，孝家只顾招呼前来悼念的亲朋好友。把死人拉到殡仪馆，只要把两件事情安排好，这三天的时间就好打发了。一件是租下几十台麻将机，让来的人有事做，可以陪孝家守灵到深更半夜；另一件得把做法事的道士先生找来。这样，打麻将的只管打，孝家就在道士先生的安排下，按照法事的程序跪拜转圈。

做法事的队伍阵势也不大，三个人就可以胜任。站在灵牌中间的是主角，两边各一个配角。主角照着经书一页一页地念，边上的两个附和着。他们还根据需求按不同的节奏敲打着锣鼓、磬和木鱼。主角先生头上戴着唐僧帽，身穿一件用花哨的被窝或窗帘面料做成的长衫。边上的两个则不必讲究，跟常人一样的衣着。大概是念完一本经书嗓子受不了，他们每个人还配了一个小蜜蜂扩音器。

吃完晚饭，道士先生们抹了抹嘴角的油，红光满面地正要整起

半溪梨花

家伙来。这时候，锣却找不着，半溪和老水正好提着锣站在跟前。

老水说："哥，刚才在路上捡到的。"

"捡的，再捡一个看看？"胖的那个道士先生鼓起眼珠。

"真是捡的，从车上掉下来的！"半溪也帮着说，还指了指那辆停在不远处的小四轮。

"我看八成是偷的，看老子不打断你俩这臭要饭的手！"说着，那胖道士一手夺过锣一手抓住半溪的领子，想将锣朝半溪头上扣过去。老水立即上前一步，把半溪扒拉到自己身后，他挡在两人中间。锣掉在地上发出铛的一声。这动静引来了众人围观。大家都劝胖道士别跟两个乞讨的人计较。说着说着，就有人把两方隔开。胖道士自觉没趣，捡起地上的锣朝灵堂走去。

挤到人群之外的半溪被人拉了一把。

半溪说："有人从后面拉我，把我吓了一跳。我转过脸瞧见拉我的人不是别人，正是大山伯伯。我没想到会在这里遇上大山伯伯。他拉着我快速离开人群，到了没人注意的地方我一把抱住大山伯伯，忍不住哭了起来。"

半溪跟我说，他不想去上学，他要跟着大山伯伯的队伍去找爸爸。半溪说的队伍，是大山叔最近刚拉起来的一支集法事和哭丧于一体的红白理事会队伍。

大山叔说："入秋以来，殡仪馆的生意很红火。这家还没有整利索，那家又来叫他们。半溪死活不想回去上学，我这里人手紧张，索性就让他跟我一段时间再说。"

大山叔还说："这年头，不管县城还是乡下，办丧事悄悄发生了一些变化，比如死了亲人也不兴哭丧，有的甚至也不请道士先生，放放哀乐了事。但也有人觉得不做法事、不哭丧像什么话，毕竟死了人。"

大山叔慢慢看出些门道——好些地方的有钱人家流行请人哭丧。职业的哭丧队应运而生。

请哭丧队的一般是死者的女儿。有一段时间，来自湘西的哭丧队很有名气。他们有个好听的名字，叫什么"极乐孝歌协会"。队伍很专业——由会长带队，有高档的音响，有专门的主持人，有声情并茂的主哭演员。主哭为了哭得伤心感人，要事先向孝家打听清楚死者的"丰功伟绩"，生前有哪些愿望没有实现，养育子女吃了多少苦等。然后将这些事迹编成句式整齐的唱词，再配上哀伤的调式，诸如"我的爹啊，你从小没了爹和娘，四处讨吃在流浪，养儿养女挑重担，受了委屈无人帮……"拖出长长的哭腔，似乎伤心到快要晕过去。眼泪浅的妇女，听着听着也会跟着流泪。

半溪已经在队伍里混熟。人手不够的时候，大山叔也会派他跟着哭丧队哭丧。当然，干得多的还是帮助先生们打下手。法事开始，灵位前早已站满孝子孝孙。半溪点燃一大把香，走到他们跟前，一人发一炷。像上朝的大臣们一样，孝子孝孙手握着这炷香毕恭毕敬地按照大山叔的指挥做跪拜和转圈的动作。大山叔唱完一个段落，半溪会替孝家在灵牌前烧一叠钱纸和上一炷香。

五

终于有一天，半溪跟着哭丧队到了湖南一个叫泡木坪的村庄。主哭的陈二妹照旧要询问死者的情况。孝家告诉她，躺着的人是为救落水学生淹死的，才四十岁，寨子上的人都替他感到惋惜。为了哭得感人，哭出效果，陈二妹问他们村的支书这个人的身世如何。支书讲："此人不是我们村的。十多年前，他随一个包工头来到我们村修水渠，开山放炮时，他为救人把自己炸晕了，一个月后才醒来。包工头怕出人命，跑得无影无踪。他醒来之后，什么也记不得。后来，那个被救下的人就成了他的老丈人。"二妹又问："那您知道他是哪里人吗？"旁边的一个老人说："我女婿当年在没出事之前同我说过，他家在贵州一个叫半山村的陈家寨……""什么？"一旁的大山叔像被什么击了一下猛地站起来，上前抓住老人的肩质问道："你给我讲清楚，他叫什么名字？"二妹跟着紧张起来。村支书这边的人也不知是哪里出错，疑惑地问："怎么了？"这时，大山叔才意识到自己有些失态，方才回到原位，自我解释道："啊，太感人！"

老人不紧不慢地说："我女婿叫陈乔宝。"

"天啊，怎么是这样？"大山叔快要失控，他用手罩住自己的脸，勉强站立起来。

还好，大山叔很快稳住情绪，赶紧把二妹喊到一边，说这事只能他俩知道，不许向孝家摊牌，更不能告诉半溪。二妹强忍着泪水听大山叔安排。

大山叔把现成的"功德画像"悬挂在棺材前，写好灵位，摆设香案，点燃长明灯，就开始按他的套路给死者"安灵开路"。几声锣鼓响后免不了要向孝家客气谦逊一番，然后才正式进入主题——开路超度亡灵。大山叔用法杖插一方开一方，五方路开遍。他显然有些伤感，带着颤音边开边唱。

一开东方青云路，青云托起亡人行。

天师执幡来接引，亡人灵魂上天曹。

二开南方赤云路，赤云滚滚托亡人。

亡人灵魂赴天曹，赤云托起好逍遥。

……

　　大山叔给死者超度亡灵。孝家开孝，死者的晚辈都要披麻戴孝，包了孝帕在灵前作揖叩首，以示孝敬。

　　大山叔和二妹商定，让半溪来主哭。半溪领数人身着白衣在侧边哭道：

当门一根李子树，李子树上飘白布。

一匹白布长又长，拿来包在脑壳上。

孝子头上不戴花，要包几圈白孝帕。

孝帕包得高又高，包起孝帕来承孝。

……

　　半溪抬头看见香案上立着一尊放大的黑白遗像，他感觉似曾相识，但一时又想不起在哪里见过。他不由得在心里生出一股伤感之情，眼睛热起来。

灵牌桌上一盏灯，点起油灯泪纷纷。

灵牌上面三路字，只见字来不见身。

灵牌前面一个人，梦里梦外曾相识。

最后一次与父别，从今以后阴阳分。

半溪梨花

半溪哭到这里，想到自己的身世，更增添了悲伤的意味，他已经分不清是为他人哭丧，还是为自己悲泣。

回到半山村，听了大山叔讲起这件事，我不知道该不该把真相告诉半溪。

鸭客头戴斗笠，身披蓑衣，手执竹竿，出现在田坝子里。他手上的竹竿一头被破成五片，用棕毛缠成手掌模样的小铲子，赶鸭时一边吆喝一边撮软泥远远洒向鸭群。软泥好比抽牛抽马的竹条子，高高扬起，轻轻落下，无声地催促："咱们该赶路了。"

鸭　客

一

木良生产队的人想不通，一向温顺的木良河怎么一夜之间变成暴怒的河狮了呢？

来宝从梦中惊起，他的养父老鸭客晚上就睡在河岸稻田旁的月亮床上。

慌乱的人群打着手电、举着火把，四处呼唤着老鸭客。汹涌的河水正冲锋陷阵一般从寨前呼啸而过，呼喊声很快就被洪水吞没。

直到天亮，一夜未合眼的人群才在下游一里远的岸边发现老鸭客的月亮床，它被一棵横倒在河坎的柳树拦住了去路。

谁也没有发现老鸭客，他的老伙计黄狗也不见踪影。来宝蹲在地上，垂着头，耷拉着眼皮。他的喉咙有点儿辛辣，嗓子哑了，眼圈还残存着泪痕。

"怕是凶多吉少。"

"这就难说了。"

"哪个晓得突然涨水，明明只下了几颗雨。"

"木良寨雨小，很难说上游是不是下得很大。"

人们围在来宝跟前讨论着这场不可思议的洪水。

老发猛地咂了口叶子烟，吐了一口口水，长长地叹息。

"要是我不让他回月亮床，就不会……可是谁又能拦得住他呢？几十年的犟脾气。还好你没去。唉，吉人自有天相吧！从来也没听说过清水江上的鸭客会被水淹死，我想他不会出事的。"老发挨着来宝，用手在他肩上轻抚了一下。

老发是老鸭客多年前相认的老庚。老鸭客每次放鸭经过木良生产队都要进老发的屋里喝两口。那次，他们款起来很投缘，居然还是同年同月同日生，于是，在堂屋焚香结拜为兄弟（当地叫打老庚）。

老鸭客的习惯改不了。昨晚，已过十二点，鸭客有些醉意，老发苦苦挽留，说鸭群就关在屋坎脚的田坝子里，大黄狗机灵得很，老远就能听到动静，没得事的。可是老鸭客只答应让来宝留下来住在他家。

老发看得出，老鸭客心疼来宝，宁愿自己露宿也不让来宝吃苦。几年前，八岁的来宝到镇上讨饭遇上来赶集的老鸭客问他会不会放鸭？来宝鸡啄米似地点头，老鸭客领着他回冷水寨给自己当崽。打了五十来年的光棍后平白捡了个儿子，自然爱惜，不轻易让他跟着受罪。往常，他出门放鸭都让来宝留下看家，等他回来。

老鸭客放了大半辈子鸭，熬惯了孤独与清苦。路过侗寨，常常有在地里干活的侗家女唱山歌来善意调侃道：

看鸭客

鸭

客

133

稻
花
鱼

哪个湾湾都到歇

哪个湾湾都到住

问你值得不值得

鸭客听了，会心一笑，答道：

我是看鸭客

哪里黑了哪里歇

鸭子长大吃霸腿①

你讲值得不值得

到了晚上，那女子又唱：

看鸭客

天上月亮想找伴

地上鸭客还打单

问你心宽不心宽

鸭客好像听出了点名堂，然后回唱道：

哥不憨

天上月亮弯又弯

① 霸腿：方言，即大腿。

地上鸭客还打单

你讲哥心宽不宽

那时，鸭客年轻，听到这样的歌声后也有不想走的念头。可是，转念一想，唱歌归唱歌，看鸭的事耽搁不得，唱完歌还得继续赶路。于是，等对方唱出想挽留他的歌时，他只好无奈地摇摇头，闭紧嘴巴，躺在月亮床上瞪眼看月亮。

天一亮，鸭群又要出发。

鸭客头戴斗笠，身披蓑衣，手执竹竿，出现在田坝子里。他手上的竹竿一头被破成五片，用棕毛缠成手掌模样的小铲子，赶鸭时一边吆喝一边撮软泥远远洒向鸭群。软泥好比抽牛抽马的竹条子，高高扬起，轻轻落下，无声地催促："咱们该赶路了。"

鸭客类似于草原牧民，要随时与鸭群迁徙。从冷水寨出发，一路沿着溪沟和坝田，朝清水江码头方向走。这期间，要穿过几十个侗寨。每到一个寨子，他和他的鸭群会在那里待上好几天，任鸭群在稻田和溪沟撒欢。一年两次，几年走下来，鸭客与那里的人们相熟，彼此打招呼，叫得十分亲切。有人请鸭客到家里吃饭喝酒，他也不客气，捡几个刚下的鸭蛋揣在荷包里，交代他的伙计——那只忠实的黄狗好生替他看着鸭群，他便一头钻进寨子，和那家的男主人一边喝酒一边款放鸭过程中遇到的奇闻怪事。鸭客有一个雷打不动的习惯，就是从不在谁家过夜，再晚都要回到鸭群所在之处，回到月亮床上。那时，他的马灯还亮着，黄狗见主人回来便摇头摆尾相迎，没有一丝怨气。鸭客走出屋檐前当然也没忘记向主人家讨碗剩饭剩菜带给他的伙计。

鸭

客

135

稻花鱼

　　鸭客晚上在野地里睡觉的床架子叫月亮床。月亮床类似门窗的合页，睡觉时将合页打开，就是一张小床，用竹帘子分别撑在床的两头，形成月牙一般的拱形，再蒙上塑料薄膜以挡雨露。晚上点亮马灯，远远望去，就像一轮弯月照在田野里。第二天起程，将月亮床对折收拢后挂在肩上，轻便自如。

　　鸭客住的寨子叫冷水寨，那里有养鸭的传统，家家户户都养，人们养的鸭叫三穗鸭。为什么叫三穗鸭？鸭客与男主人喝过两杯之后卖起关子来，不直接讲鸭，而是讲冷水寨种的稻子可不是一般的稻子。一年秋天，有人在一块水田里发现一株禾苗居然抽出三线稻子，真是奇怪，而且稻子特别长，谷粒要比一般的稻子多出百十粒。当时，就有寨子上的老人把其中的三穗割下来放在宗祠里供着，说这是老天的恩赐。有人笑称这么长的稻子只要三穗就能养大一只鸭。虽是有些夸张，但冷水寨出现"一禾生三穗"的传奇很快就传开了。卖鸭的时候，人家问："是不是出三穗那个寨的鸭？"鸭客便自豪地说："是！"冷水寨的三穗鸭越来越有名气。老鸭客很享受这份荣耀，他发誓要养出最好的三穗鸭。

　　男主人又问："听说嫩鸭不好养呢，搞不好还没赶到坝田就死去一大半，是不是？"鸭客说："可不是？三穗鸭分为春水鸭和秋水鸭。端午节出栏的叫春水鸭，而秋水鸭则要在稻子开始扬花的时候买来养。刚出壳的小鸭全身暖黄暖黄的，像毛线团子，红色的喙和蹼，像抹了口红和穿了双红袜子。小家伙们喜欢挤在一起叽叽地叫唤着，可爱得很，就是身子骨还太娇嫩，得精心调养。先不忙将小鸭赶下水，得在鸭棚里圈养二十来天，让它们长得老练一些，等到稻谷开打了才可赶到坝田里去放养。秋收过后的坝田到处是遗落

136

的谷子，还有田螺、鱼虾、秋虫等，那些活食既可口又富于营养，鸭子吃了，长得又快又肥，还节约了生产队的粮食。"

"原来还有这么多讲究，要是我这样的大老粗可不得行。"男主人表示钦佩。谦逊的鸭客就说："也没想象中的那么难，要紧的是要懂鸭。"

别人养鸭最怕生病，可鸭客不担心，他会照料它们。本以为那几只垮了翅膀、趴在地上拉稀的病秧子没救了，谁知道他采了些什么药草捣成浆放在食盆里，鸭啜了两口，一袋烟的工夫它们又扇动翅膀唱着歌直奔鸭群而去。

鸭客的名声也跟三穗鸭一样广为人知。他本来有个小名叫老干，经过别的生产队时，人家不知道他叫什么，只要远远听见"咿呀——来呀——来呀"的唤鸭声，大家便知道鸭客来了。久而久之，人们见到他就叫他看鸭客或鸭客。后来捡了个小的，人家就问："鸭客，听说你捡了个娃崽，有名字了没？总不能跟你叫鸭客吧？"鸭客答："有有有，叫来宝。"人家便知道他把这天上掉下的娃当成了宝。

如今来宝已经长到十六岁，老鸭客才同意他跟随。来宝第一次同老鸭客出远门放鸭，没想到就出了这档子事。

老发打发人又往下游找了几日，仍不见老鸭客的身影，大家都没有办法。只好安抚来宝把分散到河湾、坝田里的鸭子唤拢来，一数仅剩两百多只，其余的不知被冲到哪里去了。老发对来宝说："赶到清水江码头去卖了吧，还有五天就是端午节，兴许能卖个好价钱，多少挽回点儿损失。你伯（当地人对父亲的称呼）应该没事的，说不定那时他正在码头上等着你呢！"

二

来宝赶着剩下的鸭，朝清水江码头方向边走边问，经过三个生产队，正好赶在初五上午到了清水江码头。

这时，码头一片繁忙景象，从柳川公社放排下来的木商大多在初四晚上云集于此。木商们在水上漂泊了十天半月，他们像水中的鸭子，腹中早已被水淘空，他们将木排划进水湾停留，打算第二天在此歇脚，过完端午节再走。每年这个时候，鸭客的鸭子最受欢迎，不一会儿工夫便全被买走。而今年，人们见是一个小鸭客来卖鸭，数量又那么少，不免引起围观和骚动。

来宝朝人群扫了几眼，他希望出现的人并没有出现。

人们不认识来宝，有人问："老鸭客呢？怎么没来？"还有人疑惑，只有这么几只鸭子，是染瘟病损失的吗？

来宝强忍着难过，泪水在眼眶里打转，他把头埋在胸前。

大家突然安静下来。

"这伢崽怎么了？"一个讲湖南话的汉子拨开人群来到来宝跟前。

"我伯被水冲走……鸭子也被冲散了，就剩这些……"来宝抬起头，用手抹了一把泪水。

"哦——唉——"大伙才明白过来，想起几天前那场大水。

湖南汉子拍了拍来宝的肩膀，说："男子汉莫要伤心，你伯没事的，你们说对吧！"他用眼睛扫了一遍围观的人，说："清水江上的老鸭客是淹不死的，可能被冲到哪里，过段时间自己会回来的。

这样吧，鸭子是少了许多，咱们匀起①买，今天过节，人人都尝点三穗鸭，也帮帮他吧，多出点价格，去年不是两块一只吗？今年五块，我先来。"说着，湖南汉子将钱塞进来宝的手里，从竹帘里提起一只鸭钻出了人群。

这时，大家拍掌表示支持汉子。很快，来宝的鸭子卖得一只不剩。人群仿佛一下子从眼前蒸发了。他收拾好东西，听见江面上传来嘭嘭的鼓声，那是清水公社一年一度的划龙舟比赛。有人喊："龙船划过来了，龙船划过来了！"来宝没见过划龙舟比赛，要放在之前他一定去看看热闹，可是现在他没有心情。

他漫无目的沿着码头台阶往上走，上面是一条长长的青石巷子，很安静，人们大概都去河边看龙舟了。不远处有一家国营饭店窗口还冒着热气，他这才感觉肚子有些饿，便加快步子。饭店里除了一名中年妇女散漫地坐在那里发呆，并没有其他人。旁边靠窗的灶台上半锅水冒着热气，桌上的簸箕装着几个无精打采的红薯。来宝丢了一毛钱在桌上，从簸箕里捡了三五个红薯包在衣角里，没和中年妇女说一句话就出了饭店门。

来宝抱着红薯边吃边走，他吃得很着急，一度哽噎，脸立刻涨红起来，不得不腾出手来捶几下胸口。好在没走几步就有一口水井，他趴在井沿把嘴伸到水面用劲吸了两口，站起来，感觉肚子一下鼓胀了许多。还剩下的一个红薯他不打算继续吃，留着在路上应付。这会儿还有半天工夫，他打算到巷子另一端的小码头等回头船。当然，他可以走路回去，那样还不用花路费，坐船的目的是希望能

① 匀起：方言，这里指大家平分着买鸭。

139

沿江打听老鸭客的下落。他觉得老发庚爹和湖南汉子讲得在理，老鸭客一定还活着，现在鸭卖完了，他得去找。

　　船还没来，已有三个人在小码头候着。来宝一屁股坐在青石上。五月，中午的阳光暖洋洋的，一会儿来宝就困了，顺势靠在一根木头上睡去。来宝似乎做了个梦，在梦中他看见养父立在一块水田里，下半身被泥水淹没着，他想将老鸭客拔出来，这时有个声音高声喊道："千万别动……"好像又有谁使劲推了自己一把，一个激灵，他醒了过来……坐在旁边的姑娘昏倒了，另外又有两个女人，年轻的那个正着急地呼唤她："姑娘，姑娘，你怎么了？快醒醒！"老的则用手死死掐住她的人中。

　　"这是怎么了？"来宝赶紧起身跑过去。

　　"刚刚还直直地坐着，突然像倒下一截木头，怪吓人的。"老的说。

　　过了一会儿，姑娘似乎有了反应，喉咙里发出一种声音，像水龙头将要断水时突然又要来水的咕咕声。

　　老的松开手，又过了半分钟，姑娘像从睡梦中醒来一样，转动眼睛看着跟前的人，她挣扎着想坐起来。

　　"一定是饿晕了！"老的似有所悟，说着示意年轻的从颈后将姑娘扶住。

　　来宝这才想起，自己还有一个红薯，忙摸出来，凑到姑娘嘴边。"红薯，我这里有红薯。"姑娘突然张开双手夺过红薯往嘴里塞。

　　"慢点啊，慢点，当心噎着！"老的一边着急地喊，一边跑向河边，她用手掬起一捧水急急地跑回来，这时，姑娘手里的红薯所剩无几，嘴里已经没有空间，两腮鼓鼓的，等不及咀嚼就想往里吞咽，脖颈的筋鼓胀起来。一直搂着她的那位赶紧说："快，快喝口水！"随即将她的脸按到那捧水的手里。

姑娘将最后一口红薯咽下，慢慢地身体有了一点力气，心里也平静了许多。

"可怜哟，饿成这个样子。"

"唉，这年月，到底咋了？"

听到两个妇人这样感叹，她红着脸起身，向三人深深鞠了一躬。

这时，船来了。两个妇女见姑娘没事便各自上了船。来宝回头看了一眼姑娘，她欠身欲起，却仍旧坐下去。"怎么，你不走？"来宝问。姑娘不答，慢慢站了起来，跟在来宝身后跨上小船。

船桨拨动着江面，小船慢悠悠地行驶，经过好几个寨子也没有人上船。那两个妇女与船家扯着闲话，老的说："今年的雨水比往年好，应该不会饿着人了吧！"船家回应着："好什么好，雨水都成了灾。头几天，上游涨水冲下好多秧苗来，听说还有人被水冲走了。"来宝本来想跟船家打听打听，但听他这么说，大概率也问不出什么名堂来，索性懒得开口，就听他们闲扯。

小船又一次靠向码头，两个妇女先后下了船。船夫问："你们俩在哪里下？我的船再过一个寨子，走到前面那个叫长滩的地方就不走了。"来宝知道长滩离庚爹住的木良仅有两里路，几天前那场莫名其妙的大水让他还回不过神来。眼看又要回到木良，他怕见到这个地方。船到了码头，他不得不离船上岸。奇怪的是，这个姑娘在前面的那些寨子没有下船，一直同他坐到这里。来宝付了钱，跳到岸上。船夫将船绳拴好，用力拉船舷，好让船紧挨着岸石，等着姑娘下船。见姑娘仍坐着不动，他便提醒道："姑娘，到了。"来

鸭

客

141

宝跟着看过去，立刻明白她的难处。来宝说："快下来吧，我这里有钱，帮你付了。"姑娘看见来宝把钱递给船夫，这才下了船。

天色已经暗下来了。来宝想在长滩借宿，明早雇船直接回冷水，但他转念又想，万一他伯回到木良与庚爹正喝着酒等他呢？即使老鸭客不在木良，庚爹那里是不是有他的消息？来宝还是决定趁早走这两里旱路赶到木良去。天刚擦黑儿，来宝到了庚爹家。遗憾的是，庚爹不在屋里，庚妈说他去了下寨喝酒，明天回。庚妈招呼来宝进屋，一边张罗饭菜，一边问鸭子的价格好不好，以及打听到他伯的消息了没。来宝只是长长地叹气。庚妈又说了些安慰的话，劝来宝不要太着急。来宝正无味地吃着饭，突然听见大黑狗叫得厉害。庚妈推门出去，大黑狗回头对她呜咽两声，继续朝着屋下稻田狂吠。她仔细看了看已经模糊的夜色什么也没有，就骂大黑狗瞎眼、乱叫。大黑狗还在叫唤，随即被她象征性地踢了一脚，等她进屋，大黑狗呜咽了几下表示委屈，然后又开始狂吠，甚至冲下院坝跑到路上时叫声有了几分警告意味。这似乎要发起攻击的叫声，引起寨子上的狗狂吠一片。来宝已经吃好饭，他感觉有些不对，对庚妈说："大黑狗一般不会乱叫的，一定是发现了什么。"让庚妈找手电筒出来，他去看看。门前曲曲折折的田坎路这时已经被禾苗遮住，但田块之间的分界线还是能看得出来的。手电筒的光在稻田里来回游动，突然，光线照出一个人影，人影立即用手挡了一下这束强光，随即背过身去……

吃罢饭，姑娘才说出她的苦衷。

她是下寨人，叫春秀。爹妈上个月患浮肿病死了，她去清水公社投奔姑妈。谁知姑妈因招待放排人吃饭收钱，被人污蔑为投机倒把，天天被拉到街上游行批斗，姑妈不堪折磨投江而亡。姑父从此借酒消愁，后来就神志不清，一天夜里将房子点着，八岁大的儿子也被活活烧死。春秀在镇上逗留了几天，不知往哪儿走。偶尔别人送她点红薯果腹，有时几天都无东西进肚。实在待不下去，想回下寨，但是想到婶子一家对她恶言相向，她就犹豫了。今天中午，要不是来宝相救，她恐怕早就见阎王了。下船后，她不知往哪儿走。她觉得来宝人好，就一直跟着，但姑娘家又觉得有些害臊。跟到门口的坝田，看着来宝走进人家，她在原地站了好一会儿，才壮着胆朝这儿来。大黑狗狂吠，她不敢再靠近……

第二天清早，春秀不辞而别。想不到的是，来宝随身的帆布包也不翼而飞。不用说，一定是这个来历不明的春秀姑娘偷走了。

"这可要了命，包里有一百多块卖鸭的钱呢！"来宝急得快哭了。

"呸！真是人心隔肚皮，好心收留她，她却恩将仇报，天底下哪有这样的人？年纪轻轻的，真看不出。"庚妈也跟着又气又急。

一百多块钱对来宝来说是个天文数字，回冷水寨怎么向生产队交差？偷钱的人已经走远，去哪里寻去？出门快三个月，又耽误了这么久，按常理，鸭客早该回生产队报账。如果再不回，说不定队长会派人来寻。可现在，钱丢了拿什么来报账？就算想东拼西凑，但人人都穷得叮当响，谁有闲钱可借？

这娘儿俩愁得像热锅上的蚂蚁。将近中午庚爹才回来，他听说了这事，也没辙。

"这样吧！"庚爹说，"赶紧回冷水，我陪你去。如实向队长报告，走一步看一步。"

鸭

客

143

三

来宝回到生产队，一五一十报告了这次意外的遭遇……又加上庚爹帮助说明，队长好歹没说什么，叫来宝回屋休息两天再说。

然而没过几天，寨子上就有关于来宝不好听的话传出。队长找到来宝，脸色明显不同于之前。

"你还真会撒谎，险些被你蒙混过关。"

"队——队长，你说——说什么？我不懂。"

"别装了，你这个来历不明的野——野——"

队长还是把最后那个粗野的字给咽了回去。

"涨水，我知道，水是从上游涨起来的，流过我们冷水才到木良。我问你，涨水能淹死鸭子，但淹不死老鸭客，他比鸭子还像鸭子呢！谁不知道他的水性？再说了，就算损失一些，像你说的只剩下两百多只，那钱呢？被偷了，哼！编吧，真会编！你爷崽俩一定是想霸占生产队的卖鸭钱，思想不纯……"

"老实点，跟我们走。"领会队长的眼神，两个戴着红袖套的人凶狠地把来宝的双手反剪到背上，押着往外走。

来宝要饭的时候虽然受人白眼，但自从跟了老鸭客，长这么大从来没见过这种阵势，现在老鸭客又不在身边，来宝早已成一堆软泥。

生产队长召集社员开会，宣布对来宝的处理结果：白天抬石头修水库，接受劳动教育；晚上开会，从思想上接受社员批斗。

由于超负荷的体力劳动和精神折磨，来宝很快病倒。他在一间草屋的床上昏睡了几天。

四

来宝身体还很虚弱，生产队暂时放松了对他的看管。

这天，来宝觉得无聊，就跑到张家抱棚看孵鸭，这里的人把孵雏鸭叫"抱棚"。成年母鸭只会下蛋，可不管繁衍后代。雏鸭要从蛋壳里出来，需人工孵化。来宝早就听老鸭客说过，老歪叔是他们生产队远近闻名的抱棚师傅。张老歪正在将炒热的谷子倒进木桶里，抹平后放上一层鸭蛋，然后再覆盖一层谷子，如此重复，直到把整个木桶装满为止。来宝这才知道，这叫"炒谷孵鸭"。鸭蛋需要的恰当温度是最难掌握的，老歪叔的活儿是将鸭蛋贴着眼皮去感知。他的眼皮就相当于酿酒师的舌头，像品一小口就知道有几度，八九不离十。

来宝看得正在兴头上，忽然有人拍了他的肩头。一看是张家叫冬狗的二儿子指着后面，表情神秘地努了下嘴。来宝不看不打紧，这一看，差点没冲上去狠狠将那人扇上几耳光。

春秀说："知道你恨我，没指望你原谅，你回来后的情况我听寨老讲了，是我害了你。"春秀走过来，来宝怒目圆睁。春秀说："走，跟我走，我让你见一个人。"春秀随即转身，来宝愣了几秒，不由得跟了上去。

在寨老的家里，来宝怎么也不会想到，终于见到了失踪五个月的养父。

庚爹庚妈也在。庚爹说："我说过吧，你伯不会死，会回来的，你看，被我说中了吧！"

来宝扑倒在老鸭客面前，声泪俱下。他要把这些天来受的委屈

145

都哭出来。

这时，队长他们三人也赶来了，亲眼看到了这样的场面。

无论来宝怎么哭喊，老鸭客却无动于衷。过了好一会儿，他才喊出一句"咿呀——来呀——来呀"。

"你伯不认识你了。"春秀说。

"怎么可能？伯，你怎么了？我是你的宝儿呀！"来宝抬头望着老鸭客。老鸭客目光散漫呆滞，一言不发。

来宝慢慢站起来，眼睛直视春秀。春秀眼神先是躲闪，不过马上镇定下来，用目光迎着来宝。

"在木良，是我拿走了你的卖鸭钱。"春秀说。

来宝表情非常难看，大声地问："为什么？"

春秀说："我跟你和嬢嬢①说的都是假话。那时，我饿晕在清水公社码头，是因为我去公社找姑父借钱，他是公社的干部，我知道他有钱，可是自从我姑姑去世以后，姑父像变了个人似的，对我们一家人不理不睬。他只给了我几个馒头，就把我轰出了门。我不甘心呀！我又去了两次，姑父索性不开门，还放狗咬人。我几天没吃东西，是你的红薯救了我。"

"你借钱来做什么？"

"埋我爹呀！"

"埋你爹？"

"是的。那时，我爹死了，停在草屋里，等着我借钱埋啊！"

春秀不等来宝再问，她接着说："涨水的第二天下午，水退了

① 嬢嬢：方言，即婶子。

许多，我爹到河边找他的渡船，却在滩上发现了你伯。我爹背他回屋，你伯吐了几口泥水，醒了过来。他全身被刮伤，我和爹去山上采草药，回来时，却发现他正朝河中心走去，嘴里还喊着'咿呀——来呀——来呀'。河中心有多深，你知道吧，水又急……要不是为了救你伯，我爹还好好地活着。"

"啊？怎么是这样？"

"怎么不是这样？我爹拉不住你伯，只好转到前面，想使劲将他顶回来。还好，又来了两个寨子上的人，他们加入营救的队伍中。好不容易才把你伯救上岸滩，我爹却被漩涡卷进河心……"

"我爹好傻，为了救一个毫不相干的人丢了性命。"

春秀再也控制不住，背过身去小声抽泣起来。

"怎么是这样？怎么是这样？"来宝不知道说什么，他低下了头。

场面安静了好一会儿。

春秀才慢慢转过身，继续说："你还想知道我为什么要拿走你的钱吧！我想将我爹体面埋了。我从小就没了娘，是爹将我拉扯大的。生前我不能为他做什么，死了，我要让他有一副像样的棺材。那天你救了我，我稀里糊涂地跟你上了船，路过我家却忘记下了。下去又能怎样，一分钱没有。就这样又跟到你庚爹家。那晚，你和嬢嬢谈话，我知道你伯走失，知道你有钱，所以……"

"孩子，我们错怪了春秀。"来宝的庚妈说。

来宝的脸上早已挂满愧意。他想安慰一下春秀，可又找不到适合的话。屋子里再一次变得很安静。要不是老鸭客突然喊道"鸭子，鸭子——"大家还沉浸在春秀不幸的回忆中。

鸭

客

147

五

春秀带回老鸭客，寨子上的人知道了事情的原委并不像队长先前诬蔑的那样。如此一来，来宝并不是"坏分子"，生产队要再批斗来宝已说不过去。眼看秋水鸭的养殖时间到了，队长正愁没有人替生产队放鸭。如果这件事没搞清楚，让一个有问题的人去放鸭，谁也承担不了这个责任。这下好了，队长可以名正言顺将养殖秋水鸭的任务交给鸭客。

可是以老鸭客的状态，队长已经不放心再把鸭子交给他，只能把任务派给来宝。让队长想不到的是，来宝并不愿意接受任务。

来宝说："我伯这个样子，我怎么能安心放鸭？你还是另派他人吧，让我做什么都好，只要不放鸭。"

队长说："另派他人？我派谁？没有哪个有你们父子放得好，派别人我不放心。没得关系，你伯在家，队上让他休养些日子，等他恢复了，再派点轻活给他，好不好？"

来宝还是不同意，队长一百八十度的态度转变他还不适应，他宁愿去抬石头，他也得陪陪他伯。

队长说："不会再让你去抬石头，我知道你对我还有看法，这样吧，派你去张家抱棚跟老歪叔打下手，学点抱鸭崽的技术行不？"

来宝也不好再不下台阶，勉强同意，他也想跟老歪叔学学炒谷孵鸭法，掌握用眼皮测鸭蛋温度的技艺，弄清楚鸭崽是怎么从蛋壳里出来的。

春秀到冷水来住在来宝家。鸭客的草屋，一头住鸭客父子，一头住春秀。春秀把这对父子的家里里外外收拾得整整齐齐、干干净净，这让寨子上的人羡慕不已，说这是老鸭客上辈子修来的福气，这次又大难不死，今后有的是福享！

老鸭客哪里知道这是他的福气，他现在除了唤鸭，也不晓得自己身在何处，整天吵着要回家，说还有鸭群等他去放。他还说："少了的几只鸭必须找回来，天黑了，会被水猫叼去的，我得为生产队负责。"

冷水寨的人知道，老鸭客不仅懂得鸭的品性，会放养，他养的鸭少生病、长得快，而且老鸭客为人非常本分。他从来不私卖鸭子和鸭蛋，即便有时，他揣了几个鸭蛋去寨子上讨酒喝，也会记在心上，回来后从自己的工分上扣除。当初生产队派人放鸭都是两人一组，别人觉得他太老实，不愿意跟他一起。后来，那些不安分的鸭客被生产队收回了放鸭权，只派老鸭客一个人放鸭。

当他嚷着要回家的时候，来宝就问："伯，您的家在哪里？"

老鸭客说："在水边。"

"这就是水边呀。"

"这水不大，我家水大得很。"

"那你记得你家是哪个寨子不？"

"好像是木良，对，就是木良，应该从这里下去几个寨子就到了，要是放鸭走的话，要走两个多月。"

春秀问："叔，你家里还有哪些人？"

老鸭客想了一下，说："还有个儿子，他在家等我呢！"

在老鸭客发愣时，春秀对来宝说："来宝哥，你还是答应队长去放鸭吧！"来宝不解地问："为哪样？"

春秀说："我叔的病才医得好。"

来宝更不懂，"这与放鸭有关系吗？"

"有。你想，叔什么都忘记了，只记得涨水那一段事情。我想只有通过放鸭才能恢复他的记忆，你说呢？"

"咦，我怎么没想到呢！"

来宝一拍脑袋，骂自己真笨，他亲了一下春秀的脑门，朝村公所跑去。

春秀的脸一下子红了，像天边的一片晚霞。

落雀谷

一

春天说来就来。这几日，布谷鸟一个劲儿地叫唤，也不知它躲藏在哪棵树上。

阿朵看得出来，公公有些心烦意乱。他好几次摸出烟斗含在嘴上，又放回去。阿朵晓得，春意越来越浓，公公还是舍不得他的那块稻田。可如今，他心里空落落的，干什么都不得劲。烦人的布谷鸟不停地催促，侍弄一辈子农活的公公深知季节不等人。

这天傍晚，阿朵做好晚饭，公公破例让阿朵给他倒碗酒。阿朵觉得这是好事，说明老人家渐渐缓过来了。公公低头喝了口酒，长叹一口气。

"这酒还没喝完，酿酒的人已走了。"

"公公又想稻花奶奶了吧？"

"我是想，以后再没人给我酿酒，得省着点儿喝。可没有老伙计帮忙犁田，那半亩地怎么种得下去？"

"想喝酒啊，这个别担心，咱们去镇上打。你一大把年纪，该歇歇了，还种什么田，我爸还会让咱们饿着不成？"

公公起身，把刚才背回来的袋子打开，抓了一把里面的东西放在手里，又坐下来。

"朵儿啊，你晓得这叫啥子不？"

"稻谷啊！"

"稻种，不是一般的稻种。"

公公一口喝掉剩下的半碗酒，接着说："我喝的酒就是这种稻子酿的。这可是个好东西，出酒多，再加上你稻花奶奶的手艺，酿出来的酒格外好喝，这些年，都喝惯了。"

"这不是杂交稻吗？"

"不是。老品种，产量低，后来基本上没有人种了。以前啊，还没有杂交稻的时候，我们这地方长期种着好些老品种，像麻谷、紫禾、香糯……还有这种，你晓得叫哪样稻不？"

阿朵摇头。公公不紧不慢地往碗里倒酒。然后端起来很享受地咂了一口。

"它的名字啊好听着呢，叫落雀谷。"

"落雀谷？"

"是的，落雀谷。是一种像玉米一样种在旱地里的稻子。当时寨子上的人也不晓得管它叫什么，只是因为稻子成熟时，有种雀子特别喜欢啄食它，于是叫它落雀谷。"

"呵呵，落雀谷，雀子落在谷穗上，真有意思！那么，雀子为哪样单单喜欢它呢？"

"嗨，雀子聪明着呢！落雀谷特别香，谷粒大又好剥，你说这些家伙咋个不喜欢？后来啊，推广杂交稻，老稻种就没人种了。好在你稻花奶奶知道我喜欢喝酒，只有她还年年栽种。给她办丧事的时候，剩下最后一担差点儿全被拿去打米^①了。多亏你牛耕叔才留下这点种子。"

"牛耕叔？他不是在哪个单位当领导嘛，也稀罕这个？"

"听说他不想当领导，辞官了。回老家来专门寻访这些老种子。最初还有些风言风语传他犯错误遭贬回来了，哪晓得他是来弄这个。唉，也搞不懂，官当得好好的，来搞这个有哪样用？"

公公放下手中的酒碗，把袋子的口子束紧，起身将它提进里屋。

二

牛耕不知听谁说稻花奶奶有一种奇特的老稻种，他时刻惦记着，一直想抽个时间登门拜访。可身为乡镇一把手，成天开会和迎检，忙得像个陀螺。

这些年在乡镇任职，忙里偷闲，总爱往村子里那些木屋钻，抑或在田间地头跟村里的老人拉家常、摆龙门阵。老人觉得这个经常带着两脚泥的干部没有架子，跟他们贴心，有什么话总爱拉着他讲。

这天，有个老人同他说仰侗村的稻花奶奶还种着老稻，让他去看看。这些老人都晓得，牛耕在做一件好事——收集和培育老稻种，据说已经收集了一百多种。有人不解，收集这些老古董有什么用。"优胜劣汰，自然法则，为哪样要去干预？"牛耕也不同他们讲大道理，就觉得祖祖辈辈从大自然中驯化来的稻种存在了千百年，养

_____

① 打米：方言，即碾米。

活了多少代人，且不说功不可没，至少证明它们是有生命力和存在价值的。牛耕在大学里学的是农作物的培育与改良，往大的讲，维持生物多样性才是遵循自然规律。而现代农业的逼近，产生的副作用让那些有着优秀基因、口感不错的稻种因为某些先天性的不足而消亡，这将是何等的惋惜！于是他就有了一种使命感和危机感。

牛耕在官位上做这件好事并不顺畅。再小的地方也是一个官场，有人举报他不务正业。组织上找他"喝茶"，希望他迷途知返，要看重自己的仕途。可他仍然我行我素，不久后就被调离原来的工作岗位，回到县城的一个小单位任闲职。牛耕似乎中了收集老种子的毒。他想了想，也好，与其让别人看不顺眼，不如主动离开是非之地。他向领导提出辞职，要求到老家当农业特派员。常言道："五十知天命。"在别人眼里，他就是个不知深浅的懵懂男。当初他是村里第一个走出去的大学生，后来成了吃皇粮的国家干部，并且当上了不小的官。每次回村看望父母，村里的人对他毕恭毕敬，都说他父母命好养了个有出息的崽。

现在，他灰溜溜地回来了，母亲已经走了好多年，家中只剩年迈的父亲。在这件事上，他不晓得咋个面对父亲，只说是组织上让他回老家来搞脱贫攻坚。可日子久了，纸包不住火，天下没有不漏风的墙。父亲还是从风言风语中晓得了儿子的难处。这位老人不简单，年轻时上过几年学，当过多年村干部。他晓得儿子的苦处，如今的处境并非犯了什么大错。相反，他是支持和理解儿子做这件事的。牛耕在一天晚上与父亲喝酒的时候，老人主动戳破这层窗户纸，这反而让牛耕感到意外。此前，之所以主动辞职，是看淡了官场。原本以为有块乡镇一把手的腰牌挂在身上，对动员收集和保护老种子有所帮助，不想反而碍脚碍手。做这件事还动用了家里不多的积蓄，债台高筑，妻子不乐意，他不怪她。今后也许还会遇上更大的困难，既然得不到妻子支持，也不想拖累她，两人商量着离了婚。他唯一担心的是老父亲，不承想，老人家这么开明，让他有了走下去的勇气。

牛耕收集的老种子多了，需要建一间陈列室。老父亲毫不犹豫地把老屋腾了出来，并且对村里的人说，儿子回家并不是犯错，是想留住老种子。渐渐地，乡亲们对牛耕也不再冷嘲热讽，还用他们对作物的了解为牛耕识别、收集老种子提供方便。

三

阿朵大学毕业两年，在城里没有找到满意的工作。回到村里，也没想好到底干哪样才好。回来这一年多，她学着用手机直播带货，慢慢有了点感觉。

自从公公给她讲了落雀谷的事，不知为什么，阿朵脑海中常常浮现出稻子成熟时一大群雀子飞来落在稻穗上的景象。

一天，她正在直播乡间的美景，一只雀子飞入镜头……当晚，她无法入眠，打开白天录制的视频，那只雀子冲着她鸣叫。阿朵张开手掌，它居然从手机里走出来，歪着头打量着她。阿朵身边正好有一袋没吃完的瓜子，抓了几颗给它。它不吃，转身飞到门口。阿朵追了出去，月光很亮，雀子带着她走了很长的山路，来到一块庄稼地，地里的禾苗有点像公公同她说过的旱稻。疑惑间，田间传来几声轻微的雀鸣，空气中流动着一种奇特的禾香。

落雀谷

第二天醒来很晚。她仍然记得昨晚发生的事。感觉恍恍惚惚，弄不清那是不是一个梦。她决定沿着记忆中的小路去寻找。

阿朵穿过一片翠绿的竹林，在散开的雾气中找到了那块旱地。她蹲下身子，仔细观察那些禾苗，发现它们的确与普通的稻禾不同，茎秆粗壮得像一棵棵小树，叶片有巴掌宽。她摘下几片叶子放在鼻尖轻嗅，那股奇特的香味更加浓郁，令人神清气爽。

正当她沉浸在发现旱稻的喜悦中时，一只小雀子飞落在她的肩膀上，轻轻地啄了啄她的耳朵。阿朵扭头一看，正是昨晚带她来到这里的那只雀子。它似乎在示意阿朵："走，跟我走。"阿朵站起身，跟着雀子继续前行。

眼前是一片绿茵茵的稻田，尽头隐约出现一个古老的村落。村口有棵巨大的榕树，树下聚集着一些村民，他们正围着一个老者听他讲述着什么。雀子带着阿朵走过去，老者抬起头，用慈祥的目光看着她。

"小姑娘，你来了。"老者的声音温和而有力。

阿朵有些惊讶，她并不认识这位老者，但老者似乎对她并不陌生。她礼貌地回应："老人家，您怎么知道我会来？"

老者微微一笑，指了指旁边的雀子："是它告诉我的，它说你迷上了我们的旱稻。"

阿朵这才明白，原来这只雀子是老者的信使。她向老者讲述了昨晚的奇遇以及自己对旱稻的好奇。老者听后，点了点头，接着向她介绍这种神奇的旱稻。

"这是我们村祖祖辈辈传下来的稻种，它能在干旱的环境中生长，从幼苗到成熟期会散发出一种奇特的香味。就算产量不高，每家只能采收这么两三担，大伙依然对它的味道很着迷，喜欢喝酒的人家还要从中拿出一些来酿酒。用它酿出的酒清亮，醇香扑鼻。也因它的奇香而特别招惹虫子。那个时候也没有农药，只能用一些土办法，也不太管用，只能听天由命。有一年出现了怪事，飞来一群雀子。最初，人们不当一回事。结果那一年，我们的旱稻没有遭受虫害，却被雀子吃了不少。有人憎恨这些可恶的小偷，要捕杀它们。受到惊吓的雀子飞走后再也没回来。第二年，旱稻全被虫子糟蹋了，颗粒无收。不知又过了多久，就在人们打算放弃栽种这个品种时，又听见雀子的叫声。大家知道它们回来了，既高兴又担心。这一年的稻子长得特别好，初秋，沉沉的稻穗将要成熟，寨子上准备派人去守护，防止雀子偷食，却发现它们已经飞走了。人们感到过意不去，在收割时，特意留了一些在地里。直到冬天，那些雀子才再次出现。它们以山上的一种野果为食，再也没有破坏过旱稻。此后，雀子年年飞来只为吃掉害虫，守护旱稻。村子为了感谢这些雀子，将这种稻子取名为落雀谷。"

阿朵听得入神，老人见她如此痴迷便邀请她留下来。阿朵想都没想就答应了。她在古老的村落开始了新生活，不仅学会了如何种植旱稻，还通过直播带货的方式将这种神奇的稻谷介绍给了更多的人。她直播间里的粉丝对这种旱稻产生了兴趣，订单也越来越多。年底，她把收入分给了大家。在教会年轻人直播带货后，她向老者告别。村里的人都舍不得她，只有老者还是那样平静安详，让她带走一袋种子，说："以后若有缘分，我们还会见面的。"

那只雀子领着她出了寨门，一回头，雀子飞走了，村子也消失不见了。

落雀谷

四

已近中午，放牛公公不见阿朵起床，便去敲门，没有回应。他轻轻推了推，门开了一半，只见阿朵一只手露出被子垂在床沿。公公又唤了几声，仍不见动静，公公预感不好，便走到床边，摸了摸她的手，冰凉冰凉的。公公有些慌了，又往她鼻孔处探了探，还有微弱的鼻息。

公公急忙跑出房间，用老人机拨通村医的电话。过了许久，村医才喘着粗气赶到。公公已经很老了，后面还跟着几位与他同样年纪的老人，他们焦急地看着村医。只见村医先翻了一下阿朵的眼皮后将两根手指搭在那只冰凉的手腕上。他用眼神示意大伙安静，片刻后，从随身携带的皮袋中取出几根银针。那只皮袋油黑古旧，像出土的文物。他将一根银针刺入阿朵的中指，用拇指和食指轻轻旋转针头，随后又在其他指头上施针。

老人们屏着呼吸。阿朵终于缓缓睁开了眼睛，她感到一阵头晕目眩，眼前的一堆人头在晃动。公公焦急地询问她发生了什么事，阿朵定了定神，努力回忆着那段奇妙的经历。

"我——我跟着一只雀子——去了一个古老的村庄……"阿朵用微弱的声音断断续续地讲述着。老人们听后面面相觑，他们知道那个村落，但那里已经荒废多年，怎么会有人呢？

老者和雀子的出现让阿朵的梦境显得更加神秘。那些老人打算等阿朵恢复一些体力后同她去那个村落看看。

在公公的照料下，阿朵渐渐恢复了。

过了两天，阿朵带着几个老人再次踏上前往那个古老村落的路。这一次，她没再遇到那只神秘的雀子，但当他们到达村落时发现"老者"依然坐在榕树下，仿佛一直在等待着她的到来。

怪异的是，当走近时，大家发现那只是一块长得很像老者的石头。

石头不仅形状酷似老者，而且似乎还散发着一种奇异的光芒。稀疏的青苔间隙隐约可见一些古老的符号，阿朵心中一动，她觉得这些符号似乎在哪里见过。

"这——这符号，我在梦里见过！"阿朵惊讶地说道。

大伙面面相觑，他们知道这个村落曾经有过一段神秘的历史，但没想到会与阿朵的梦境联系起来。

老者依旧坐在榕树下，目光深邃地望着他们。

"你们来了。"老者的声音平静而有力，仿佛早已预料到他们的到来。

阿朵走上前，恭敬地问道："老人家，您知道这些符号的含义吗？它们和我的梦有什么联系？"

老者微微一笑，示意大伙坐下。他不紧不慢地讲述着这个村落的古老传说以及这些符号所代表的神秘力量。原来，这个村落曾经是一个守护着古老智慧的地方，而这些符号则是开启智慧之门的钥匙。

"昨晚，你被选中了，阿朵。"老者继续说道，"你心灵纯净，能够感应到这些符号的召唤。你所经历的一切并非偶然，而是命运的安排。"

阿朵感到自己仿佛被卷入一个古老而神秘的世界，她渴望揭开这些符号背后的秘密，找到那个传说中的智慧之门。

老者说："这些符号是我们族群的远古文明记载。战争失利后，

落雀谷

159

我们被迫离开原来肥沃的土地，迁徙到这儿。家园带不走，我们只能带走稻种。只要有种子，我们什么都不怕。但是，一旦生活安顿下来，危险解除，人的精神就会懈怠。确实如此，我们的后代沉溺于安逸，忘记了文字。那石头上面的符号就是我们古老的文字，已经失传，再也没有人认得。好在我们还有古歌、服饰、祭祀……只是换了一种方式记录着我们的历史和文化。"

老者说完又变成了一块石头。大伙发现，阿朵又陷入昏昏欲睡之中。

五

牛耕仍然记得当时来拜访稻花奶奶的情景。他是不安的，为什么不早点来？在阴冷的绵绵细雨中，稻花奶奶的葬礼显得异常凄凉。那些本应归来的年轻人似乎被远方的繁华牵绊而未能及时赶回。只有稀稀拉拉、步履蹒跚的老人以他们独有的方式，默默表达着对稻花奶奶的哀悼。即使是牛耕的到来，也改变不了什么。万幸的是，他抢救了落雀谷这个老品种。如果再晚一步，珍贵的落雀谷可能就会成为丧事上的祭品，消失在人们的餐桌上。

事后，老人们围坐在火塘边讲述着一件诡异的事。那天，一群雀子突然飞来，它们停在门前的树枝上，叽叽喳喳地叫个不停，仿佛在诉说着什么。无论人们如何驱赶，它们就是不愿离去。直到牛耕出现，阻止人们挑走落雀谷，那些雀子才仿佛接收到某种信号，纷纷振翅高飞，消失在天际。

挽救了落雀谷，牛耕的老稻种数量增至一百种。为了纪念这一刻，他在微信视频号上发布了一段视频分享这份喜悦与成就。出乎意料的是，视频的那一端有双美丽的眼睛一直关注着。

她是一位"90后"的大学教师。许久以来，她人在讲台上，心却无法安放，总觉得那不是她要的状态，牛耕保护这片土地和老稻种所付出的努力深深感动着她。最初，她只是在视频号下留言，有时会留很长很长，似乎短了会说不尽内心的想法。后来他们互加了微信。

牛耕怎么也想不到，林静会突然来到仰伺出现在他眼前。

好久没有这么热闹了。外出打工的年轻人整整齐齐回到仰伺，不为别的，只是想看一眼林静，见识见识这位大地方来的新娘。村民依照侗族的传统为牛耕和林静举办了一场朴素而隆重的婚礼。婚礼上，侗族的歌声悠扬悦耳，舞蹈热情奔放，人们向这对新人送上最真挚的祝福。林静被乡亲们的真诚深深打动，面对阿朵的直播镜头，她动情地说，过去那些年，衣食无忧的她过得并不开心，城市的喧嚣和人群的冷漠不是她要的生活和人生。如今许多食物为何失去原味？她常常思考这个问题。她去过许多美丽的乡村，光鲜的外表下是人们粗暴对待土地的方式，滥用农药、化肥，这些号称现代农业的耕作方式，不仅仅是涉及食物无味的问题，还事关食品安全，让人忧心。从小喜欢自然和田园的她，为寻找那一抹最后的纯粹和本真，一路从北方寻到大西南，寻到贵州黔东南的大山里。没想到，她一踏上这块土地就被这里张扬的生命力感染，植被郁郁葱葱，动物活泼灵动，这里的人怎么会那么开心？脸部的肌肉都是笑的轮廓。哪怕八十岁的老人，眼眸也是放光的。大概是看多了城市里那些苦大仇深的苦瓜脸，感觉这里才是人活着应该有的样子。林静说着，温柔地看了一眼身边的牛耕，继续说："当然，最后能让我留下来的，不仅是这里的好山好水，还有扛起生态大旗、推广有机种植的带头人牛耕哥。想当初，他许我几百头牛作为彩礼，事实上，自己一头牛也没有，那些牛都是他带头创办合作社的乡亲们的。他原本当着乡镇书记好好的，却辞官返乡，十年来留下了这么多珍贵的老种子……自己还欠着一屁股债。"牛耕显然感受到了年轻妻子那份真诚，他接过话筒，幽默地回应道："也许是我感动了老稻子——落雀谷，是它的香气吸引来这么一只美丽的雀子落到我的生命当中……"婚礼现场氛围瞬间热辣滚烫起来。

美中不足的是，林静心中有一丝遗憾，那就是未能得到父母的祝福。牛耕安慰她说："时间会证明一切，父母终将理解并接受我们的选择。"

也是这一天，牛耕的"活态种子基因库"陈列室正式开门，向人们展示那些险些消亡的生命。满屋的种子着实让人惊叹，有的用玻璃容器装着，有的以植株标本展示。林静走到一根柱子下面，对大家说："这种稻子高度有一米八。"只见绑在那儿的稻禾标本超出她一个头。

六

清明节，放牛公公到稻花奶奶的坟上去看她。他给自己倒了一碗酒，把一碗落雀谷米饭摆在墓碑前，对里面的人说，他要把落雀谷种下去。他还说牛耕这孩子也喜欢落雀谷，种子保住了，今后发动乡亲都来种。他还要再去买头牯牛，不让它打架，只为种落雀谷，平常跟他做伴。

往年，公公无论如何都要和他的老伙计——那头牯牛一起种半亩田，再养些稻花鱼。他坚持劳作，并不指望能从中得到多少收入。活了大半辈子，他已经习惯与土地打交道，喜欢跟牯牛摆龙门阵。养几条鱼，只因稻花奶奶喜欢做酸汤，酸汤里没有稻花鱼可不行。

可如今，有的事情发生了变化，牯牛在一场斗牛比赛中身负重伤死去，稻花奶奶也走了，一下子抽空了他的世界。但只要还有一口气，还得撑下去，人总要找到活下去的理由。种地就是他活下去的最大理由。

要种地，没有水牛怎么行？市场上一头水牛要好几千块呢！他哪有这么多钱啊？儿子儿媳在外面打工收入只刚好够日常开支。他搜罗着家里，看有没有值去换一头水牛的东西。他先是想到这栋木屋——目前最大的家产，但这是自己年轻时起的，不可能把它卖了吧！就算卖了也值不了几个钱。他很快打消了这个念头。一连好几天，他都有事无事背着手在木屋周围转悠。

这天，他转到牛圈边。往里面看了看，空空的，透着一股潮湿的霉味，他叹着气准备回屋，却无意中瞧见檐下的"老屋"。那是他早年为自己准备的百年后要住进去的地方。他走过去，掀开覆盖在上面的杉木皮和塑料纸，露出一道黑色的光。他自言自语，恐怕只有它才能换一头水牛。

不久，寨子上传出放牛公公要卖掉"老屋"的闲言碎语。人们都感到不可思议，照村里旧俗，人活到一定岁数才会准备自己的"老屋"，一旦做好了不会轻易卖掉，那是一种忌讳。除非遇上特别紧急和重大的事情，比如，亲戚里有人突然病故，来不及打造棺木，才会不得已出让，否则，老人中谁也不会这么做的。有人说："这个老家伙是不是老糊涂了，发什么疯？好好的要去那样做。"传来传去，这个话传到牛耕耳朵里。

牛耕急忙上门找放牛公公，得知事情的原委后，他心中既感动又惭愧。正好头两天寨子上东桥嘎佬找到他，说家里有两头牛，他一个人看不过来，又舍不得卖，想找个人帮他养……这不正好解了放牛公公的难。牛耕还说从今年开始，寨子上所有稻田还有旱地都不能施用化肥和农药，要搞有机种植。放牛公公不懂什么"有鸡无鸡"，只晓得跟以前那一套差不多，他是赞成的。

这真是打瞌睡时遇上枕头，放牛公公不用自己买牛，多好的事！他领回水牛，心中自然欢喜，把屋后那块旱地翻了一遍。水田他不打算种了，往里面放养了一些鲤鱼。

播种落雀谷那天，牛耕带着几个人来帮忙。阿朵也没闲着，她帮公公的同时，还用手机直播了这些劳动场景。

江丹终于找到仰侗来了。他并没有第一时间去见阿朵，而是入住了牛棚民宿。接待他的老板长着一脸络腮胡子，自称胡子哥。他告诉江丹，他此前在长沙开酒店赚了一些钱，总感觉心里还是缺少点什么。一次偶然的机会他与牛耕相识，受邀来到这里，一下子就喜欢上了这片美丽的梯田，于是就把赚的几百万全部投到这里。

江丹也被这片美丽的梯田迷住了，特别是这些由牛棚改造而成的民宿真是与众不同。最初那些天，他常常坐在田埂上，朝远处看，天空碧蓝如洗。云朵下面，梯田从村子后面长出来，一直长到有树林的地方。身后山坡绵延，树木顶着天空。他入住的那间木屋建在一块稻田的外坎上，吊脚而建。胡子哥告诉他，过去那些年，村民为了方便耕作和积肥，他们纷纷把牛牵到梯田来，在自家的稻田附近给牛儿搭建了圈舍，就是人们常说的牛棚。后来，年轻人外出打工，不再以种地为业，这些牛棚渐渐荒废了。

"我很佩服牛耕哥。"胡子哥说，"他辞官还乡，就是为了抢救传承老稻种，这件好事做起来并不容易。收集来的宝贝除了用科技手段建立基因库，他觉得最有效的办法是藏种于民，动员村民栽种，这才是最好的传承。真正要去做却很难，这些老稻种产量低，种了不划算，大部分村民不接受，这让牛耕哥很头疼。他一有空就过来找我喝酒，聊聊他的想法。其实，他也知道事情得一步一步地来，村民最看重的是实惠，得先从容易做的地方入手，让他们看到希望。现在，村里成立了合作社，我这牛棚民宿、落雀谷老稻种植与梯田已经捆绑在一起，不断有年轻人加入，我相信村庄会越来越好。"

江丹发现，这些民宿分别以二十四节气命名。不得不佩服这里的主人，深谙中国传统农耕文化。他住的这间名唤惊蛰——春雷乍动，万物生机盎然。梯田、流云、虫鸣蛙声……此刻醒了过来。他觉得自己成了它们的新伙伴、新邻居。在这里不用思考，跟草木静坐和对视。看夕阳是怎么一点一点染红梯田的……要不是有人叫他，他差不多要沉醉在山野的时光里。

七

阿朵从胡子哥的电话里知道江丹来了，于是找了过来，把他带去见放牛公公。

两人一前一后走在弯弯的田埂上，阿朵提醒他注意脚下，江丹

落雀谷

165

有些不适应，走得格外小心，生怕失足踩进水田里。

不久便隐隐听见琴声。那是公公在弹琴，她指着远处一间矮小的牛棚说："他在那儿呢！"

说话间，两人来到牛棚跟前，放轻脚步。江丹看见一位脸颊清瘦的老人正随意地坐在牛棚的木板上，怀里抱着一把长得有些特别的琴。公公抬起头猛然见到这个"不速之客"，显得有些局促，随即停下弹拨。阿朵赶紧同公公介绍江丹。公公起身，把琴放在边上后去拿小板凳，说："乡下不成样子，随便坐啊。阿朵之前同我说过你，说你看了咱们家朵儿的直播，要过来看看，我就劝她让你别来，怕你看了不习惯……"

江丹躬身接过小板凳，谦虚地说了些公公不用客气之类的话。阿朵也不失时机插话，以缓解不自然的气氛。

旁边的土灶上架着一口铝锅，锅里噗通噗通地沸腾着。

公公说："那是在给牛煮吃的。"

"牛不是吃草吗？"江丹不解。

"剩菜剩饭也可以给牛吃，要煮一下。我们庄稼人依靠牛，就得对它好，每到过年，要把谷子、玉米煮熟犒劳辛苦了一年的牛。人过年，不能忘记牛。"

两人你一句我一句，渐渐熟络起来。阿朵打开手机。

江丹看见公公的屋子里有一把吉他，公公说："是一个玩音乐的小伙子送的。"

"您还会弹吉他，挺洋气啊！"

"我把它改造了一下，可以弹出侗族琵琶的味道。"

"侗族琵琶？"

166

"对，就是这个。"他指着刚才弹的这把乐器。

"原来这就是侗族琵琶啊！您真了不起。我也喜欢音乐，会一点点侗箫。"

"难怪昨晚听见箫声，原来是你吹的。"

"吹不好，我还在学哩。"

江丹请老人现场弹唱一段，他非常乐意，很熟练地用吉他和琵琶交替着弹，边弹边唱。江丹听出来了，是《最炫民族风》和《我和你》。

老人的琴声不时地让江丹走神，令他不知身在何处。

晚上，江丹不愿再回牛棚民宿，他跟着放牛公公住在山上的牛棚里，听他摆那些神奇的龙门阵。

接下来的几天，阿朵陪着江丹到村子和梯田转悠。梯田、落雀谷、牛棚，还有侗族三宝——大歌、风雨桥和鼓楼。江丹被大山深处的事物吸引着。时间过得真快，离开的日子越来越近。他心里记着阿朵的梦想——她想在村子里建一座乡村图书馆，让孩子们从小接触阅读，感受外面的世界。恰好江丹在杭州从事乡村规划设计工作，能帮助到阿朵。他还想把这些天看到的和听到的写成一部小说，标题都想好了，叫《有那么一些人》。这些人是牛耕和林静，他们的爱情故事与有机农业、老稻种自然而然地联系在一起；这些人是放牛公公，他那摆不完的龙门阵那么醇香绵长；这些人是胡子哥，他愿意把钱投到乡村，把传统农耕文化与现代旅游结合起来，村民们能从梯田的股份中分到红利；这些人自然还有阿朵，回归乡土的新一代大学生，他们是乡村未来的希望……他也想成为像林静和胡子哥那样的雀子落在这片土地上，成为发展有机农业的一员。

落雀谷

　　心中虽有不舍，可此行的时间也到最后了，他还得回去。江丹离开的那天，阿朵送给他一包落雀谷种子作为纪念。江丹紧紧握着种子，阿朵陪着他走过放牛公公的牛棚，走过那片葱绿的稻禾。

　　阿朵不经意说了句："你看，落雀谷又活了。"远处，一群雀子再次飞来，它们在天空中盘旋，久久不愿离去。

朵儿茶庄

天空清亮通透，浮着几只大白鹅。这是杜杭从水里看到白云产生的幻想。溪水流到这里，累了，放松下来积成一片明净的水域。几块跳石蜿蜒着架过去，可以想象，早晨或者傍晚，有人沐浴着柔光走在上面，影子正好照在水里，该是一幅多么美妙的图画啊！

杜杭这会儿正站在溪岸——这天空，天空的云朵；这溪水，溪水里的树影；这眼前，目光所及，干干净净、清清爽爽，梦幻一般。

那么，自己如何一下子到了这里？是坐车还是乘船？他有些迷糊，只觉得不经意间穿过了一丛幕帘，眼前豁然开朗。

除了一根竹箫，他什么也没拿。竹箫装在苎麻布袋里，往肩上一挎，有种"仗箫走天涯"的洒脱。

只是他头脑里萦绕着一团雾：从哪里来，要到哪里去？仿佛遇上一个重大的哲学命题。踌躇间，隐隐闻到一缕清香。

这若有若无、时淡时浓的香，牵引着他，从几棵秃头的古树下经过，再穿越一片竹林，眼前出现一幢木屋——杉木板壁，木本色。

屋前，有段引廊，廊上竹架子爬满葡萄藤。宽大的叶片拥挤着，却还是漏下几滴阳光。过了引廊，拐角处斜长着几竿细竹，有的竹尖不小心碰到屋檐，轻轻一触，并没有弄乱屋上的瓦片。这一切看上去似乎不那么真实，有点像影视剧里的酒家、茶庄，永远候着一队马帮或者几个剑客。

它真就是一间茶庄，刚才怎么就没看见呢？一面酒红旗帜斜挑在窗畔，飘着。上书四个墨绿颜体字——"朵儿茶庄"。

里面的人大概觉察到客人临门，飘出一个声音来："喝茶吗？"

循声望去，一位女子到了跟前，体态柔美轻盈。她那眼睛，犹如刚才看到的水域，清澈沉静。

无意间闯入别人的领地，心里有些犯虚，杜杭赶紧定了定神。

"好——好香啊！我是循——循香而来的……"

"你请坐，里面还是外面？"她问。

里面还是外面？他一时被问住。像被施了"定身法"一样，他僵在那里。

问话的人也许只是随意问问，并不需要他选择。他跟随她进屋。靠左有扇窗，亮光照进来，落在陶壶上。壶把高高拱起，一丝柔柔的水汽从壶嘴飘出。陶壶坐在一张原木小桌上，桌的两边各放一把藤椅。继续往前走，出了侧门。门外，倚着右边的墙根站着一张用三脚藤编的圆桌，桌面压有一方玻璃，几枝野花开在桌上的花瓶里。

"你就坐这儿吧，我给你沏茶去。"她丢给他一个轻盈的转身。他的目光已被她头上的花环吸引——新鲜的叶片间零星点缀着几朵洁白小花，花形如一枚枚袖珍小喇叭。头发从花环四周倾泻下来，流水一样淌到腰间；一袭垂过膝的碎花长裙跟着转身的动作，带出一缕清香的风。

杜杭落座，随手将箫挂在椅背上。这个时候，香气越发浓烈，他转头四望。右手边，也就是墙根的尽头，转折出另一堵墙。严格来说，它不是一堵真正的墙，而是一道篱笆，用手指粗的竹子扎成。几根藤蔓攀在篱梢正探头往他这儿瞧，他起身也去瞧它们。他的手刚一触摸到篱笆，那篱笆便往里退让，原来是一扇小小的门。

门里是个小园子，他正犹豫着要不要跨进去，这时沏茶的人回来了。

"别好奇，先喝茶吧！喝完，你再慢慢看。"

他回到桌前，她又转身进了屋。

茶沏在一个比较大的土陶碗里。这个碗比不了精致的茶具，显得有些粗简，茶也不是他平常见过的那些名贵的什么毛尖、老树红茶。茶汤清幽浅绿，舒展的茶叶之间还沉浮着四五朵小白花，他喝过的茉莉花茶也不是这个样子。随着热气升起，那股香气便弥漫开来，有一种山野的气息。他之前闻到的香味，原来是这东西飘出来的，似曾相识，却想不起在哪里闻过。

他双手捧起茶碗，轻轻吹皱茶水，花儿与茶叶在碗里曼舞。他小心抿了一口，清香浸润着嘴唇、舌尖、喉咙……是怎样一种曼妙的感觉，一时说不出来。

"哎——好喝吗？"

他看不见人，一时不知她在哪里问话。

"这儿，这儿！"

一侧脸，她在窗子那边，正探出半个身子朝他招手。

他们之间的外墙呈一个向内的夹角，可相互瞧见对方。

从这个角度看过去，她与木窗、竹影、店旗相映成趣，让他一时有些恍惚。

朵儿茶庄

171

他欣赏着。她的眉毛是他喜欢的那种，平缓舒展，不着意修饰描画，就为了配她清亮的眼睛，配她清秀的脸形，配她自然而然的神态。

"好喝吗？唵？"

他差不多忘记回答她的问话。

她把"唵"加重，拖长，他才回过神来。

"好——好喝，什么茶？真香。"

"球茶。"

"球茶？没见过。"他脸上弥漫着困惑。

"你是城里来的吧，当然没见过！喏，就是这个。"她两个指尖轻轻拿着一粒绿色的"丸子"朝他晃了晃，随后缩回身子。过了一小会儿，她重新出现在门洞里。

她已经摘下花环，发丝被一张手绢松松地拢着，长裙也不见了，取而代之的是宽松素净的棉麻短衫配裤裙，更显休闲清爽。手里还挽着一只小竹篮。

"让你近距离看看吧！"她把竹篮凑到他跟前。竹篮里面盛着几粒如鸽子蛋大小的绿"丸子"，跟她刚才拿在手里的一模一样。

这玩意儿……他伸手取了一粒放在掌心，靠近鼻子闻了闻，有一股好闻的茶香。

"你不是想进园子逛逛吗？"

"哦，哦，对对对。"他这才不舍地将"丸子"放回竹篮。

比起他刚进来时，她说话更柔软一些。也不知是一来二去地说话和打量从他身上获得了什么好感，让她的语气多了些温婉，抑或是这大半天真想找人说说话，也未可知。

她新换上的衣装与他身着的改良唐装，看上去还真配。

她领着他从那扇半掩着的竹门进了园子。园子不大，却很精致。脚下小径是一块块完好的青瓦立着铺就的。青瓦小径毫无规则地将园子分成小小的几块，每一块长着不一样的植物，或花或草，或藤蔓或直枝。

"这便是茶碗里的白花，我们管它叫金稻子。"

她指着爬在竹门上的那些藤蔓告诉他："你看看，就是它，还有它，黄的、白的。昨天我摘了许多，这是才开的，还有那些花苞，看见没？你闻闻。"

他果真伏下身，贪婪地吮吸了几下。"真好喝，跟泡在碗里的球茶味又不一样。"

"来，往这里走。"她引着他转了一个半弧，又沿着"S"形小路绕行，他似乎有些晕，失去了方向感。不久，来到一块大石头前面。只见她轻轻转动一下上面的旋钮，轰隆隆隆，石头缓缓往左侧移动，渐渐出现一个黑洞。

"上来吧！"她什么时候已站在了洞口那块厚实的木板上。她一把将他拉了上去。两人站定，手扶缆绳，旋即有种失重感，耳畔风声呼呼作响。

也不知过了多久，石门开了。她说："到了。"两人走出洞口，石门自动轰隆隆地合上。"这座山叫雷公山，是苗岭的主峰，现在咱们到了半山腰，海拔1500多米。我带你上来开开眼界，你才知道你喝的球茶是怎么来的。"他随着她抬起的手臂看过去，眼里是另一番景致——一片茶园，茶行修剪得整整齐齐，叶片嫩绿泛着油光。茶行间隙，不规则地生长着一些高大的树，像哨兵。她指着一

朵儿茶庄

棵碗口粗的茶树说："这是高山茶，很稀有，百年树龄，也只有这个地方才能见到它的身影。"他嘘唏着走过去，触摸树干，粗糙的树皮上包裹着一层湿漉漉的青苔，显然是岁月留下的痕迹。

"快看，云雾上来了。"他回过头，一团白茫茫的云雾将他缠住。他挥舞着双臂试图驱散它们，却无济于事。他感觉天旋地转，身子轻盈起来飘向空中。他呼喊，却没有声音，也看不见她。

从园子出来，如梦初醒。

他本来想再回到桌前坐一会儿，可老觉得有人在暗地里催促"你该走了"。太阳已偏西，他只好不舍地向她挥手告别。

她也不客气，只说欢迎下次再来。

他有些舍不得离开，但似乎有人硬拽着他往回走。山野的气息还有茶香，久久不绝地包裹着他。他慢腾腾地挪动脚步，来到溪畔一棵秃头的古树下。夕阳照在水面上，涂了一层金黄。他坐在树根上，好像在欣赏这落日余晖下的景致，而事实上他的魂儿似乎还没回来，还在刚才的云雾中游荡。

日头很快掉到山的背后，夜幕撵跑了黄昏。几只萤火虫飞过来打量着他，它们不明白这个年轻人为什么傻傻地坐在那儿。那么，他自己明白吗？

他仍沉浸在亦真亦幻的情景之中，忽被一声弹拨惊醒。

"我就知道你没走远。"

她怀抱吉他，一只手提着竹篮站在他身后。

"是你啊！"他赶紧起身，接过吉他。

"到乡下来不要不好意思。肚子饿了，也不晓得找吃的？"

她一边说，一边俯身，将竹篮放下，取出茶壶和食品。

"我们乡下的粗茶淡饭，别嫌弃，填饱肚子才能欣赏风景。"

他难为情地把吉他交与她。

竹篮里两只土碗分别盛着水煮红苕和腌菜。那是一种陌生而久违的味道，好像原本他就是吃这样的东西长大的。这时，他才真正感觉到饿。风卷残云，他吃相粗鲁，顾不得斯文。

她微笑着，一边看他吃东西的样子一边取出一粒球茶放进茶盅里冲泡，只见那粒球茶随着水流旋转几下后慢慢散开。起先还紧紧抱在一起的茶叶彼此松开对方，在茶盅里自由舞蹈。他用手抹了下嘴，接过她递来的茶碗，他们轻轻碰了下碗沿。

他似乎舍不得喝，将茶碗放到鼻子底下，深深吸了几口气。

"香，真香！"

她不说话，依然微笑着。

"你叫朵儿吧？"

两人几乎同时回头望向茶庄，印着"朵儿茶庄"几个字的灯箱亮着。白天，他只注意到那面旗子，没留意灯箱。

夜色静谧，她拨了一下吉他的弦，并没有弹下去，而是把吉他递给他。

"我想，你一定会弹。"她说。

"会一点，弹不好。"他接过吉他放在一旁，"我还是为你吹支曲吧。"他从布袋里抽出竹箫。那是一根尾端有着根须的桂竹洞箫，竹皮油润，古拙素雅。

他双手持箫，将吹口轻置唇间，缓缓吐气。箫声起，低沉而不失清亮的音色从箫管里徐徐流出，拉长、远去又回来……衬托出夜静月明，空旷悠远。

朵儿茶庄

他眼神迷离，剑眉随着情绪微微起伏。

夜空下，水面照出一个圆盘。几缕朦胧月光从树叶间漏下来映在他们脸上。

一曲终了，他的手形最后停在空中，眼眉舒展，余音回绕。她双手托腮、灵魂游离，半天才鼓掌，叫了声"好！"

"瞎吹，见笑了。"

"你真行，吹得这么有味，挺般配今晚的月色。"

"现在到你了，你也来一个。"

她不推让，搂着吉他轻唱：

木楼上，茶飘香
有一个身影，靠着窗
手捧记忆
凝望远方

这歌词让他回想起她刚才在窗边的样子，这不是在唱她自己吗？而视角却是他的。

开头这几句她并没有拨动琴弦。清幽柔和的歌声穿透夜幕从树下传出去，飞过水面，音符如果是小石子，一定能看到它跳过去的样子。一下一下，跳到水的尽头。

余音渐远，她的手指才弹拨出第一个音符。然后，她继续唱：

思念的藤蔓缓缓攀爬
开一朵金色银色云霞

茶香袅袅的那个傍晚

再见你时不再是天涯

他说："你这个更应景，是即兴的么？"

"不，我唱的不是歌，是一个故事。"她的情绪还抽不出来。

她说："三年前我没考上大学，我回到村子里。家里只有爷爷，爸妈带着年幼的弟弟长期在外面打工，他们让我去那边，我不想去。爷爷年老了，身体不太好。我从小跟着爷爷长大，跟他亲，我得陪着他。我学会了网络直播，直播爷爷的晚年生活。我有很多粉丝，直播带货，卖我们村子里的土特产。去年爷爷去世，我开了这个茶庄。开茶庄是因为爷爷的故事。"

"你爷爷的故事？"

"是的。确切地说是爷爷与稻花奶奶的故事。"

"稻花奶奶是谁？"

"她是我后奶奶。我亲奶奶叫稻子，她俩是亲姐妹。稻子奶奶只同我爷爷生活五年就去世了。本来，应该是稻花奶奶同爷爷在一起的，阴差阳错，却是稻子奶奶先嫁给了爷爷。"

"我都被你绕糊涂了。"

"这么对你说吧，我爷爷年轻时长得很帅，而稻花、稻子姐妹俩是寨子里数一数二的寨花，她俩同时喜欢上了我爷爷。同时被两个美人爱上，也是件苦恼的事。于是爷爷对姐妹俩说赶歌场那天都去对歌，谁接住的歌多，他就娶谁。那天，双方躲在林子里，中间隔着一条小溪。刚开口，姐妹俩感觉哪里不对劲。她们觉得对岸的歌声干巴巴的，没有感染力。只几个回合，对方先败下阵来。后来才得知，爷爷那天根本没去对歌。姐妹俩很生气，觉得爷爷是懦夫，骗了她们，要上门找爷爷问个明白。可是，爷爷的父亲告诉她们，爷爷十天以前就出了门，一直没回来。这可惹恼了这对姐妹花，二人商定一个走东一个走西，非把爷爷找回来不可。你知道爷爷为什么出门没回家吗？因为爷爷生病了。那天，他是去另一个寨子看斗牛比赛时，不幸感染一种怪病，持续发热和咳嗽。没几天，那个寨子好多人都出现这种症状。寨老便把寨子封起来，不许进出。朝东走的是稻花，一路上问了许多人，都说没见过爷爷。往西找的稻子很快打听到爷爷的消息——得知爷爷生病困在那个寨子里。稻子很着急，很想快点见到他。可是哪里进得去，不久传出爷爷死了。稻子不相信，每日守在寨门外不愿离去。后来那个寨子解封了，也听说确实死了一些人，可是爷爷一直没出现。其实，当时爷爷早就逃出了那个寨子，但没有回家，他怕把病毒传染给本寨的人。于是，他躲到深山里面，饥饿时，他无意间摘食了一种野花，竟然治好了身上的病。当他返回时却迷了路，怎么也找不到家。这样，他在山里过了二十多天。有一次，他遇上一个猎人，在猎人的带领下才得以走出深山。可当他回来时，他的寨子也染了那种病，都说是稻子传染的。稻子病得很重，快要死了，而稻花去找他还没有回来。"

"我就搞不懂，你爷爷为什么要逃避？"

"这个，我后来也问过，他只是说当时不想那么早成家，但被两姐妹缠得没办法，只好躲着她们。"

"那后来，是不是你爷爷返回山中采摘他食用过的那种野花医好了寨里人，也医好了稻子？"

"是的。等稻花回来时，爷爷已同稻子在一起。这是命，稻花认了。谁知，五年后，稻子又得了一种莫名的病离开了爷爷。"

"你爷爷后来就同稻花奶奶在一起了，对不？"

"你这话，对，也不对。两人心头有一种念头好像一直放不下，谁也不主动走出那一步。寨子上的人都知道，他俩虽然没住在一起，但心是在一起的。那时，我爸还小，爷爷忙的时候稻花奶奶时常过来帮着照看和收拾家务。稻花奶奶比爷爷先走。那天夜里，她是穿好了嫁衣才走的。她只交代爷爷，让他一定要把栽在屋后的那株金稻子照顾好。几年后的一个傍晚，我们都守在爷爷身边，他问'金稻子是不是开了'，他看见姐妹俩正向他走来……他微笑着，平静地闭上了眼睛。"

"朵儿，朵儿……"

杜杭发现朵儿不见了，秃头的古树、小溪、朵儿茶庄……都消失了，四周一片漆黑，却听见不知什么方向传来了歌谣。

七姑娘快快来

莫在阴山背后挨

阴山背后雪凌大

打湿七姐绣花鞋

幻象？杜杭掐了一下自己的腿，他挣扎着站起来。

"回来了，他总算回来了。"

耳畔响起一阵慌乱的声音。他猛地打了个激灵，睁开眼睛。扯掉头上的方巾，只见母亲正同几个妇人坐在跟前。

"哎呀，真担心死了。要是我儿回不来，我非把你们几姨妈生吃了不可。"母亲说。

杜杭这才想起"放七姑娘"的事。

就在刚才,几个来家里玩的妇人突发奇想,她们怂恿母亲,让她同意杜杭当一回"七姑娘"。

小时候,杜杭见过"放七姑娘"的游戏。一般是在正月十五或七月半。那会儿,人们很少走出村子,一年四季都在土地里刨食,农闲下来时大家聚在一起,总要找一些乐子打发日子。小孩喜欢听老人摆龙门阵,妇人一边做针线活一边东家长西家短地扯一些闲话,男人则喜欢划拳喝酒……那些都是平平常常的消遣,只有"放七姑娘"灵异,让人着迷而又百思不得其解。若听说要在谁家"放七姑娘",人们倾巢而出,把人家院子围得密不透风。杜杭记得,多半放的是未婚女子,说男人太倔,放不进去。何况男人也不愿意,怕日后被人拿来说笑。也有胆小的女子不敢参加,怕回不来。听大人说,那里面有十二道门,一道比一道深,操纵的妇人不敢让"七姑娘"走得太远,担心迷路回不来,有性命之忧。也有人说,那里面就像桃花源一样美好,使人迷恋,不愿意回来,灵魂便脱离了躯体。到了一定程度就得唱歌劝返,劝远行的人快快骑马回程。

那被放进去的,一下子变成另外一个人。平常木讷不擅言语的人一旦进去,不但能言会道,而且是唱歌的高手。外面的问:"到了哪里,见到了什么人?"她便一一回答,一会儿说见到了逝去的祖先,一会儿又说先人让她告诉外面的人要生者如何如何方能平安富贵,于是她的口音和口气变了,变成祖先的声音……男人多半不信,只说是故意装来骗人的。

后来,年轻人出走他乡接触新鲜的玩意儿也多了去了,谁也不再提那些"老古董"。

现在都什么年代了，杜杭原本对于这游戏不以为然。但母亲禁不住那些妇人吵闹，勉强点了头。杜杭正无聊，他也愿意配合一下，大伙儿图个热闹，不承想真把自己放了进去。

他有些头晕，如同喝醉了。母亲和几个妇人问："你去到了哪些地方，晓得不？"

他摇头。

他只记得，一个钟头前，稍微年长的那位妇人在他面前点燃一炷香，她领着众人一边歌唱一边不断地朝他扇风。一开始，他秉持抗拒的意念，心想："怎么可能凭她们唱几句，就能进入另一个境界？"几分钟之后，他感到全身发冷却大汗淋漓。接着，双脚发抖、精神恍惚，整个人坠入一个旋转的黑洞。身体被挤压、抽空，猛然间有什么东西出壳而去……眼前晃动一个模糊、飘忽的人影领着他穿越一道帘子，瞬间进入一个新的世间——朵儿茶庄。

现在，他回来了，脑袋一片空白，什么也记不起来。

母亲问："你刚才见到的朵儿是谁啊？"

"我哪里知道？"

于是母亲帮他回忆起刚才发生的一幕。"你刚才一定是见到了老太爷。你奶奶讲过，你爷爷的父亲，也就是你的老太爷，他有两个心上人，一个叫稻花，一个叫稻子。刚才，我们都听见你和那个叫朵儿的引路人说话，她讲的那个故事就是你老太爷跟两个老太婆的事情。"

听起来诡异，不可思议。杜杭觉得可笑又迷惑不解，全然不记得刚才发生了什么。他宁愿相信这只不过是做了一场梦，做梦太正常不过，以前做过好多梦，只是醒来大部分都忘记了。

稻花鱼

　　要是往年这个时候，杜杭同许多打工仔一样早在那边的工厂里上班了，可是现在，他还在家里。

　　去年，杜杭大学毕业后一时找不到工作，他便去了沿海，年底回来过春节。未曾想，他被一场疫情困在老家。

　　那些天，杜杭出不了村也不能去别人家逛。实在闷得不行，他便到自己家的那片山林转悠。他想起小时候，正月里多半是冰天雪地，有一种鸟儿不知从什么地方飞来在村里过冬。他家的山上生长着成片的荆棘，那时火红的果子挂满枝头，就像冰雪中燃起的熊熊烈火。那种鸟儿喜欢啄食荆棘果，高兴时还"开开"地欢叫。可是后来的冬天再也见不到它们的身影。听母亲说，是有人用网捕、用药毒，后来父亲还把荆棘砍了，把山剃了光头后种中药材，从此鸟儿不再来，结果种植中药材也失败了。后面这些年，林子被划归雷公山自然保护区，山上重新长了树，边缘地带的坡地也种上了茶树，一度裸露的山体重新穿上葱绿的新衣。

　　多大的雪啊！好久没下得这样酣畅淋漓了。这天清晨，他踩着厚厚的积雪朝山上走去，大雪已经下了整整一夜，没有停下来的意思。他将风衣裹了裹，突然听见"开开"的鸟鸣声。抬眼望去，几丛艳红的荆棘被压在雪下，格外耀眼。

　　回来了，它们终于回来了。这儿是它们的家，这也是他的家。只不过，过了冬天，都要走，人与鸟儿都是迁徙的动物。短暂的停留，似乎改变不了什么。

　　而这场漫长的雪、漫长的疫情把停留变得旷日持久，让人郁闷而无奈，什么时候才算是个头啊！

　　雪终究熬不过病毒。雪化了，"开开"鸟飞走了。杜杭还留在村里。

好不容易，时间到了农历七月十五中元节，这儿俗称"鬼节"。按传统，这天每家都要为故去的先人烧钱纸，给他们送钱去，祈求祖先保佑家人。

这天晚上，烧完纸，那几位妇人又到家里来找母亲摆龙门阵。杜杭主动提出让上次那位年长的妇人再放他一次"七姑娘"。

"小子，别开玩笑，我可不敢。上次若你回不来，你妈非活剥了我不可。"那妇人一脸疑惑地看了他一眼，目光移到他母亲身上。

母亲的神情不屑一顾，摇了摇手说："他是闲得无聊。"

"来吧，我是认真的。"他端坐在小板凳上，闭着眼睛。

人们围拢来，那几个操弄的妇人轻车熟路地一边使劲地扇风一边卖力地唱。让人费解的是，任凭她们怎么歌唱，怎么扇风，他竭力配合，却始终清醒得很，无法进入那种状态。最后，把大伙儿累得人仰马翻，扫兴作罢。

夜深了，杜杭躺在床上，还有些不甘心，希望朵儿茶庄出现在梦中。第二天醒来，他努力回想，脑袋却是空空的。原来，他睡得很沉，一夜无梦。

七月的乡村，天空湛蓝，夏风习习，稻子灌浆，瓜果放肆生长。

村子早已解封，人们摘下口罩，自由呼吸。

经此一疫，杜杭感觉真像做了一场梦。他之所以决定不再去外面打工，是因为他想把这个梦变成现实，他要开一家网店专门经营雷公山球茶，名字就叫"朵儿茶庄"。在他看来，这个决定虽然不算什么，但是很重要。

风雨桥

　　远远看去，有几条尾巴从石缝里露出来，随风摇曳。然而等你走近，里面并没有躲藏什么狗啊猫啊鼠啊的动物。那儿也藏不住，缝隙只有指头那么宽，塞只爪子进去也是做不到的。原来是几根狗尾草长在那儿。

　　在乡村，狗尾草随处可见，很贱。它的种子无论落在什么地方都能旺盛地生长，房前屋后、小路边、庄稼地里，都是它们撒欢的地方。这几根狗尾草更是不得了，硬生生从裂开的石缝里钻出来，使你误以为是它们把石头顶开了一道口子。

　　风雨桥桥头的台阶是用厚实的青石墩子铺成的，长久的日晒雨淋，有的石头就裂开了一道道不规则细长的口子，像春雷闪过天空的轨迹。这几根狗尾草原本可能长在风雨桥旁的玉米地里，也许上半年躲过了锄禾人的铲子，趁着一股秋风把籽粒送到了这石缝里。

　　此刻，阿龙倚坐在风雨桥桥头的台阶上，从石缝里摘了根狗尾草咬在嘴里，随着两片厚厚的嘴唇嚅动，毛茸茸的尾巴欢快地跳动着。他嚼烂草茎，"吐"一声，狗尾草打着旋儿落进溪水里。

他眼前浮动着一个场景：那个秋天的早晨，在这风雨桥上，她咬着嘴唇，眼里噙着泪水。他下意识地把手伸到她跟前，手掌朝天，等待着对方把手伸过来搭在上面，然后轻轻地握住……那时，她一只手垂着，另一只手始终拧着自己的衣角，迟迟不肯将手迎过去放在那只宽厚的手掌上。他并没有把手收回去，而是顺势翻过手掌往高处抬了抬，轻轻落在对面瘦小的肩头上。他们从来没有离得这么近，那一刻，他才发现眼前的人身体有了凹凸变化，她不再是小姑娘。当初那个头发焦黄、脸色苍白、不敢抬头看人的可怜的小女孩已经羽化成蝶。

等她回过神来，他已经走出风雨桥，消失在晨雾里。

阿龙离开村子，离开她，是因为考取了贵阳甲等农校。在那里，他第一次接触了从未见过的刊物，比如《贵州公报》《每周评论》《公民》《新青年》等，尤其是《新青年》和《每周评论》，他几乎是从头看到尾，被里面的新思想吸引，原来这世界上还有如此不一样的道理。他突然觉得自己是那么渺小而无知。从那时起，他与同学们的谈论不再局限于农校的那些课程内容，而把视野拓展到了山城以外……

阿龙还想起，当初在风雨桥放鸭的时候，他手里转动着一根狗尾草，远远地问她："嗨，你叫哪样名字？"她窘迫地低着头不吱声。好几次，他都是这样"嗨嗨"地跟她打招呼，总觉得有些别扭。她是个人，不是猫儿狗儿。"你不说，叫你草儿好不好？"于是从那时候起，他就叫她草儿。

阿龙从贵阳回来，给草儿讲起他那些宏图大志，草儿虽然不

185

甚明白，但她暗暗地想，只要是阿龙哥想做的事情，她就在心里支持他。

可是阿龙回来做的第一件事情——养蚕失败了。

这些天，他心里总是闷闷不乐。草儿明白阿龙哥难受，却不知道怎么安慰他，只能默默地陪在他身边。

刚才，草儿看着他又一个人向风雨桥走去，她就远远地跟在后面。

"这也不能全怪你，可能我们这边的气候不适合养蚕。我看不如这样，蚕养不好，我们养鸭一定能成。你养蚕是为了赚好多好多的钱去做更大的事情，其实养鸭也可以做到。我听人说，咱们这儿祖祖辈辈都喜欢养鸭，懂鸭的人很多。你看看我养的这些鸭子多精神，你去贵阳的这两年我跟寨子上的老鸭客们学了很多养鸭的技术。鸭子很好养的，即便是生病了也不怕，我会用草药医治它们。"

突然听见草儿在背后说这通话，阿龙才从恍惚中回过神来。

阿龙说："是草儿啊。你是不是觉得我很没用？白学了两年，什么事也做不成。"

草儿不再作声。

停了一会儿，阿龙抬起屁股说："草儿，天黑了，咱们快赶鸭子回家吧！"

于是两人起身，草儿拿着竹竿走在岸边"咿呀来呀"地呼唤着鸭群。

阿龙养蚕失败，母亲也替他感到惋惜，本钱还是从大伯那里借来的，一下子打了水漂。这意味着，以后的日子又得紧巴巴了。

但她转念一想，不是儿子没有能力，只是遇上了"倒春寒"，失败了可以重来。因此，她并不十分难过。她倒是在心里盘算着另外一件事情，下个月儿子就满十八岁了，十八岁在他们那个寨子可是老大不小了。再说，最近她明显地感觉自己的身体越来越不好，这个家庭的重担得让儿子挑起来。自己的儿子自己最清楚，她担心儿子整天东想西想的，说不定什么时候又离家出走去干他那些所谓的大事情，心野了就收不回来了，所以母亲觉得这并不是坏事。她已经把这个事情想透彻了，儿子的婚姻大事比什么都重要。她悄悄托人去了趟桥头寨……

一天傍晚，刚吃完晚饭，阿龙在院子里转了转，然后回书房看书。没过多久，母亲推门进来，阿龙立即起身，拖了根长凳让母亲坐在身旁。在灯光的映照下，他突然发现母亲老了许多。十多年来，他不曾想过母亲会老。母亲那么能干，怎么会老呢？

奶奶在世的时候听她讲过，自己来到世上的前一个月，她的父亲到清水镇贩卖桐油，途中被歹人"关洋"，不仅抢走了身上的银元，还将他打死后，扔进清水江。母亲接到消息的时候，晕死过去几次。也就是说，阿龙出生后就没了父亲。按当地人的说法，他是个"遗腹子"。父亲是一家人的顶梁柱，塌了，原本还算殷实的大家庭很快就一分为三。母亲分得几亩薄田，领着阿龙姐弟俩艰难度日。一晃十几年就过去了，阿龙还在贵阳读书的时候姐姐就嫁出去了。

阿龙从小顽劣成性。他本来有个好听的名字叫兴隆，大伯帮他取这个名字，是希望他们杨家不要衰败下去，得重新兴旺起来。可是，这孩子自从能满地跑的时候起就暴露出不太安分的本性——

风
雨
桥

稲花鱼

院子里，母亲喂养的几只鸡，还有一条狗，见着他总是躲着走，它们得防着，什么时候会被他揪住扔到墙外去或者丢进茅坑里。家里的凳子没有一只不是缺胳膊少腿的。这些都不算什么，母亲最担心门前的那条河。水流在拐弯处冲出一个房屋深的水潭，一到夏天，时不时会有来游泳或洗澡的小孩被暗流卷进水底后上不来。不久，这个水潭就得名"死人塘"。寨子上的大人们都害怕自己的孩子去死人塘里洗澡，交代小家伙们只能在上面的浅滩玩，可是阿龙经常逃脱母亲的监控偏偏跑去死人塘。有一次，有个小孩跑来告诉他母亲，说阿龙沉在水底许久了没上来。母亲险些晕过去，赶紧叫人去看。众人来到塘边，阿龙的弹弓还躺在岸滩上，人却不见了。几个小孩乱纷纷地说："我们都看见他从这个地方扎进去的，一直没见出来……""完了，凶多吉少，水潭靠里有个巨大的漩涡……"有人说这话的同时，人们看见水面上有一丛不知从哪里漂来的野草旋转着……然而，当大家都认为没希望的时候，在对岸的林子里，阿龙手里攥着一条锄头把粗的菜花蛇走了出来。还有一次，有个外乡人路过他们家门口，向他母亲讨口水喝，正当这外乡人端起葫芦瓢靠近嘴边时，猛然间啪的一声，瓢破水洒，院子外发出一阵狂笑，一伙小孩围着高过他们一头的大孩子拍手嚷嚷着："好呢，瞄得真准，兴隆哥神枪手！"很快，那高个儿的男孩已经跑进院子一头撞进母亲的怀里，险些把她撞翻在地。母亲正要责怪他时，那外乡人摆摆手又捋了捋胡须，打量着眼前这头"小牯牛"自言自语道："顽是顽劣了些，恐不是安居小池的水虫子，当是跃池入海的游龙……""什么虫啊龙的，贪玩好斗，只求他安分点我就阿弥陀佛了。"母亲忙跟人家赔不是，那人将

188

要走出院子时，还说："是龙，不过现在还是条懒龙……"没多久，寨子上的大人碰见他就"懒龙懒龙"地叫。只是后来发生了一件事，他懒龙的外号被人叫成烂龙。那件事让母亲在族人面前好久都抬不起头——那年秋天，杨家祠堂祭祖时，他乘其不备领着几个跟屁虫往祭祀的酒坛里撒了泡热尿。

母亲坐定，微笑着打量阿龙，像打量一棵杉树："可以作为家里的顶梁柱了吧！"他之前那张胖嘟嘟的脸已经凝聚起轮廓分明的峰谷，嘴唇上长出了淡淡的绒毛，表明他确实已经长大。长成大人，烦恼跟在后面。阿龙的烦恼不只是怨自己不能为母亲分忧，也不只是心痛几个打了水漂的钱，他内心有更大的烦恼，常人不能知晓他的苦楚。他想母亲大概是来安慰自己的，不等她开口，他说："娘，没事的，我没事。"母亲理了理头上蓬松的头发说："其实也没什么事。你看我这大半辈子，就只生下你姐姐和你，现在只剩下咱娘儿俩，娘现在也老了，这个家还得由你来扛。"阿龙说："我知道，这些年你为这个家操持得太多。我现在长大了，理应帮娘挑起这副重担，我会攒劲的，要做什么娘只管吩咐孩儿一声。不过你还是一家之主，孩儿虽然长大成人，许多事情还不懂得怎么去做，还要娘交代孩儿。"母亲见阿龙还不能完全明白她的意思，就把话往直白里说："你现在应该当家理事，该成个家了……"母亲停了停继续说："这姑娘我已托人看好，是桥头寨的人。她爹妈死得早，跟爷奶长大，叫莲枝，今年十六岁，人长得还算乖巧，身体很结实。穷人家的孩子懂事得早，看上去里里外外都能应付得来。过几天我去找寨子上的先生看个好日子，早点把你们的好事情办了，也了了我一桩心愿。"阿龙这才明白母亲的意思，马上说："娘，我还小呢！还有好多事情要做，不想这么早就结婚。"

儿子的反对在母亲的意料之中，她以不容置疑的口气说："这十多年来，什么事情都依了你。你要去贵阳读书，娘借钱供你；你要养蚕，娘也帮你凑了本钱……这是终身大事，由娘来做主……"

母亲有些不高兴，站起来摔门而去。阿龙还愣在板凳上，显然还没有回过神来。那晚，他躺在床上久久不能入睡，好多画面在脑子里划过。他想得最多的还是在贵阳的所见所闻。离校的时候，好些同学为今后做了打算，阿龙也不例外。只是，他还不能像有的同学那样洒脱，还得回乡做些准备。他仿佛看见同学们早已投身于如火如荼的革命浪潮中。当然，他也想到了草儿，这个身世凄苦的女孩。

母亲给他讲过草儿。她两岁的时候就被送养。养母领养她，是因为农村有一种说法叫"押长"，养母之前生养的两个孩子不到一岁都夭折了，需要领一个小孩来养，这在名义上有了长子（女），后面生下的小孩才能养活。不久，养母相继生下了妹妹和弟弟，他们到了两三岁仍然健康活泼。那时，草儿已经八岁，养母开始嫌弃她。白天，养母下地干活，把三岁的弟弟绑在她的背上强迫她背着。晚上，养母做针线活她也不能闲着，她要抱着已经入睡的弟弟陪在养母身旁。有一次，夜已经很深了，她实在太困，不知不觉打了个盹儿，怀里的弟弟滑落在地上，这触怒了养母，养母操起手上纳鞋底的锥子，冷不丁往草儿身上一阵乱扎。那家的奶奶还算是个善良的老人，听见凄惨的哭叫声，奶奶急忙披衣出来将可怜的草儿护走。养母不待见草儿，奶奶不敢多嘴，只是尽量护着，但越是这样越容易惹怒养母。又过了一年，浑身是伤的草儿让旁人看了实在可怜，阿龙母亲正好到那个寨子走亲戚，听人讲起，于心不忍，就同那家人商量，出了几块银元将草儿带回来给自己做个帮手。

草儿到了阿龙家，母亲像对自己的女儿一样待她，她也很懂事，帮着母亲里里外外地忙，深得母亲喜欢。她比阿龙小三岁，阿龙把她当成妹妹，领着她砍柴、捉鱼、放鸭。后来，阿龙在村里上完私塾考上县城高等小学，要一个月才回家一次。每当阿龙要回来时，母亲就打发草儿到风雨桥去迎候。接到阿龙，她会把他的书包要过来挂在自己的脖子上，高兴地问："阿龙哥，你看我像不像个女学生？"阿龙笑笑说："像，像极了。"笑过之后，阿龙问草儿："你想不想上学？"草儿脱口而出："想……"她马上又后悔了，说："不想。"然后低下头。阿龙知道草儿不敢想，她是个懂事的妹子，他们心里都明白母亲不会让草儿读书识字的。女孩子干家务做针线活才是她们的本分，断文识字想都别去想。别说草儿，阿龙的姐姐同样一天学也没上过。更何况，家道中落后，孤儿寡母的光景单供阿龙上学，母亲已经很吃力了。阿龙只好说："你真想识字也不难，我教你。"那时，草儿一改之前沉闷的性格，比起初来时像换了个人似的。天真地反过脸看着阿龙，"真的吗？我学，你可不许耍赖……"

阿龙想着这些，也不知道什么时候才迷迷糊糊睡去了。日上三竿，还在睡梦中的阿龙听见有人叫他。细听，是草儿的声音。他翻身下床，推门出来，看见草儿怀里抱了几根竹子，满头大汗，说："阿龙哥，鸭笼已经破得不能用了，你编对新的吧！咱们家那十几

风雨桥

191

只鸭子快要出栏了。再有几天就是端午节，伯母交代咱俩挑鸭子上街去卖，换些油盐钱。"阿龙让草儿把竹子放在那儿，然后到厨房舀了盆水草草地洗了把脸。草儿看着他无精打采的样子，又说："你瞧你，睡了一大早上，好像没睡饱似的，你可要快点编好啊，我得去看鸭了。"

中午时分，母亲从寨子上回来，看见阿龙在院子里捣鼓着竹篾，她一边系围腰，一边对阿龙说："早上我到寨子上王先生那里，把你和莲枝的生辰八字给了他，他说下个月初十就是个好日子……"阿龙只管破篾，头也不抬，对母亲的话没有反应。母亲急了，说："你这孩子听见我说话了没有，唵？"然后钻进厨房。

端午节那天一早，阿龙挑着两笼鸭子往镇上走。草儿背着背篼，背篼里放了杆秤，她跟在后面。一路上，只听见阿龙肩上的扁担发出很有节奏的声音，鸭子挤在笼子里不时发出"嘎嘎"的叫声，两人一句话也不说。

卖完鸭回来已是午后，他们走到风雨桥上，才坐下来歇一会儿。草儿不解地问："阿龙哥今天怎么了？一句话也不同我说，是我得罪你了吗？还是跟伯母怄气？"过了好一会儿，阿龙才说："妹子，你说我们寨子上郎崽几岁就要成家？像哥这样，再不讨女人是不是没人要了？"

"阿龙哥你说什么呢，我好像不太懂。"

"没什么，你今年多大？"

"十五了。"

"要是有一天我娘要帮你找个婆家，你就得离开哥，再要见你可就难了。"

草儿的脸一下子就红了，把头扭到一边，说："我才不走呢，我要一辈子侍候你跟伯母。"阿龙笑笑说："那可不行，妹崽长大了总是要嫁人的。"

晚上，草儿陪着阿龙的母亲在灯下做针线活。草儿看见装针线的竹篮里有一只用笋壳剪成的鞋样，像只小船，她明知家里除了阿龙还有谁配这么长的脚，但她却要故意问问阿龙的母亲："伯母，这鞋样可够大的哈，谁能穿这么长的鞋啊？"阿龙的母亲扫了她一眼，说："你不用管，帮我搓这几根麻线。"她随手递了几丝粗麻给草儿。草儿撸起裤管，将粗麻放在腿上来回搓揉。联想起白天阿龙说的那些没头没脑的话，草儿心里已有几分明白。做了一会儿，阿龙的母亲说："不早了，歇了吧，明天还有事。"草儿正要离开，阿龙的母亲好像想起什么话要同她交代，说："草儿你等下，我有几句话要同你讲。"草儿收住脚步，说："伯母您有什么话只管吩咐，草儿照办就是。"阿龙母亲上去拉住草儿的手，又捋了捋她额头上的几丝乱发，说："草儿啊，到咱们家已经有七八年了吧，瞧这模样，快成大姑娘了。咱们寨子上你有没有中意的郎崽？啊——要有呢，你同我说，我托人替你问问，要没有呢，伯母就帮你做主，找人打听打听，看看有没有合适的。"对面的眼睛看着她，草儿感觉一股热气冲上脸颊，不敢出声，只是轻轻地摇头。阿龙母亲突然换了一种口气说："妹崽家知道害羞就好，别整天跟你阿龙哥腻在一起，他现在要替我把这个家撑起来，你也有好多事情要做呢！不说了，睡吧，睡去吧……"

眼看婚期就要逼近，阿龙心里越发的烦躁。这几天，母亲忙得团团转。她知道阿龙心里不舒服，也懒得安排他的活路，只是暗地里交代草儿多个心眼帮着留意一下儿子。母亲对这事似乎是吃了称砣铁了心，不管阿龙怎么不愿意，也不想照顾他的情绪，按照既定的程序张罗着。母亲不理睬阿龙，倒是支配草儿当跑腿，一会儿打发她去请本家叔伯来家商量找谁为观亲客好，如何过礼、如何接亲、如何请宴席……种种办事习俗不能让人笑话，一会儿又让她去请几个婶婶来出出主意，那些人家可是办过几台喜事的，她们知道哪些东西需要提前准备，哪些环节不能大意。

事情不能逆转。就像煮饭时米已经下锅，架在火上，只能往锅底添柴。一切都按照当地婚事风俗程序进行。随着日子临近，整个寨子沉浸在越来越浓厚的喜庆氛围当中。

母亲和她请的那些帮忙的寨邻越是忙碌，阿龙越是闲得慌，好像这是别人的事，与他无关。他是个多余的人，与其在那里碍手碍脚的，不如离得远一点。他从家里逛出去，逛到风雨桥上。河水细细碎碎地流淌着，风雨桥显得更加寂寥。他躺在桥廊上望着那些横七竖八的梁木。这些梁木凭着榫卯，严丝合缝地彼此支撑着，让一座桥在风雨之中稳稳地站立着。假设用钉子或者铁丝捆绑，说不定早被风雨掀翻了。想到自己，比不得那些穿插着榫卯的梁木，这桩婚姻里的两人是被硬生生捆绑在一起的，早晚都要垮塌。这捆绑的人是母亲，包办儿子的婚姻是她从上一代人那里继承来的信仰，她孤寡一生为的就是等这么一天。作为儿子，表面上阿龙已无力抗争，但他心里暗暗抗拒。

这些天，没有人注意到草儿的心情。她一个寄人篱下的小姑娘谁会在意？别人就看见她忙得像个陀螺，被抽打着旋转，似乎没有工夫难过。掌灯的时候，阿龙母亲让她把阿龙找回来。她第一次违背了伯母的指令，装作没听见，手里提着半篮子萝卜钻进了厢房。伯母追了两步，提高嗓门又吩咐一遍。草儿还是没吱声。不过，她立即转出来，朝院子外走去。身后，伯母盯着她的背影，嘟哝了句："死丫头……"

在这个文化交融的侗寨，婚俗没有什么特别之处。阿龙像个木偶一样任人摆布，总算做完了那一套程序。深夜，闹洞房的人都已散去，他感觉这场闹剧总算落幕。这一夜，他只身靠在靠椅上，没碰一下新婚妻子。他觉得这对莲枝有些残酷，她是无辜的。可是能有什么办法，他不愿意跟一个从没见过面的女子生活一辈子，他们之间说不上一句话。

婚后第三天，阿龙待在家里实在难熬，就跟母亲说要进城一趟。那天下午，他独自走在进城的小路上。河水干涸，路边的茅草枯萎，空气中袭来一阵阵凉意，到处是一片萧瑟的景象。眼看没有多远就到县城，阿龙在一个转弯处遇上了十几个当差的人迎面走来。他像平常一样不想招惹是非，靠着路的一侧走，与他们擦肩而过。突然听见有人叫他的名字，抬头一看，这人好生面熟，他想起来了，是张子群——几年前在县城高等小学一起读书的同学，毕业那天，还与他发生过口角，差点儿打起来了。从那以后，他们再也没见过面。没想到几年不见，这家伙混上了一身黄皮子，腰间还别着短枪，人模狗样的。"我们队长叫你，小子，别不识抬举！"正在犹豫间，一个瘦得跟猴一样的家伙上前用枪指着阿龙唬他。张子群立即上前扒拉了一把瘦猴，并骂道："眼瞎了？这是我同学，什么时候轮到你唬人了？给老子滚一边去！"瘦猴即刻灰溜溜地退到他身后。阿龙这才接话，说："哟，老同学呀，混得不错啊，拉上队伍了！对不起，我有事，得赶路。"说着正要走，不想张子群跑到前面把他拦住，说："老同学呀，你这人还记仇啊，都过去了好几年，再说当时大家都青春年少爱冲动不是吗？别再计较了。我听说后来你在贵阳读了两年书，还怕远走高飞见不着你了呢！可巧，今天居然遇上，正可谓故友重逢，何不去喝两杯？走走，我也不去教场坝打靶了。"不容阿龙说，张子群把一只手搭在他肩上，另一只手朝瘦猴一挥说："王副队，今天解散了吧，你带他们下去自由活动，我要和我同学回城。"

到了城里，他们找了个安静的店铺坐下来，要了几个小菜、一壶烧酒，三杯两盏喝下肚，张子群才一五一十地跟阿龙讲起他自己的情况："从学校出来之后，我在城里瞎逛了两年。后来一次偶然的机会，我拦住一匹受惊的马救下了马背上的县太爷，得到他赏识被招进县衙当差，县太爷把团防局的几杆枪交给我管……"

"哎，你别看我表面风风光光，其实也没什么，咱们这么个边陲小城待久了也没多大意思。还不如你在外面几年，听说你在省城还参加过什么运动，给我讲讲呗！"

……

张子群只管讲，阿龙很少插话。

"这样吧，兄弟，这次进城你别忙着回去，在我家里多住几日，我有好多事情要当面向你请教呢！"

阿龙想，进城来也是闲逛，不如顺了他的人情，正好散散心，便答应了他。

几日下来，阿龙感觉张子群为人还算真诚，白天跟着他到教场坝看那几个兵操练，晚上，两人一边喝酒一边款些不着边际的话题。不知不觉中，阿龙已经在县城待了三个月。

一天，一个士兵跑来报告，说王副队出事了。两人急急忙忙往街上跑，看见一群人围在一起，他们扒开人群进去一看，地上躺着个女子，手臂上青一块紫一块的，头发散乱地遮住脸。旁边站着瘦猴，被人群围着不让他走。见他的上司来了，瘦猴才将叉着腰的手垂下，装出可怜的样子低声道："队长，小的瞅她那几只鸭子长得肥嫩，想着弄来兄弟们打平伙，嘿嘿，当然也忘不了孝敬您老人家，嘿嘿，不承想这女的死活不给，兄弟们就动手了……嘿嘿，这些刁民向着这女的，不让老子走。翻了天，啊，想翻天，你们？"那家伙这下子有了底气，又把垂着的手叉在腰上，抬着脸向众人吼道。

阿龙将地上的人扶起来，一看，差点儿不敢相信，是草儿！

原来这几个月，家里没有阿龙的音信，母亲放心不下。但她腿上的风湿又犯了，走路不利索，新媳妇从没出过寨子，婆婆也不敢叫她出门。只好叫草儿趁赶集挑鸭到县城来卖之际顺便打听打听阿龙的下落。不想一群当差的要来抢草儿的鸭，她死死抓住鸭笼不放，那个瘦猴上来就是两耳光，几个当差的也跟着拳打脚踢……

阿龙火冒三丈，抓住瘦猴的衣领，骂了句："你他娘的就是个畜生……"一拳将他打倒在地。他正要补上一脚时，张子群跨过去拦住他，说："老同学，别脏了你的鞋，把这小子交给我吧，我来处理。""真没有王法，你带得好，我看你怎么处置？"阿龙铁着脸冲着张子群吼道。然后扶着草儿走出人群，向街边的药铺走去。

随后，张子群带着钱去药铺找阿龙赔礼道歉，却被告知他们

风
雨
桥

已经走了。

这件事又给阿龙上了生动的一课。一个小县城的当差的原本应该保护百姓，如今却反过来欺压黎民，这是个什么世道？就算是张子群能惩戒他那个副队一时，也无法遮盖他们的恶霸本性。阿龙对这样的人是失望的，对贫病的社会感到忧虑。他再也不能无动于衷了。此时，他心中的方向似乎越来越清晰。

草儿只受了些皮外伤，在家里调养了一段时间也就没有什么大碍了。

翻年，阿龙对草儿说："我还是跟你养鸭吧！"

阿龙吸取了养蚕失败的教训，一开始也不敢多养。清明刚过，阿龙买来一百只鸭苗，开始了他心中的盘算。草儿看鸭很上心，起早贪黑，精心照料，大清早就挑上两个鸭笼到水草繁茂、鱼虾较多的小河沟里放鸭，夜晚割来青草垫圈保温，还抓土堆肥养蚯蚓喂鸭。受到精心照料的小鸭全部成活，长势良好，二十多天后，毛茸茸的小鸭开始长出麻色粗毛，又过了两个月，翅膀毛长到了与尾毛一般齐整，出落成羽翼丰满的漂亮麻鸭，两人开心地笑了。

端午节这天，阿龙与草儿到乡场上卖鸭。这里的人们有节日吃鸭、女婿捉鸭到老丈人家"打端午"的习俗，所以鸭子特别好卖。很快，他们挑的一百只鸭子全部卖完，换得了五块大洋。这次养鸭成功让两人信心倍增，在回家的路上，阿龙与草儿商量准备秋天再大干一场。

夏末秋初，阿龙特地到长滩寨找张鸭客求教。张鸭客是当地有名的养鸭大户，自家常年养一千多只老鸭，还自开抱棚孵化鸭苗，周边的寨子都去买他的雏鸭来养。张鸭客问："阿龙啊，养八百只鸭要多少粮食你算过吗？"

"没有。"

"每只十斤左右，要八千斤哪！"

阿龙一听傻眼了。家里就那么几亩薄田，生产的粮食只够一家人勉强糊口，哪来这么多粮食喂鸭？张鸭客看出了阿龙的心事，于是说："不打紧，你现在养的叫秋水鸭。白露前二十天你来我这里领鸭苗，每只鸭只要一碗米喂二十多天就破谷①，那时刚好打谷子，再把鸭群赶到田里捡拾遗谷、吃秋虫鱼虾，节约粮食不说，鸭子吃了活物，长得又快又肥又有卖相。"

好心的张鸭客还交代："自家养鸭，可别从外面带鸡鸭进鸭棚，也别与其他的鸭群打伙儿，以免染病，养鸭最怕的是遭瘟。"阿龙将张鸭客的话默默记在心里。

这么多鸭，阿龙要亲自上阵。七月上旬，阿龙从张鸭客那里领来了八百只鸭苗，当起了鸭客。阿龙计算好了，从门前小河开始向县城方向放鸭，两个月后刚好赶到县城。那些天，风雨桥边、石拱桥下、溪沟田坝，人们常看见阿龙牧鸭的身影。

随着鸭群越走越远，母亲有些担忧，就让草儿一同前去，多个人在身边也有个照应。阿龙不同意，一来草儿长成大姑娘了，不方便；二来阿龙是有家室的人，怕别人说闲话。初听母亲这么一说，莲枝脸上掠过一丝不易察觉的异样，阿龙的拒绝一下子打消了她的顾虑。

---

① 破谷：方言，即开始吃谷子。

风雨桥

鸭子一天天长大。阿龙心里盘算着，二十只鸭能卖一块大洋，八百只至少也有四十块。再养一周就可出栏，望着自由嬉戏的鸭群，阿龙心里是复杂的。

这天夜里，新月已经起来很高，阿龙仍无睡意。就在三个月前，他收到一封从昆明寄来的信，信上让他抓紧时间过去。写信的人是在贵阳时结识的好友周一鸣。周一鸣还提到当初临别时他们说过的话："好男儿志在四方，要走出去寻求救国救民之路。"回来这几年，所经历的事情让他越来越感到迷茫。去年在县城，草儿被欺侮的事件让他陷入了沉思——混乱的世道，在这个偏僻的地方，养蚕养鸭也只能解一时困窘，他不甘心就这样一辈子窝在这山沟沟里。

阿龙再次出走是在卖了那批鸭之后。母亲、莲枝以及寨子上的人都没有预感，只有草儿那几日总是惶惶不安。这天早晨，草儿追向河边，风雨桥仍然静静地立在河上，它没有告诉她他去了哪里……此后多少日，草儿总在落日余晖里抑或蒙蒙细雨里等在风雨桥下，一双眼睛朝远处望去，她多么希望前面小路突然出现一个熟悉的人影啊……

1934 年底，中央红军突破了重重围剿，放弃北上湘西，改道敌军力量薄弱的贵州。一天，部队行军到湘黔交界处进行休整。一位长相黑瘦但十分精神的战士被排长叫到跟前，说有个任务要交给他。

这位战士不是别人，正是阿龙，不过此时，排长唤他杨兴隆。阿龙知道，前面不远就是他的家乡。这是他离家十二年后再次回到了生他养他的故乡。他望着滔滔的清水江，想起了奶奶说的三十一年前父亲就是在这条江上被盗匪杀害，心情十分沉重。他也想起了离家的那个秋天他站在村口回望寨子时，风雨桥静静地守候在那里，没有谁知道这个侗家娃要去哪里。临行前他给母亲留下一封信，信上说，请母亲原谅他这个不孝之子，他对不起莲枝，请母亲成全她改嫁，不要再等他。他请母亲把草儿当成亲闺女，选个好人家嫁了。卖鸭得的四十块大洋是当哥的留给草儿妹子的，权当为她置办点嫁妆……阿龙的眼睛湿润了，突然有个人叫他，才将他从回忆中拉了回来。

排长知道阿龙能说侗话，这里又是他的家乡，于是安排他作为部队先遣团的战士，派往黔东南侗族地区筹集粮草、物资和经费，保障大部队的行动。排长还看出他想家了，部队要在这儿休整三天，同意他回去看看母亲，但要快去快回。阿龙明白，到了家门口，是一次难得的探亲机会。他谢过排长，找老乡借了件侗装换上后潜入县城。在县城，他打听到驻扎在这里的黔军听到风声，早已弃城而去。阿龙在街边买了一块泡粑，又从店铺扯了两绺红头绳，从容地朝村子走去。

这回家之路仿佛一下子变得遥远起来。阿龙恨不得变成一只喜鹊眨眼间飞到母亲身边。他急走如风，额头很快就冒出了汗珠。翻过前面的坳口，无数次梦中出现的风雨桥就在眼前，那一瞬，阿龙突然感觉脚下无力，迈不开步子。他仿佛看到了母亲，老人家哭瞎了眼睛；看到了草儿，她没有出嫁；甚至莲枝也没有离开，还是他的妻子……他感到有一种无形的力量向他袭来，似有人用力往下按了一下他的肩头，不由得咚的一声跪在地上……

风
雨
桥

砰，突然响起的枪声惊醒了阿龙。这段时间的长途跋涉，他和战士们实在是又困又累。刚刚眯了一下，就遭遇一小股武装滋扰。部队立即进入了战斗状态。

战斗结束已是天明时分，阿龙含泪朝着家乡的方向磕了三个头，与战士们迅速消失在莽莽大山之中。

在遥远的彼岸,隐约可见一群年轻的女子在嬉戏打闹。她与她们之间隔着一条河流,一条绵延着稻浪的河流,她无法泅渡,不由得唱起那首《稻花魂》:

姑娘们,快快来,莫在阴山背后挨

阴山背后露水大,打湿姑娘绣花鞋

……

稻花魂

一

眼神迷离，身体在黑洞里飘浮旋转，银花奶奶进入迷迷糊糊的状态。许多似是而非的画面从眼前闪过，时而奔跑，时而飘飞。她被一股莫名的力量驱赶着，拉扯着，停不下来。

寂静之中，一声鸡鸣声划破黑夜，神秘力量突然消失，她猛地从混沌中苏醒。"鸡都叫了，叫几遍了？"她思忖着，身子朝床铺里侧翻了一下。

一种嘶嘶声从夜的缝隙中挤了进来，缠绕着她的耳朵。先是细微、柔和，进而倾泻、嘈杂，搅得人再也无法入睡。她无奈地起身按亮床头的电灯，嘶嘶声立即停息了。她揉了揉眼睛，在灯光下搜寻着，什么也没看见。她微微舒了一口气，欲关掉电灯，那声音又欢快起来。她缩回手，循声看过去，原来是只绿色的纺织娘娘伏在一块板壁上。

她面带怒色，冲着它骂道："背时的，深更半夜，喊冤啊？你不睡，还不许我老婆子睡？"她蜷着指关节敲了敲板壁，又朝它挥手，带着劝慰的口气说："睡去吧！咱们都再睡会儿，离天亮还早着呢！"叫声卡顿一下，它断断续续，十分不情愿地打住。它仍伏在那里嘶嘶嘶，几秒钟后，它又发动机器。银花奶奶恼怒了，扯出枕巾扫过去。那虫子展翅飞到床前斑驳的桌子上，转动身子，摆好姿势。她不等它开叫，下床，扑打。它双腿一蹬，跃上门枋。

银花奶奶头脑里闪过小时候在野地里捉蚱蜢的影子。她指挥着自己轻盈的身子，跟着扑到门边。跨过门槛那一瞬，她顺手从桌上拿了把手电筒……就这样，人和虫出了木屋，在月光下，一个前面飞，一个后面追。

混沌浸泡着屋外的夜空，人和虫追逐成一道水墨。

也不知追出多远，银花奶奶的膝盖痉挛了一下，险些跌倒。她蹲在地上，表情痛苦，喘着气。这时，可恶的虫子又开始吹起口哨。

"你这家伙……莫气我，我走——走不动了，你——欺负人，你也有——有老的一天——"她上气不接下气。

过了好一会儿，气总算喘匀了，她恍然觉得哪里不对。心想："我为什么要追它呢？"大半夜的。她用手掐了一下大腿，疼，不像做梦。随即要站起来往回走，可膝盖疼得厉害，头上冒出冷汗。她本能地用电筒往地上一杵，谁知电筒一下子变长，成了一根拐杖。她双手握住拐杖，撑起身体。

"你不能走！"银花奶奶听见有人说话，口气坚定。她环视周围，月光朦胧，目光所及之处空空荡荡。

"真是见鬼！"

"你不能走！"她的电筒光被夜空中的某颗星子折射回来，正

稻花魂

好落在不远处的纺织娘娘身上，只见它薄薄的双翼不停地颤动。

"同你说话呢，你这个人，这么轻易放弃？"

"是你呀，成精了？想搞哪样？"

"受人之托，今晚要带你去一个地方。"

"什么地方？深更半夜的。"

"去了就晓得了，走啊！"

"不去！累，脚还疼着，走不了！"

"真矫情，来，快上来，伏在我背上，驮你。"

好像有谁在背后推了银花奶奶一把，她便顺势匍匐在纺织娘娘宽大厚实的背上。

腾一下，离开了地面。耳边响起呼呼风声，银花奶奶双手紧紧抓住纺织娘娘的两支触须，沿着一个混沌的洞滑行。也不知飞了多久，她感觉越来越颠簸，随时有可能掉下去。纺织娘娘突然痛苦地说："我快不行了……"

二

脸上冰凉冰凉的。银花奶奶睁开眼睛，无意识地用手抹了一把脸，随即看见一个通体绿色的精灵站在眼前。这个像剪刀一样的小东西摇闪着细腰，呵呵呵笑个不停。

她浑身湿漉漉的，指尖上的水滴正往银花奶奶脸上滴。

"你也成精了？报应，报应！没大没小，招呼雷劈你。"银花奶奶从地上爬起来，挥动着手，要拍打剪刀菜。

剪刀菜一边躲闪，一边呵呵地笑。

"老不死的，你怎么躺在这里？我不叫醒你，待会儿野狗会把你当作一堆臭肉吃掉，信不信？"

"死丫头，要不是我腿脚不好，照往年，薅秋时就把你连根拔掉，你还能逍遥到今天？赶快过来，让我撕烂你的嘴。"

就在剪刀菜走神那会儿，银花奶奶揪住了它的耳朵。

"哎哟，疼疼疼……饶了我吧，好奶奶，我再也不闹了。"

银花奶奶松开手，挠了挠后脑勺。

"我怎么会在这里呢？"

"呵呵，想想呗，是不是在梦游？"

"让我想想，想想……纺织娘娘……"

"纺织娘娘，纺织娘娘怎么了？快告诉我！"剪刀菜惊愕地张着嘴。

银花奶奶顿感失落，良久才说："她死了……"

剪刀菜立即用一只手捂着自己的嘴，"这，这怎么回事？"

"今晚发生的事，真是奇怪。我睡得好好的，它吵我，我追打它……最初我不晓得它是米神派来的，要带我走，说稻花姑娘离开稻禾好些日子，玩心太重，忘记了归期。现在正是稻子灌浆壮籽的时候，如果再不回来，谷粒干瘪，今年定会歉收。影响我那半亩稻田不打紧，搞不好全寨的稻子都会跟着遭殃，这怎么得了啊？可是，我的脚不得力①……可怜的纺织娘娘驮着我飞了许久，半道上，它体力耗尽。米神给它的时间就在今晚三更天，如果想活到秋天，必须完成这个任务。这可怜的虫儿从云端跌到地上，有气无力地对我说

_____

① 不得力：方言，意为使不上劲儿。

稻花魂

207

'能不能活到秋天，我并不在意，只想最后再做点事情'。我那木屋，平常就我俩相互陪伴。那些傍晚，它爬出来，听我唠叨，为我歌唱……可就在刚才，它吐血，吐了好多血。它的血是绿色的……吐完最后一口，它的身体在我手心慢慢变成褐色，后来就……"

剪刀菜张着的嘴扁下去，眼角涌出泪水。

银花奶奶继续说："我草草掩埋了纺织娘娘，拄着拐杖继续赶路，后来实在是走不动，只好在地上爬。瞧瞧，我的十个手指都磨破了，还有膝盖。疼啊，钻心的疼，疼得晕了过去！"说到这儿，疼痛感突然袭来，银花奶奶不由得软在地上，身体发抖。

剪刀菜躬身捧起银花奶奶血淋淋的双手，又看了看血肉模糊的膝盖，剪刀菜流着泪，吐出一口绿色汁液抹在伤口上，伤口很快就愈合了。

"唉，世间就怕情义二字。"剪刀菜感叹道，"纺织娘娘的乐音，我也喜欢。好多夜晚，我背靠着田埂，欣赏它歌唱。可是今晚，我没有听见，原来它去找你了。唉，同病相怜，只要秋天一到，我们便蹦跶不了几天。纺织娘娘至少不遭人嫌弃，她给美丽的夜晚增添了多少温暖。而我，你刚才不是说了吗？过去薅秧，我们种田人脚下不会留情的。后来，有了除草剂，差不多要将我们赶尽杀绝。我还算幸运，你的稻田今年没洒除草剂，才有了生存的机会。头几天，愣头儿青同我说，你知道愣头儿青吗？就是这块稻田的蛙王，每天领着群蛙歌唱。它说要请你出马把稻花姑娘叫回来，我无能为力，脚步迈不出这方田地。于是它每天带头使劲鸣叫，以引起你的注意。"

"难怪，这些天我老是心慌，总感觉要发生什么事，原来你们都在操心稻花姑娘啊！"一种使命感在银花奶奶心间陡然升起，她似乎一下子精神了许多。

"剪刀菜，你帮帮银花奶奶吧！"两人听见哇的一声，剪刀菜打了一个寒颤，立即变成一匹绿色骏马。银花奶奶定睛一看，后面是只大的青蛙。

"想来你就是蛙王了？"银花奶奶问。

"是的，我将剪刀菜点化成骏马，做你的脚力送你一程。来，站到我背上，我托举你上马，你们快赶路吧！"

三

银花奶奶骑在马背上，翻了数重山，越过几道岭，脚下莽莽苍苍，却不见河流与稻田。中午时分，太阳炙热，烤得人受不了。她感觉马背越来越软，好像要融化。她叫剪刀菜赶快停下，休息一会儿。

剪刀菜鼻孔进出的气息像抽风箱一样，它最后嘶鸣一声，四肢无力，瘫倒在地。

"没有水，我——必死无疑，翻过前面那座山——叫苗岭的大山——才能，才能见到河流……我是无论如何也到不了……"

剪刀菜旋即化成一滴绿色的水，很快被太阳烤干。

银花奶奶悲痛地捧起地上还有些许绿色印迹的土，喃喃地说："小家伙，你是累了，休息一会儿，我会找到稻田，找到姑娘们的……"随后，她将那捧土揣进荷包。

在这个远离村寨的地方，银花奶奶一下子陷入孤独无助的境地，不知道该怎么办。她站在山下，仰望天空，云朵旋转，山峰旋

稻花魂

转，太阳旋转……整个山野都在旋转，越转越快，转成漩涡，太阳被吸进去，光线变暗，黑夜瞬间笼罩大地。不久，月亮出现在山头。月色清冷，一阵阵悲凉感向她袭来，要是有人能帮帮她就好了。

恍惚中，前面不远处有个飘动的影子，银花奶奶心里猛然间升起一缕温暖。

"难道是他？是他！一定是他！"一束光飘进身体。"好狠心的人呐！去了这么些年，一直不肯回来看一眼。"

山风、月色、星子……全是无声的鼓点，敲打着银花奶奶。她慢慢向那个人影靠近。

"是你吗，老头子？"银花奶奶一边走一边颤颤地问。

"别过来！再过来我就走！"那人影飘动了一下。口音果然是他，寨子里的人都叫他放牛公公。

"你好狠啊！这六年，我每天夜里都会想，想你来看看我。可是你一次都没有到过我的梦中，你的心也太硬了。"银花奶奶埋怨。

"是啊，六年了，过得好快，我都离开你们六年了。六年前，儿子接我俩进城，说是享清福，实际上是帮他们看小孩。那个鸟笼一样的房子，整天被关在里面，实在难受。不到半年，我就想念乡下，想念寄养在别人家的那头水牯牛。我要回乡下，儿子不许……后来我生病了，儿子没有办法，才把我一个人送回来。有一次斗牛比赛，我的水牯牛被打断了角，不久死了，我老病复发，就……"

"别说了！你就知道你的水牯牛，一家人住在一起不好吗？你让我回来，我怎么忍心孙子没人看？儿子媳妇上班那么辛苦。"

"一代人只能管得了一代人，你能保他千年房子不漏雨吗？你

210

住在城里那些年，我们家的稻田荒废了，长满了杂草……"

"好了，别再说过去。我现在不是回来了吗？"

突然，人影消失。

夜色暗淡下去，过了好一会儿，月亮重新钻出云朵。

"这就对了，你守着老屋，我才能找到回家的路。我本来有一肚子怨气，看到你现在的样子，我又心疼起来。夜凉，你回去吧！"放牛公公的声音从银花奶奶背后传来。

"我还不能，你应该晓得，稻花姑娘们离家出走好些天了，再不回来，我们的稻子就……"银花奶奶叹了一口气，她转身朝向放牛公公的背影。

"为这个啊？你管得太宽了，管好你自己吧！"

"不是我爱管闲事。你应该还记得吧！那些年，全寨的人都在家种稻，每年这个时候唱《稻花魂》提醒姑娘们按时回家，稻子年年丰收，拿打下的稻米做饭又香又糯。后来人都走了，种田用农药，用化肥，把稻花姑娘们吓得魂飞魄散。咱们家的稻田，今年我请人帮忙，施的全是农家肥，没洒过一滴农药。听说，寨子里有好几户人家的稻子也跟我们一样……我得把姑娘们请回来。"

"就你能耐，瞎操这些心。"

"这个时节姑娘们不愿回来，一定还在生气。对了，你刚才来的路上看没看见她们？"

"没有。"

"那能不能烦劳你一下，去帮我找找，多说些好话，劝劝她们赶快回来。我在这里等着。"

"唉，我真拿你没办法！过来吧，我背着你……翻过长长的苗

稻花魂

岭，在雷公山脚下有一大片梯田，看看稻花姑娘在不在那儿。"

银花奶奶走近放牛公公，伏在他背上，一股久违的旱烟味让她有些迷糊……

只听见一阵风吹过，银花奶奶来到一块稻田边，远处是绵延起伏的绿色梯田。她要再同放牛公公说话时，已不见他的踪影，空中回荡着一句话："我去那边帮你找找——"

银花奶奶重新有了精气神，从稻田里摘取三株正在打苞的稻禾插入发髻，盘坐田埂上，双目微闭。一会儿打了个寒颤，全身发抖，身体轻盈，意识飘飞——在遥远的彼岸，隐约可见一群年轻的女子在嬉戏打闹。她与她们之间隔着一条河流，一条绵延着稻浪的河流，她无法泅渡，不由得唱起那首《稻花魂》：

姑娘们，快快来，莫在阴山背后挨

阴山背后露水大，打湿姑娘绣花鞋

……

四

银花奶奶唱得入了迷。

"快上来吧！"有个声音说。她稀里糊涂地被人拽着手上了一只渔船。

渔船载着她驶向一个漩涡。冷风簌簌，瞬间，船被吸了进去。

"醒醒，快醒醒，没事了。"

银花奶奶听见有人在呼唤，摇她的胳膊。她努力睁开眼睛，眼前一片明媚。这时，她才注意到划船的男人是年轻时候的放牛公公。不远处一片青绿的稻禾，间杂着数朵荷花。几个上古时代的姑娘衣着粉白、裙带飘飘，她们在闲话赏花。

打头的那个姑娘一抬眼，先是摇摇手，缓步走过来。

走近眼前，放牛公公说："银花，你看像不像你？她就是稻花姑娘。"

银花奶奶上下打量着对方，不觉啧啧称奇，"像，太像了！跟年轻时的我长得一模一样。"

"我就知道你会来的。"稻花姑娘说，"我们听到你的歌声装模作样、干瘪无味，我为你难过。"

"你为什么这样说我？"

"说你也是在说我自己。我虽为稻魂，却是比照你年轻时的模样幻化成人形的。换句话说，我的灵魂属于稻子，肉体外貌却像你。"

银花奶奶不自觉地抚了一下脸，皮肤松弛粗糙。她不敢相信眼前如花般的姑娘竟是自己年轻时候的模样，她感到无地自容。

"你不必羞愧，我们都是自己人。你来这里的任务也是我的任务，我们既然相互依存，我会努力说服姑娘们同你回去。可是，有的话我得当着面锣对面鼓同你说清楚。"

"你说吧。"银花奶奶不敢迎接姑娘的目光。

"其实，我和姑娘们挺喜欢我们寨子的。那个时候，你还年轻美丽，正如现在的我。你同放牛公公游方①而走到一起的。相当长的一段时间里，你们过着男耕女织的生活。整个寨子人畜兴旺、五

_____

① 游方：方言，黔东南一种男女青年的社交活动。

稻花魂

213

谷丰登、宁静祥和。可是后来，你们，特别是那些年轻人，为图方便，失去耐心，胡乱地把大量的化肥撒在稻田里，把刺鼻的农药喷在稻禾上，说得倒好听，保护我们健康生长，还不是为人类那点私心。就算这样，村子还是没能留住年轻人，扔下我们进了城，寨子空壳，稻田荒芜，曾经的烟火味荡然无存。我们成了孤魂野鬼，无所依靠，只得四处漂泊，逃离……你看看眼前，这个叫桃源的地方山清水秀、鸡犬相闻、炊烟袅袅……这儿才是人间美景，才是乡村该有的样子。"

"可是——可是——"银花奶奶想说什么，却瞒不过稻花姑娘。

"你是想说这儿毕竟不是我们的寨子。是啊，它是别人的！谁不希望自己的寨子如这桃源之地？现在醒悟过来还不算晚。我担心很多人仍执迷不悟，这也是姑娘们还犹豫徘徊在此的原因。"

"那要怎样你们才肯回去呢？"

"要回去可以，须得答应我一个条件——不要滥用化肥农药，去把外出的年轻人叫回来！"

"这——"

"你们可以走了。"说完，稻花姑娘瞬间化成一缕白烟……

"姑娘，稻花姑娘——"

这时，只听吱嘎一声响，两人被一扇巨型石门关在外面。

五

鸡叫了三遍，银花奶奶一个激灵回过神来。她起身掀开窗子上那块黑布，这时，天刚蒙蒙亮。她有些疲惫，将身子缩了缩，准备缩进被窝再睡一会儿。

"你不能再睡了，记住我同你讲的话。"有个声音在提醒她。银花奶奶不敢懈怠，立即下床穿好衣服，洗把脸，匆匆出门。

她的木屋处在寨子的最高处，去往大寨需要走很长一段曲曲折折的下坡路。

她首先经过自己的半亩稻田，走在田埂上，身后仿佛有嘶嘶的声音。回头望去，路坎外有一个小土堆长满了尖尖的青草，绿莹莹的像一只只纺织娘娘，风吹过，发出嘶嘶的声音。温热的液体在她深陷的眼窝里打转。

她长长地叹了一口气，继续朝前走。将要走出那段田埂时，她的手无意间触碰到了什么，急忙从荷包里取出那捧有着绿色印迹的土，将它撒在稻田里。这时，一滴绿色的泪从她眼窝里滴落，掉进田里很快长出一株剪刀菜。"小家伙——"银花奶奶不由得轻唤一声，露出一副慈爱的神情，躬身吻它的脸。它浑身湿漉漉的，水灵灵的，左右摇闪着，仿佛能听见它呵呵地笑。

后来，银花奶奶又经过放牛公公的坟茔时在那儿停留了片刻。她抚摸着碑石低语："老头子……"

银花奶奶走到大寨已是中午时分。寨子很安静，路过那些人家，几乎关门闭户。

她又长叹一声："也没多少日子啊，怎么都变了？人都去哪儿啦？"她想起枫妹，头几天还打过电话，枫妹应该在家。

枫奶奶家刚建的房子，三层楼，是她在江浙一带打工的儿子仿照那边的别墅建的。漂亮！在寨子上很打眼。

"枫妹——枫妹——"

稻花魂

215

　　她喊了两声，先是听到几声狗叫，接着枫奶奶从屋里出来，一只手在眉上搭个凉棚。"是哪个？"

　　"还有哪个，是我，听不出来了吗？"

　　"哎呀，银花哦！咋不先打个电话来呢？"

　　这会儿，银花奶奶已经走进枫奶奶家的院子。那只白毛老狗过来闻了一下银花奶奶的裤脚，不再出声，走到阴凉处伸出舌头喘气。

　　"打什么电话，晓得你在屋里。"

　　"那不一定，要是赶集，恐怕也要出门一趟。"

　　"有吃的没？"

　　"饭，只剩下一小碗，不够吃的话，还有面条呢！"枫奶奶牵着银花奶奶的手进屋，把饭菜摆在小桌上。

　　"老了，能吃多少？"

　　银花奶奶也不客气，端起碗就吃。

　　"酒，喝两口，看我烤得好不好？"枫奶奶又给她端来半杯米酒。

　　"少点，天气太热。"银花奶奶往另一个杯子倒了一点回去。

　　银花奶奶喝了两口，叹气道："现在都怎么了？房子是多了一些，也修得漂漂亮亮的，就是死气沉沉……"

　　"那有什么法子？看看过年热闹点不。莫说年轻人，连我们这些老家伙，除了死的，也没几个住在寨子里。"

　　"咿，听说老盘和赖子还在家？"

　　"好像在，其他的去去来来也没几个了。"

　　"你打电话叫他们上你这里来，摆下龙门阵。"

　　……

六

银花奶奶从大寨回来，天已断黑。

回想起这次大寨之行，她内心仍无法平静。一个下午，四个老人先是东拉西扯说了些无关紧要的话。当银花奶奶说到稻花姑娘托付给她的事时，其他三个老人感到不可思议，以为她不是在做梦就是中邪了。银花奶奶把自己遇到的事从头到尾说了一遍，她说得很认真，并请求他们带个头把自己的儿女叫回来。这怎么可能？有人说她老糊涂了。银花奶奶本以为可以说服他们，没想到他们这么固执。为此，她同三人发生争执。

枫奶奶觉得银花奶奶可能受到了什么惊吓或者蛊惑。唱《稻花魂》只不过是他们这一带的民俗，大家图个热闹。赖子公公认为银花奶奶一个人住在那里太孤单，唱唱《稻花魂》想热闹一下也是可以理解的。

老盘公公过去当过村干，比较关心时事，经常看手机和电视新闻。他说："如果没化肥和农药，怎么能增产和丰收？怎么能填饱肚皮？那些年，吃饱是最要紧的，这个问题现在已经解决了，大家又怀念以前那个味道，特别是城里人讲究得很，要吃什么绿色生态的。这新鲜词儿，不要以为就是我们以前搞的那一套，要真正搞起来，名堂多得很！"

银花奶奶哪里听得进他的大道理，起身要走。老盘公公跟着送出来，另外两个紧随其后。老盘公公对银花奶奶说："你别生气，我给你出个主意。"银花奶奶止住脚步。只见老盘公公故作神秘地说："你儿子不是在县乡村振兴局当局长吗？让他搞点项目到村里来，比如办个什么绿色生态米加工厂之类的，这样既解决了你担心的化肥和农药问题，又让年轻人有回来的理由……"

"我儿子？我没有儿子，只有一个姑娘嫁到县城，你们不是不晓得，你——你这是故意损我，哼！好吧，你们都住进城里去吧！我留下来，我一个人留下来！"银花奶奶气呼呼的，急匆匆出了枫奶奶家的院门。

"她怎么了？明明她儿子阿才就是乡村振兴局局长，怎么说没儿子呢？"老盘公公挠了挠耳朵，看着另外两个，大家面面相觑，不知道哪里出了问题。

银花奶奶窝了一肚子火，三个人留她吃晚饭也留不住。她怒气冲冲地回到高坡，钻进自己的屋子。

入夜，银花奶奶什么也没吃便倒在床上，可翻来覆去怎么也睡不着。她爬起来，把那块黑布拉开。想听听外面的声音——纺织娘娘嘶嘶声、青蛙呱呱声、晚风吹拂稻浪声……没有，月光也没有，什么都没有。银花奶奶一下子陷入无边的黑和无边的静中。

突然，一阵歌声传来：

姑娘们，快快来，莫在阴山背后挨
阴山背后露水大，打湿姑娘绣花鞋
……

她的手机跳动着，闪着光。她哆嗦着按了一下手机的接听键，很大的声音从那头传来：

"妈——妈——"

"你是哪个？"

"我是你儿，阿才啊！"

"阿才？我打你电话打不通，你们村里没上班吗？我同你说，你是村里的头头，我求你办件事，赶紧把年轻人喊回来，听到没？还有，等娃娃们回来后，要让全寨人唱《稻花魂》给稻花姑娘赔礼道歉，答应往后不洒农药和施化肥，要多施猪粪、牛粪这类农家肥，不要让姑娘们的魂魄四处游荡，请她们赶紧回来，寨子上的稻谷才会饱满……"

"妈妈妈——是我啊，我是阿才，你怎么了？老盘叔刚打电话给我，说你出问题了。妈，你哪里不好？我这就来接你——"

"你不要给我装憨，你一定要把娃娃们喊回来啊，听到没——你别给我扯，我是看着你长大的，阿才，你这个头头，我不管现在是叫村主任还是叫什么，照过去，你就是村长，村长得管好村里的事！好了，挂了。"

稻
花
魂

起风的时候

一

风，一个劲儿地吹。树上的黄叶，路边的干草，地上的尘土……还有年轻人，被吹得纷纷扬扬，涌出了村口。那些年，村里真干净，真安静！

这会儿，风却倒着吹了回来。似乎要把吹走的东西都归了原位。

老木村最近总有一些年轻人回来。又不是逢年过节，好生奇怪！有老人问他们还走不走，都说不走。他们厌倦了在外漂泊的日子，而现在村子里有事做，比如种菜种药种果树，养蜂养蛙养竹鼠……赚到的钱并不比外面少，谁还愿意往外面走呢？

老鸭客家的丹花也回来了，并不是从沿海回来，她没打工，而是嫁到县城，嫁给一名中学老师。她这次回来同以往不一样。原先回娘家，顶多住上几晚便要回去，有时当天就返程。老木村离城并不远，开电瓶车只要半小时，如果是轿车，更快。她已在娘家待了好些日子，看样子，并不打算回城。

丹花离婚了。

想当初，丹花风风光光从老木村嫁到城里，接亲的轿车就有十几辆，车队见首不见尾，像条长龙匍匐在寨子的路上，令多少人羡慕！都说这老鸭客有福气，找了个吃公家饭的女婿。

丹花回来，老鸭客不说话，闷头蹲在地上，一个劲地抽老叶子烟。

丹花也是，这么大的事情事先怎么没与家里通个气？也好帮忙拿个主意。春秀的火暴脾气丹花是知晓的，在没搞清楚之前，一点风声也没透漏，不然，她非进城去撕扯那个坏小子的嘴不可。反过来，知女莫如母，春秀也晓得女儿的性子，她从小就独立，有点女汉子的作风。初中毕业后，她去外面打了几年工回来没多久，就不声不响地把自己的终身大事敲定。家人后来才知，男人是她的初中同学。既然是同学，知根知底，父母也没过多干涉。再加上，那会儿村里穷，年轻人都往外面跑，都想寻个好前程，打工嫁在外面的女孩子也不少。更何况，人家丹花找了个公家人，一个没工作的打工妹好像还高攀了人家似的……春秀一想起这事，就有点冒火，愤愤骂道："真不是个东西！嫌咱丹花没生养，还不晓得是哪个的问题哩！居然偷偷搞上了别人，咱们真是瞎了眼！"

气也没用，骂也不管火。年轻人的事，老人很多时候只能干着急。

丹花回到老木村，没有出现像想象当中的那种情形，比如，寨子上那些女人爱看笑话、嚼舌根子，少不了要在背地里刮起阴阳怪气的风。在这一点上，老木村的民风纯朴是一方面，更重要的是，如今村民都在搞产业，土货出山，忙得不可开交，人人有事做，家家

起风的时候

稻花鱼

不得①空，哪有时间去扯那些闲言碎语？就算人家不说什么，嫁出去的女人被"退货"，是件多么令人羞耻的事！假如换个人，说不定会难过好一阵子，生不如死……但丹花本人的表现仿佛也没觉得离婚是什么大不了的事。最初那几日，丹花只是寡言少语，不大出门。忙完手上的活，吃过晚饭，寨邻来串门，还怕丹花想不通，怕她娘抬不起头，就说些暖心的话来安慰母女俩。丹花一方面感谢寨邻的厚道，另一方面也说自己没事，日子还得过下去。

是啊，日子还得过下去。这是丹花回来后经常想到的话。她这样想，心里反而轻松了许多，这也许是命运的安排。当初她跟妹妹对花有个约定，就是她嫁到城里，对花得替她守着父母。父母命中只有她们这两朵花。她以为对花会为难，自己是不是太自私了？可是对花想都没想就一口答应了当姐的。这多少让她觉得意外，进而还有些感动。出嫁那天，对花送她，姐妹俩抱在一起，梨花带雨。旁人还以为丹花像老一辈的嫁娘，出门兴哭嫁。丹花自己清楚，是她亏欠了对花。出嫁最初那一两年，丹花一有空就回来，回来看父母，更是陪伴对花。

两年后，对花也到了谈婚论嫁的年纪。她看上的男人是到老木村养鸭的外地人。那人愿意成为老鸭客的上门女婿，自然随了老鸭客的意，他正愁手上的养鸭本领没有传人哩。妹妹成婚，最高兴的是当姐的丹花。妹妹没有食言，承受了许多委屈，一般农村的女孩，谁不想嫁到城里去？谁愿意把自己困在农村的土地上？然而，妹妹

---

① 不得：方言，即没有。

并不是一般的农村女孩。妹妹上过高中，只是没考上大学，既不想复读，又不愿出门打工，她有自己的盘算，只是谁也没有看出来。还是后来那场雪灾让对花显山漏水了一回。那是一场南方少见的凝冻天气，没有什么预兆就袭击了老鸭客的鸭群，对花早就关注了天气变化，提前做好应对，才让她爹替县里养殖的保种老鸭免受损失。那时，县里的技术人员冒着翻车打滑的危险跑来，还以为没了希望，没想到老鸭完好无损。技术员感叹："真没想到，一个姑娘家有这样的见识，令人刮目相看！"也难怪对花不跟丹花比非要嫁到城里去。她招的上门郎，是个年轻的鸭客，与自己志趣相投，又承了老鸭客的意，一举几得是皆大欢喜的美事。丹花一高兴，就替父母承头^①，出钱为妹妹对花办了一场热热闹闹的婚事。现在，丹花回来了，她要补偿妹妹这些年所做的牺牲。

丹花回来不到半年，事情起着变化。妹妹要离开老木村，跟着男人去重庆秀山。那儿是她男人的老家。男人早年没了父亲，寡母跟前只有他跟姐姐，姐姐出嫁后，他四处打工，后来才终于在老木村停留下来。母亲年纪越来越大，最近这些年身体不怎么好。他原本打算接老人家到老木村来的，但动员了几次，老人不愿意。男人心里就有了一丝丝隐痛。在对花面前，他表现得跟没事人一样，但细心的对花还是觉察到了。在一次全家人吃饭的时候，对花说出了这个想法。事情也就这样商量好，现在反过来，丹花守着父母，妹妹跟着男人离开老木村。

———————

　　① 承头：方言，即出面。

起风的时候

二

这天赶集，丹花骑着电动三轮车，车厢里装着两笼老鸭来到市场。市场在城边的一块用推土机随便推开的空地上。空地分为两个区域，卖大牲畜的（如猪、牛、马）占据一个，另一个摆的全是一笼一笼的鸡鸭。与城里的农贸市场不太一样，这里只有赶集天才会热闹。乡下人把那些活物全弄到这里来，形成一片规模可观的集市。

以前在城里生活，丹花来过这里，那是为了买乡下来的土鸡土鸭。当时，她是多么大方，看准了的，并不像有的主妇那样为一毛两毛同那些老太太讨价还价。不是她手边宽裕，而是想到乡下人喂养一只鸡一只鸭然后又赶那么远的路来到城里很不容易。那时，脑子里会出现自己的家人，仿佛面对的是父母和妹妹他们。现在却不一样，她的角色从买方变成了卖方，自己又回到了农村人的队伍里。

丹花找了个空隙，放下鸭笼。不久，走来一个主妇，伸手往鸭笼里薅了半天，抓起鸭翅膀，高高举在眼前，左看右看。她嫌丹花喊的价高，问能不能少点。丹花说没问题。称重时，那人又说称得太平，要旺一点。丹花只好把称砣往回挪了挪，她说："可以了吧，秤砣都往前面跑了！"最终还是没搞成，那个买主实在想占点便宜，账已算清，又要无缘无故少开一块钱。丹花有些生气，把鸭子夺回来，说"不卖了"。

到了下午时分，丹花的鸭子才卖出两只。集市上的人渐渐散去，好些乡下人随便在旁边的摊子上吃碗米粉，应付一下肚子便往回赶。有的还要进城买些物资；还有一些跟丹花一样，死守着不肯让价，又希望有人赶快把自己的东西买走，心里矛盾而焦急。而还在市场逛来逛去的城里人多半是不急的，他们想在这个时候，跟这伙乡下人耗，看谁耗得过谁，说不定哪个时候对方一泄气，他们便乘虚而入。这实在是煎熬人。丹花收回左顾右盼的眼神，心想："宁愿不卖，也要拉回去，绝不能让这些城里人得逞。"正当她要往车上装笼子时，晃过来一个男人，嘴上留着半截胡子，叼着烟。他并不是先看鸭，而是把第一眼落在丹花脸上，然后往她翘翘的胸脯上移。丹花回过神来，狠狠瞪了他一眼，这男人才收回目光，涎着脸问："妹子，鸭子没卖出去吧？"

"卖了。"

"卖了？"

"卖了！"

这人的眼神还在丹花身上游走。她红着脸，带着怒气，不太愿意同这个人谈生意。她定了定神，白了他一眼，圆鼓鼓的腰拴着个油腻发黑的腰包。丹花马上意识到，这是个收货的二贩手[①]。他们这类人总在赶集天，号块地盘，架把磅秤，以极低的价格从乡下人手里买进，改天再高价卖到别的地方去。

"我看根本就没卖两只，谈谈如何？合适的话，两笼全要。"

"我这鸭价格贵，你要不起。"

"哟——多贵呀？别说你只有两笼，这市场上所有的鸭没有我收不走的，只要我想要。说吧，多少价？"

"十八。"

"十八？"

[①] 二手贩，即二道贩子。

"十八！"

"开玩笑吧！妹子，是不是没赶过集？你这种本地鸭毛多肉少，瘦筋筋①的，最多十块一斤就了不起了。"

"那是有人不识货。"

"谁不识货？你不看看，如今无论平常人家还是饭店，哪个不是买外地鸭——个儿大、膘肥又便宜！"

个大儿膘肥，丹花想到的不是鸭子而是眼前这个人，不是在说他自己吗？突发的奇想让她忍不住想笑。她故意把头歪到一边，不想让那人发现，她是在偷笑他。

"我就不喜欢买外地鸭！"

丹花听见另一个声音，她转过头，声音是从二贩手身后传过来的。跟着，说话的人就跨到笼子前。丹花胡乱地看了一眼，来人比二贩手要矮一个头，腰也小一圈，脸颊黑而瘦，但眼睛却很精神。他弯下腰，不等他伸手，丹花已经从笼子里提溜出一只鸭，她抓住鸭的双腿，鸭扇动着翅膀咋咋呼呼地叫着。

"好，这鸭好！"那人从丹花手里接过还在扑打翅膀叫唤着的精灵，说："正宗正宗，正宗的本地鸭！"

二贩手这才看清来人。

他调侃着说："哟，陈老板呀，你是看中鸭呢还是看中什么啊？我还在跟她谈呢！也不讲个先来后到？"

那个被叫做陈老板的人把鸭放回笼子里，直起身来，笑笑说："瞧你钱老七说的什么话，我哪敢抢你的先啊？继续，你们继续谈

---

① 瘦筋筋：方言，形容很瘦，不丰满。

吧！"他双手往前一摊又缩回来抱在胸前，站着。

三

太阳还在西边山头徘徊，丹花把三轮车开到院子里。车斗里跳下来一个男人，他就是丹花在市场上遇见的陈老板，丹花的鸭子最终卖给了他。在她看来，陈老板是个识货的人。至于钱老七那个二贩手，她一分不让。钱老七觉得这个女人疯了，什么金宝贝，就算她本人加点漂亮脸蛋印象分，她的鸭也不值这个价，无利可图的生意他是不做的。等钱老七离开后，丹花把价格降下来，之前故意叫得高高的，目的是把他轰走。

陈老板也不还价，丹花降到多少就是多少，统统要。他让丹花把鸭拉到家去，丹花十分乐意。到了那儿，才知他在傍城而过的国道边开了个饭店。

那时，午饭时间已过，晚饭又还早。丹花有些饿了，显然陈老板肚子也还空着，当他邀请她吃饭时，她并不十分推辞。服务员早把两个人的饭菜安排好，他们临窗对坐。

一开始，两人只顾吃饭，好像找不到要说的话。

最终还是男人先开口，说："感谢啊，感谢你把鸭卖给我，还帮我拉来。"

丹花抬起头，面带微笑地说："陈老板，那我也要感谢你啊，感谢你买了我的鸭，还管饭。哦，对了，你这店名——"

"别叫老板，叫我陈实吧！"他谦虚地纠正，黑瘦的脸好像有了点酒红。

起风的时候

"哦，明白了，店名是用你的名字取的啊！"

"陈实鸭店，陈实！"她在心头默念了两遍。

"好，好，这个名字好，做生意嘛就是要诚实！"她将目光移开，投向窗外，好像还在品味这个店名。目光交错的刹那，陈实没有着落的眼神才暂时游离到她脸上——她的脸如一枚鸭蛋，白，梨花白。这不像常在地里干活的皮肤。竹叶一样的眉毛下面是透亮的眼睛，如深色背景映衬下的水珠。他有点担心水珠会突然朝他反一下光该如何躲闪。好在这当中他又想到了接下来要说的话，表情就自然了许多。他说他的店是祖上传下来的老店，专门烹饪本地鸭，不仅讲究烹饪技术，更看重食材地不地道。这么多年来，他一直坚守诚信，亲自去逛鸡鸭市场采购食材。刚才看到丹花的鸭，他一眼就认出来是本地鸭。

丹花接着说："可不是嘛？现在乡下都不太养这种鸭子，划不来！"

"是的，只是偶尔遇上乡下老太太挑那么三五只来卖。"

"外地花鸭呢？这种鸭整条街都是，不可以要吗？"

"不要。这种鸭，一来品质不行，二来都是喂饲料的，不符合我的经营理念。我要做的是原生态的绿色饮食。"

"那么，买不到正宗的，你不可以用替代品试试？谁吃得出正不正宗？你这店子吃饭的都是过路客，完事一抹嘴走人，难道谁还会回头找你麻烦不成？"

丹花好像故意这么说，她想要试探一下什么。没想到陈实却一本正经地说："如果这样，我今天就不会要你的鸭。"丹花感觉自己有些失礼，笑笑说："我就知道陈老板不是那样的人！随便说说，不要介意啊！"

相对来说，丹花的生活圈还是比较单一的。婚姻存续的三年，她的圈子只限于学校，平日里，跟几个同样没有工作的教师家属打打麻将、吹吹牛，仅此而已。人情世故，社会交道打得少，更别说生意场上的事情。

陈实还同她讲了一些更为奇葩的事。比如，有次他偶然看见二贩手的鸭群里夹杂着几只本地鸭，他眼睛一亮。虽然知道鸭贩子要价高，但只要是地道本地鸭，他会不惜成本。只是，那几只鸭看上去精神状态不太好，老趴着不住地叫唤。他伸手摸嗉囊，心里不由一惊：烂良心的鸭贩子有多缺德，嗉囊里梆硬，准是灌了水泥！他之前还只是听说，没想到这些人真会这样做。他转出市场，偷偷打电话告诉了管理部门。以后，只要他出现在市场，那些鸭贩就防着他，摸也不让他摸。

"为啥要灌水泥？"丹花惊讶地问。

"为了称重时多称出几两，多几两就多赚几毛钱。现在有的生意人不本分，为了赚钱什么昧良心的事都做得出来。还有一次，有个农村老妇在卖猪崽的贩子面前伤心地哭泣，说她上次买了他一对猪崽，当时活蹦乱跳的，第二天就死了。寨邻有人提醒她，可能是喂了水泥，不信剖开肠胃看看。果不其然，取出一坨硬邦邦的水泥，称下来足足有两斤。老妇边哭边捧着那坨发黑的水泥，要猪贩子赔偿她，可是猪贩子哪里会承认？"

陈实还告诉她："那个二贩手钱老七也爱在收的鸭子身上搞名堂。最近几年，打击力度加大，虽然不敢再灌水泥，但灌其他什么的是有的。比如他今天收的鸭子明早要拿到农贸市场去卖，为了保证鸭子不蚀称，在出门前，硬往鸭子嘴里塞谷糠什么的，塞得嗉囊鼓鼓的，鸭子趴在地上很难受。"

"该死，真是缺德！"丹花越听心里越难受，进而有点愠怒。

看来，两个人对一些事情的看法颇为相似，要不然，就不会忘记了时间。服务员推门进来，对陈实说有客人要见他，丹花才意识到待得太久，很歉意地说："得走了，耽误了你做生意。"陈实摇摇手，站起来，他突然做了个决定：要跟丹花走一趟，看看老鸭客养的鸭子。

四

他们刚进院子，就听见有人在外面叫"来宝叔"，来宝是丹花的父亲老鸭客。母亲好像不太欢迎这个不速之客，嘴里嘟囔着："老往家里跑，说得好听，是来向老头子收集鸭文化资料的，谁知道他心里想什么？"自从丹花回到老木村娘家，龙三穗跑得格外地勤快。人一来，屁股像粘了胶，坐在板凳上就是大半天。可人家是镇文化站的干部，村支书打过招呼，要好好配合。

这会儿，老鸭客没工夫陪龙三穗吹牛，说："你先待着吧！等我回来再说。"他得把丹花带来的这个大主顾接待好，领着陈实到溪边看鸭。

龙三穗不知陈实是谁，神秘兮兮地看着丹花说："丹花，动作真快，是不是新男友啊？"丹花一抬脚，要去踢龙三穗，嘴里骂道："新你个头！来看鸭的。"

陈实同老鸭客从溪边回来，兴奋地说："你们家的鸭太好了，果真是吃玉米长大的，绿色生态啊！"

"那可不，来宝叔老鸭客的名望可不是浪得虚名，全老木村的人都知道，县里也是挂有名的，哪能有假啊？"龙三穗接过话，陈实没理他，转而向着丹花说："我全包了！"

丹花不相信似的，她张着嘴："全包啦？"

"全包。"

"一千多只呢？"

"不成问题。马上付订金。"

"有你这句话就成，那倒不必这么着急。"

丹花没有马上接受陈实的订金，却悄悄再一次打量眼前这个男人。他笑起来，脸上的皱纹像微微吹开的湖水，眼睛闪着让人信任的光芒。

天色暗下来，陈实要离开，丹花一家留他吃饭却留不住。

临出门，陈实看了一眼丹花开的三轮车。

"我送你？"丹花笑着试探性地问。

陈实摆手，说："不用，你送我，家里放心吗？我是不是还得把你安全送回来？这送来送去，还有完没完啊？如果你们放心的话，我借你们家的三轮车自己开回去，过两天我来拉鸭子。"

看着陈实把三轮车开进暮色中，站在院子里的人才进屋吃饭。

龙三穗陪老鸭客喝酒，边喝边问他以前放鸭有没有什么好玩的龙门阵。老鸭客平常不爱摆他那些过时的事情，只有喝了酒，思绪就不由得回到了过去，回到他年轻时的鸭客生活，讲起来就像一道下酒菜，味道好得很。

老鸭客爱喝酒，但酒量不行。三穗这才后悔——龙门阵没听几

231

段，老鸭客就醉了。龙三穗只好把他弄上床，跑到院子里同丹花母女闲聊。

聊着聊着，龙三穗对陈实来了兴趣。就问丹花怎么认识他的。丹花说不认识，龙三穗不信，"不认识怎么会就往家里领？"丹花说："做生意嘛，人家要来看鸭，难道我还不让？鸭子卖不了，我爸妈还不急死呀！是吧？"丹花故意看了母亲一眼。

"那人是鸭贩子？"龙三穗还不甘心。

"谁知道呢？"

"你不是给他送鸭了吗？"

......

丹花不再接茬儿，同母亲把话题往别的事情上引。龙三穗自觉没趣，只好悻悻离开。

过了两天，陈实果然又出现在丹花家。

他向丹花父亲支付了订金。只是一下子拉不了这么多回去，即使能拉，店里也卖不快，没有地方安置这些活物。他让老鸭客帮他养着，并且承诺每天耗费的鸭食费用由他来补贴。以后每天二十只鸭，由丹花送去。

现在，丹花有事做了。天一亮，"突突突"，老木村早晨的宁静首先被她的三轮车划破。最初那段时间，丹花都是早去早回，好像只是去了一趟菜园子，不一会儿工夫就回到家。那时，太阳刚好从对面的山尖探出头，光线柔和地抹在屋檐的瓦片上，铺在村道上。丹花把三轮车开到院子里，扯下钥匙，三轮车就像一匹老马老老实实站在那儿，耐心地等她从背上滑下来。暖暖的光线正好照亮她的脸，此时她的脸跟院墙边的桃花一样，红扑扑的。没过多久，她回来的时间就起了些变化。

丹花回来得越来越晚。

母亲说："留着饭呢，帮你热热？"

丹花停稳三轮，嘴里哼着曲，说："不用了，吃过了。"

母亲心里明白女儿的变化。

有一次，母亲故意说："叫那个，那个什么——什么陈实来家吃个饭呗！"

丹花说："最近他太忙，明天我问问。"

"知道人家忙，咋老待那儿？人家还得招呼你。"

"谁要他招呼？我还帮忙呢！"

龙三穗又来找老鸭客。这回他不敢再劝酒。老头子也知趣，喝到点就打住，把上次没摆完的龙门阵接着摆。末了，两人都很满意。

龙三穗就爱关心丹花，涎着脸问："你那鸭贩子怎么不见来？"

丹花正在剥橘子，随手把橘皮扔向龙三穗，说："你这个人，怎么说话的，谁是鸭贩子，啊？"

"那是啥？不会是人贩子吧！当心哪天把咱们的丹花拐跑了！"

"是啥你管不着。"

"别卖关子，我早就打听清楚了，他只不过是个打工的，你还以为他真是什么老板啊？上星期我回家看我爸妈，听我们村主任说的。"

"你们村主任咋知道？"

"我们村就在城郊，村主任跟陈实是钓友，还帮过他呢！要不然陈实说不定还在村里种地呢！"

"你别胡说，陈实亲口告诉过我，那就是他们家的祖传老店。"

丹花说出这话，有点后悔，她突然意识到自己对陈实有一种莫

233

名的情愫。但龙三穗的话又让她的心一下起了个疙瘩，她打算让龙
三穗把话说清楚，可是龙三穗故意卖关子，让她自己去问陈实。

<h1 style="text-align:center">五</h1>

第二天，丹花没有送鸭子进城，也不接陈实打来的电话。

她这样做，明摆着是要陈实来老木村一趟。

鱼儿果然上钩。不到一小时，陈实风风火火地赶来。

他们坐在溪边，不远处，鸭子爬上岸滩，有的把头插进翅膀，
一只脚站着打盹儿；有的则匍匐在地上，眯着眼；还有的没有目的
地走来走去。

"你不是叫陈实吗？真够诚实的！"丹花斜着眼，劈头盖脸
地来这么一句。这让陈实一时有些摸不着头脑，但他很快反应过
来，问："是不是听谁说了什么？"丹花哼了一声，说："要是别
人不说，你就打算一直欺骗着我？"丹花猛地站了起来。看到丹花
有些激动，陈实也跟着站起来，双手把丹花斜往一边的肩扳朝自己，
说："丹花别急，你听我说，我并没有骗你，只是有些话也不是一
下子能说明白的。"

同陈实交往以来，丹花只知道陈实还是单身，他确确实实经营
着这家饭店。对他有那么一点儿好感，丹花并不在乎对方是不是老
板。她现在需要的是一种真实感，而不是欺骗，一点儿也不能。她
并不急于知道完整的陈实是什么样子，他们之间还没有发展到那种
程度。关于陈实的过去以及他背后还有什么，她还不想那么快就搞
清楚，只希望顺其自然地处下去，说不定哪一天就会水到渠成。现

在，经龙三穗这么一说，对于一个刚刚受到伤害的单身女人来讲，天生的敏感心理提醒她加快进度重新认识这个男人。

让丹花感到失望的是，陈实这次来老木村并没有说出什么，他接了个电话就对丹花说店里有急事便赶回去了。

此后几天，丹花都没有送鸭进城。她给龙三穗打了电话，这让龙三穗有点受宠若惊。他仿佛是驾着筋斗云来的一下子降临在丹花面前。

他见丹花脸色不好，心想肯定有戏。自从认识丹花以来，他很想把自己的感情倾诉于她。此前，丹花一直不肯给他机会，原因是有陈实的存在。他心里不舒服，故意称陈实为鸭贩子，好几次被丹花怼了回去。

"我说的没错吧，那个鸭贩子——"

龙三穗故意把"鸭贩子"这三个字语气加重，并且停在那儿。他要试探一下丹花的反应，好为接下来的话怎么说摸下底儿。

气氛很平静，好像两个人并不是在对话，而是闭着眼睛打盹儿。

"你说，你把上次那个话说下去！"

龙三穗得了命令，"哦，啊——"

他一时记不得上次说到哪儿。给他机会，反而抓不住。他结巴起来，"上——上次，上次我说他——说他——"

"不想说，是吧？那你可以回去了。"

丹花一转身，跨进院子，骑上电瓶车，一扭钥匙，车子出了门，把目瞪口呆的龙三穗丢在了原地。

六

"确切地说，这个店目前确实不是我的。"陈实说，"我只是在这里打工。不存在骗你，我们认识这么久，我从来没在你面前说过它是我的。这么说吧，店有我的一份。"

丹花坐在第一次与陈实吃饭的那张桌子前，听这个男人讲他的故事。

"几年前，这个店的主人还是我，后来，店被迫拍卖。这是我心头之痛，没想到祖业会断送在我手上。就在我陷入绝望的时候，拍下这个店的老板找到我，让我不要走，继续经营。此人很看重我们陈家鸭店这个老品牌，于是同我商量让我注册'陈实鸭店'商标，并以此入股，一起来做大我们这个地方的鸭食餐饮业。那人把店交由我来管理，还说，将来条件成熟了就把分店开到省城去。"

"你别看现在这里车水马龙。"陈实说，"五年前这里还十分荒凉，生意惨淡得很！那时，老店地处旧城繁华街区，因城市道路扩建征用，才被迫拆迁到这里来。当初为了修建这栋房子，我抵押地基向银行贷款二十万，还款期为三年。原指望生意快点好起来至少能还上一大半，也好让银行通融。可是到了年底，一分钱也还不上。在那个寒气逼人的春天，我的房子最终还是被银行申请法院执行了拍卖。"

讲到这里，陈实叹了口气："这人啊，真是讲不清楚一辈子会遇到什么事，身无分文的我想在城里租房子也不可能。当时，我想起若干年前在郊区钓鱼认识的一位钓友木林，听说他现在已是村委会主任……"

丹花打断陈实说："木林应该就是龙三穗讲的他老家那位村主任吧！"

"我猜肯定有人对你说了什么，原来是那家伙。他人怎么样啊？我看他好像对你有点那个意思呢！"

"他有，我没有。我不喜欢那些吃公家饭的。"

丹花不愿意再说龙三穗，提起公职人员，她便反感。陈实当然知道为什么，也就此打住了。

陈实继续说："我并不是想向木林借钱。城里我的那些钓友这么些年各有各的变化——有出门打工发财的，有开超市的，有是建筑老板……要借钱也应该首先找这些人借。但已经不需要开口了，几个月前他们大都知道我的房子将要被查封，就不愿意再来店里吃鸭。只有木林在生意不好时，我出门钓鱼散心，大多是在他那里。那时木林还只是村里的组长。我同他喝酒的时候，开玩笑说'万一哪天在城里待不下去，就来跟你天天钓鱼'。那毕竟只是玩笑，但木林却认真地说'来钓鱼，这儿绝对是个好地方。但要待在乡下，只怕不适合你这个城里人'。"

"当我出现在木林面前时，他以为我又来钓鱼，但看到我什么行头也没拿，身后还有年迈的父母。不用说，他什么都明白了。他只是怪我去之前为什么不打个电话，也好提前准备准备。我说'打电话要是你拒绝，反而不知道去哪里。赶快帮我找个空房子吧，不然就赖上你家'。很快，木林帮我找到了一栋木房子，主人外出打工，多年无人居住。让我只管住，一分房租也不收。"

陈实说："那个时候我整个人如霜打的茄子，要不是还有父母看着我，死的心都有了。木林的收留让我感动不已。人不到那个时

237

候，不会彻底明白贫病之际见人心啊！我强打起精神在村子里生活了一年。在那些日子里，我学会了养鸭，学会了种地，学会了坚强。也许，生活会为强者留有后路。正月里，春寒料峭。一天，木林叫我到他家喝酒。在那里，我见到了一个女人——"陈实故意停了停，他要看看丹花有什么反应。

丹花才不想让他看出来，低着头看桌面。

陈实接着说："这个女人就是我现在的老板。"

"你老板？是个女的？"丹花抬起头，脸上掠过一丝不易察觉的表情。但她立即往窗外瞭望，躲没躲过对面的目光，只有陈实知道。

"是啊，当时我无论如何也不会想到，接下我店面的就是这个女人。那天的见面，后来想想感觉不那么真实，像一场梦。"

陈实继续说："木林对我说，杏子是他表妹，姑妈家的，外出打工多年。两个老人前几年先后去世，杏子就很少回来。现在杏子在省城开了一家饭店。"

"后面的情况，"陈实说，"是杏子自己告诉我的。虽然长期在外，但杏子有敏锐的商业嗅觉。她了解到，县里的领导层已经将本地鸭产业提到日程上，老城的过境线将移至陈实店所在的这条道路并将其规划为鸭美食一条街。她一直在寻找机会。那次，她特意回来就是为了找到我和找到陈家鸭店这块老招牌的传承人。"

"事情就是这样！"陈实说，"我不得不佩服杏子独到的眼光。店子重新开业后，不到两年，这条街的人气果真一下子蹿了上来，生意好到经常有客人订不到餐。并不是说餐桌被订完了，而是地道的鸭食材供不应求，我每天必须亲自出马去市场挑选。你知道总这样不是办法，我得找到专门的养殖场，按照绿色生态的标准进行养殖。"

七

显然，丹花就是陈实看中的人选，他跟她下了订单。只是这订单是订她的鸭呢还是连人一起，这得往后看。

从城里回来，丹花又开始送鸭了，只是与往常相比有两个方面不一样：一个是下了鸭就回，一分钟也不逗留；另一个是她有时还故意在车厢里装上龙三穗一起送进城。

而杏子呢？虽然正在省城为筹划鸭分店的事忙得不亦乐乎，但每天晚上，不管夜有多深，还是照常打电话给陈实，一打就是一两个小时。这个事，陈实故意透漏给了龙三穗。

木 娘

那天，她仍像往常一样闷着头心不在焉地闲走。在风雨桥上，差点儿与人撞了个满怀。

差点儿被撞着的人是老校长——当初教过她的语文老师。这么多年，她没联系过老师，不是不想，是觉得没脸面。自己混成了这个样子，有什么可联系的呢？现在回来，回到寨子里，竟意外地碰上了面，这让她有些尴尬。校长虽然不再年轻，可他依然那样和蔼，依然认得眼前这个已经长大了的学生。

那时，是老师教她热爱写作，教她用写作去热爱生活。她似乎对文字天生敏感，身边的一草一木、旁人的一言一行都会触动她那颗幼小的心灵，她的文字犹如她透亮的眼睛，灵动如水。她的作文作为班上的范文，他经常叫她起来念。她开始还照着本子读，读了两行，眼神开始飘忽，一会儿看看窗外，一会儿看看老师。三百字的作文早已装在她心里，从那张可爱的小嘴里欢快地蹦出来，如歌声一般在教室里流动。老师脸上全是满足的表情，他背着手从讲台上走下来，在两组课桌之间昂首踱步，从这边走到那边，从前面走到后面，好像没走几个来回，教室里的学生换了一批又一批。不久，她这只羽翼渐丰的小鸟也飞出了窗外，从那以后，再也没有飞回来过。不过，老校长还是多多少少从她母亲那里知道一些关于她的景况。

老校长问到她的情况，母亲没怎么往深里说，总是长长地叹气"这闺女命苦啊！"于是老校长就知趣地岔开了话题。那天，老校长本来想让母亲转告她村小正缺一名美术老师，如果她愿意，他就去争取，作为特岗教师报上去，应该没有问题。可最终还是没说。

可巧，这对师生在风雨桥上遇见。两人坐下来，老师郑重其事地把这个事告诉她，说："虽然工资不高，但村子里开销不大，基本的生活没有问题。想当初老师刚参加工作那会儿，每个月三十八块，到月底还余下三十块哩！"

临走时，老师轻轻拍了下她的肩，还是原来那种鼓励和信任的眼神，她的眼睛湿润了。

有了这份工作，就不用成天看别人的脸色，也少了每天的胡思乱想，心里一下子轻松了不少。

星期六，她不想待在家里。她那个在镇上的家死气沉沉，一整天没有人说话。女儿豆豆因见爸爸妈妈沉默寡言也没别人家小孩那样闹腾，而是安安静静地在一边玩。实在玩腻了，女儿就跑到母亲跟前轻轻扯一下她的衣角，抬起眼睛，也不说话，她就知道女儿想出去玩，于是母女俩轻悄悄出了门。这天，吃过早餐，她主动牵着豆豆坐上班车回到老木寨。老木寨是她的娘家。豆豆见到外婆格外高兴，跟在家里像两个人似的，话也多了起来，缠在外婆身边问长问短。两个老少有说不完的话，逗不完的乐。这是她长久以来一直期望看到的画面。

木娘

　　好久没到河边，想去看看。她抱着出门时带来的画夹，跟豆豆说要听外婆的话，她去一会儿就回来。

　　初秋的老木寨到处还郁郁葱葱的，田坝的稻子正在灌浆，仿佛能听到稻禾生长拔节的声音。土坎上的南瓜一天比一天胖，鼓着肚子惯看清风明月。向晚，下过一阵小雨，湿润的空气里飘逸着泥土和庄稼的味道。褐色的蜻蜓组成阵势在头顶低低盘旋。脚下走过的田埂，时不时有青蛙慌不择路随便一跃而消失在稻丛中。

　　转过几道田埂，来到银杏树下。茂密的杏叶，一些泛黄，一些还青绿着，如巨伞一般撑在桥头。她面对着硕大的树干静静地站了一会儿，眼前浮现出小时候的情景。她幼时身体不好，吃了好多草药也不见效。有人给母亲出主意，说拜个保爷试试。他们说的保爷相当于干爹干妈的意思。

　　保爷可以是人，也可为物。比如水井、石头、大树，也可能是一头牛、一匹马、一只羊。母亲找到算命先生，老人家一边翻书一边掐指说："她命中缺'木'。"母亲明白，选了银杏王作为她的保爷，并假托树王的名义给她取名木娘。你还别说，自此之后，木娘这棵小树就郁郁葱葱地长开了。逢年过节，母亲会领着木娘到树下给树磕头祭拜。

　　这会儿，她心里想着："您老人家得继续保佑您的女儿啊！"她走过去一边轻抚着粗糙的树皮一边看向索桥，桥侧是码头，青石墩一直铺到水边。她模糊地记起，还没有架通索桥那些年两岸全靠渡船相通。码头上，一只船刚刚靠岸，有人从船上走下来，岸边蹲着的人立即起身，准备跨上船头渡到对岸去。一上一下的人群，肩上挑着、手里提着，有鸡鸭，有猪羊，有猫有狗，此起彼落地叫唤着，在这些杂乱声中，他们相互打开笑容招呼着、问候着，生活的场面甚是热闹。

紧挨着码头的河堤是一排杨柳，它们整齐地蹲在岸边，像垂钓的人，安静地守在那里。树下拴着几只木船，大概许久没有人去解开它们，自己横着随微波轻轻摇摆。

木娘把画板支在地上，手里转动着炭笔，抬头看过去。河面干净明亮，清晰地倒映着索桥、山色和寨景。

她观察了一小会儿，开始提笔在画纸上草草地勾勒出景物的轮廓——以码头小船为前景，银杏王和索桥居中，背景是远处的寨子。她不时抬头看看，又低头涂抹几下。水面、索桥还有银杏树，她好像看到了童年的自己。那时，她正坐在船尾，双脚拍打着水面。父亲头戴斗笠，身披蓑衣，手执竹竿，嘴里吆喝着鸭群。鸭群有翻跟斗的，头插进水里，朝天撅着屁股；有扎猛子的，钻进水里瞧不见，不多久在远处冒出来；有相互追逐的，两只鸭一前一后扇着翅膀，哗一下如箭一般掠过水面……她还看到了玩伴杏子，两人牵着手要过索桥，桥那头，几个男生叉着腿拼命摇晃，她俩快要站不稳，惊慌地大喊大叫。看见她们这样，小男孩们越发兴奋，摇得更起劲，笑得更开心……她还跟着母亲来到这河边洗衣洗菜，旁边的婶子拿她寻开心，说："咱们木娘书念得好，是只金凤凰，飞出咱老木，飞到贵阳。"木娘害羞地说："我才不去贵阳，城市太大，怕迷路，我要陪着阿妈。"那人开心地说："只怕那时，你要嫁到城里，你阿妈也留不住。"木娘更加害羞，说："婶子再要胡说，就把你的衣服扔进河里！"这些画面一会儿清晰一会儿模糊，像流水一样在眼前奔跑。她想起这些事，脸上不自觉地荡着笑意。

木娘

243

时间在她横着的画笔下无声无息地流淌。有时会起几缕风，吹动耳畔的秀发，吹迷了眼睛。一切是那么安静、悠远。

她完全不知道，有人在她身后站了许久。

最近几天，这个人常在老木寨出现。他一来就走进巷子，钻进人家，专门找那些老人。他摘下草帽一边问老人，一边在本子上记着什么。

"画得可真好，比实景还好看。"不知是有意还是无意，他发出了赞美的声音。

这一声，惊动了木娘手中的笔，回头间，笔在纸上重重地戳了一下。木娘嗔怪他要吓死人了。

那人赶紧赔笑，说自己情不自禁，脱口而出。

木娘不再理会，迅速收起画板，起身离开。

女儿正跟隔壁的小男孩玩得入迷。木娘问豆豆想没想妈妈，豆豆埋着头，说"不想"。

母亲则和小男孩的奶奶王三娘闲聊。木娘跟王三娘打了声招呼，进屋放画板。转到厨房喝了口水，问母亲有没有什么可以吃的，母亲说锅里煮了红薯。木娘问豆豆要不要红薯，豆豆没理她。这会儿电话响了，是杏子打来的，让木娘去陪她吃晚饭。

挂了电话，木娘对母亲说她要去见杏子。

母亲扬起微笑，点头说："去吧去吧。"她知道杏子是女儿的闺蜜，两人亲如姐妹。自从女儿在村小当了老师，难得见她这么轻松，当娘的也跟着宽心了许多。

时间还早，木娘并没有急着去找杏子，她加入豆豆和小男孩之间玩了一会儿。等太阳下山照不到木屋的时候，她才出门。

杏子正站在农家乐二楼的回廊上，她老远看到木娘，扯着嗓子喊，说木娘像个小脚老太太，半天出不了门。木娘不答，向她挥了挥手。

回廊上已经摆好一张小饭桌，桌上的火锅漫不经心地沸腾着，里面煮的是黄焖鸭，旁边还有一碗盐菜汤。

还没坐稳，木娘就迫不及待地操起筷子夹了一块鸭肉，说："就爱吃咱们杏子做的黄焖鸭。让我替你尝尝放够盐了没？哇，好烫！"杏子呵呵地笑道："烫不死你这个吃货！"

"要烫死早就死过十回八回了。对了，你这黄焖鸭到底是怎么炒的？教教我呗！"

杏子解下围裙，坐拢来，瞄了木娘一眼，说："你会吃就行了，我们家木娘大小姐什么时候也要学着下厨啊？"

杏子倒了两杯红酒，端起高脚杯，深红的液体在杯中荡漾。

"来，庆贺一下！"

木娘知道她又在故作神秘，也不知这回要庆贺她干了什么惊天动地的事，上一次是为她恢复单身而举杯。

本来，杏子一直劝木娘赶快离了，劝着劝着，没过多久杏子倒成了单身，这让木娘有些转不过弯来。杏子的性格直来直去，敢爱敢恨。她为了爱情嫁到省城，结果还不到两年，不合心就收拾行李打道回府。这要是木娘，是万万做不到的。

她们碰了一下杯，杏子才说："祝我生日快乐吧！"

"还差十来天呢，搞什么鬼？"

十月八号才是杏子生日，木娘记得的，这么多年几乎都陪她过。可今天，杏子硬要说是她的生日，还让木娘替她记住，从今往后她

木

娘

245

的生日是农历初九，不是公历八号。

不等木娘问为什么，她主动解释，如今从城市打回农村，要重新做人。

木娘盯着杏子看，仿佛要在她脸上看出点什么。从公历到农历、从城市到农村、从爱了到散了，这些变化，杏子内心是不是真的比自己强大，抑或内心的苦楚不愿意表现出来？

有了几分酒意，杏子的话更直白了。

"今天本宫正好三十岁。'三十而立'难道仅是针对男人来讲的吗？放屁！女人三十又会怎样呢？是不是像我，唵——又回到原点？"

木娘奚落她："发什么感叹？现在一个人不是挺自在的吗？"

"自在，没错，就是自在！离婚对于女人来说，痛并快乐着。可是，你不离，明明不快乐，比死还难受，干嘛死撑着，唵？长痛不如短痛，离了就离了，有什么可沉沦的，大不了从头再来……心若在梦就在，天地之间还有真爱，看成败人生豪迈，只不过是从头再来。呵呵，来来，干杯。"杏子红着眼睛，好像许久以来堵在心头的什么东西在闺蜜面前倒出来一下子舒畅了。其实，木娘能感受得到，杏子的内心那是经历了几番挣扎的。不过，比较起自己来，她不得不服杏子的洒脱、果敢。但有一点是相通的，当两个女人受伤之后，她们不约而同选择回到老木寨，回到娘家。

很快，杏子回过神来，感觉有些不对劲——原来都是木娘在絮絮叨叨，像祥林嫂一样，今天自己反倒不像自己，有点儿不习惯。

杏子说木娘有点儿像祥林嫂，是因为木娘爱在杏子面前倾诉她的伤心事，见一次说一次，一遍又一遍，没完没了。

最初杏子还时常打断她，帮她分析问题所在，出路在哪里，实在不行就快刀斩乱麻。后来，木娘只管自顾自地讲，杏子插不进话，干脆让她讲，杏子没心没肺地听。

木娘的伤心事是关于她和小树的。

那时，木娘离开老木寨到广东一家电子厂做会计，深得老板赏识，每个月工资一万多。她从师大美术教育专业毕业，不想教书，又自考了会计证。本来以为，这辈子多半要在广东那边混下去，可是鬼使神差，她在网上遇到了昔日的同学小树，他在西部一个山村支教。小树对书法很有研究，能写一手漂亮的行书。不仅如此，他还擅长文学创作，她在他 QQ 空间读到的那些文字常常让她回不过神来。小树的才华深深地吸引着木娘，于是木娘请了假去看他。现在想来，木娘曾经也是那么勇敢，是爱情的理想主义者，对爱抱着绝对的信心和憧憬。谁没有过激情燃烧的青春岁月呢？在下火车那一刻，小树着实打动了木娘——由于他搞错时间，提前一天在车站等候，见面时，手里的野百合都蔫了。小树所在的山村，不通公路，他们足足走了两天才到。那是一所只有二十个学生的学校，小树已经在那里坚持了两年多。一年前，小树到城里办事，顺便在网吧上网。在 QQ 上，一个同学把木娘的联系方式告诉他。从此，本已失联多年的同学，在无数个寂寥的夜晚互相通话聊天，温暖着彼此的心。他告诉木娘，再有一年他就可以回老家了，问木娘愿不愿意一起回去。小树给木娘的印象还是当年的样子——不擅言谈。木娘认为，男孩话不多是诚实本分的体现。自从去看了他之后，木娘便铁了心，此生非他不嫁。家里所有人都反对，说木娘在公司发展得那么好，放弃了多可惜。更何况家人并不看好小树，他家境不好，回来不知道能不能找到工作。木娘因这事跟家里搞得不愉快，结婚时

木娘

家人也没来祝福。他俩连婚纱照也没拍，请了几桌客就算在一起了。不久，小树当上镇上中学的老师。初婚那段时间木娘一点儿也不后悔，她甚至觉得很幸福，找到了自己喜欢的人。

可是，生了女儿之后，这种好景并没有维持多久。由于女儿早产，体弱多病，木娘三天两头泡在医院里。因长期担心女儿，神经压抑，她的身体也经常"报警"，有时，母女同时住院。小树的工资多半用在医院里，经常入不敷出，他的心态变得大不如前。他逐渐失去了耐心，变得焦躁起来，最后到了不管不问的境地。木娘找他谈，他要么不说话，要么就歇斯底里对着木娘劈头盖脸大骂一通。

好不容易等女儿长大一些上了幼儿园，她们去医院的次数才少了。这时，娘家人的气也消了，木娘才敢回去看看母亲。此前，父亲因自己不听话一气之下病倒，再也没有起来。弟弟在外面打工，不常回家。家里只剩下母亲，焦虑和劳累让母亲老了很多。不管怎么说，终究是母女连心，一见面，母亲伤心地问她过得怎么样，她不敢多讲，只是一不留神，不争气的眼泪就扑簌簌地滚落下来。细心的母亲知道女儿有委屈，就说："当初是你自己的选择，怪不得别人。如果实在过不下去，就回来，妈这里永远是你的家。"

现在，小树变了，变得让木娘无所适从。家里的大小事情他一概不管不问，整天抱着手机看，木娘做好饭菜端到他面前，他眼睛仍然没有离开手机屏幕。最可恨的是晚上，把女儿哄在小床上睡着了，木娘一丝不挂躺在旁边，他无动于衷，宁愿抱着手机，也不愿抱一下木娘。他们一个月甚至几个月也不亲热一次。后来，木娘干脆合衣而眠。人是躺下了，旁边的蓝光像幽灵一样闪烁，木娘整夜整夜地失眠，这成了家常便饭。

过到这个份上，木娘对小树不再抱什么期望，但心头的堵却一日日的加重，她只有在杏子那里哼哼唧唧，仿佛才能缓一口气。

　　杏子当初嫁到省城，开了家像模像样的酒店，日子过得很润泽，木娘羡慕不已。她羡慕的不仅是杏子有优越的物质条件，更重要的是她老公那么爱她，什么事都听她的，哪像自己活得如此窝囊。那时，木娘还跟杏子戏说："就算自己离了十次，杏子也不会离的。"而现在，杏子离得不声不响，真是不按常规出牌，好好的一副牌被她打烂。在木娘看来，杏子毫无征兆地离婚打击的不是杏子，而是她自己。

　　她跟杏子一点儿都不一样。杏子无牵无挂，说走就走，而自己有了女儿，就有了牵绊。木娘跟小树谈过离婚的事，他的态度很不友好。一开始死活不同意，后来，说实在要离也可以，叫木娘净身走人。木娘并不在乎什么家产，除了那套七十平方米的房子，他们也没其他什么可争的，只是让木娘无法接受的是自己又没背叛他，凭什么净身出户？如果这样，就意味着她在名声上败下阵来。

　　更让杏子生气的是，劝去劝来，她发现木娘有点儿心理变态。杏子说她变态，是因为木娘觉得自己的委屈不幸，全是小树这个无情的男人造成的，他们之间苦大仇深，势不两立，到最后她又同情起小树来。她说："要是分开，他以后很难找到像我这么好性子的女人，孤苦伶仃一个人多可怜啊！我不忍心。"杏子真拿她没办法，急了就塞她一句："可怜之人必有可恨之处！"

　　木娘怎么能够甘心呢？她是个心性很重[1]的人，不愿意承认自

---

　　① 心性很重，即自尊心强。

木
娘

己失败。渐渐地，杏子也懒得劝，凭她爱咋说咋说好了。

她们正闲扯着，昏暗的视线里有个人正朝农家乐走来。

那人对这里好像很熟悉，一眨眼就到了回廊上。他摘下草帽，说："杏子老板，今天有客人呀！"

杏子示意他快坐下来一起吃。他也不客气，顺手从边上拖了个凳子坐下。

天已经擦黑，杏子拉亮电灯后回到座位上。

"我来介绍下——"

"怎么是你啊？"不等杏子介绍，借着灯光，木娘和那人几乎同时看清了对方，不约而同地问了这声。

"原来你们认识啊？"

"不认识！"又是同时出声。

"呵呵，你们也太好玩了，是紧张还是怎么了？"

两人避开目光。过了一会儿，杏子说："放松放松，还是介绍下吧！这位是镇上文化站高站长，这位是我闺蜜胡木娘老师。"

那人说："叫我龙三穗就好，别人都这么叫。我跟杏子老板是老熟人了。"他端起杯子又说："胡老师这名字好特别，容易让人记住。来，走一个，敬你们二位！"

三人将杯子碰在一起，木娘说："你也别叫我胡老师，叫木娘吧！既然是杏子的朋友，有幸认识，干！"

"香，真香！杏子这黄焖鸭的手艺越来越好，都快超过师傅我了，呵呵！"

龙三穗嘴里嚼着鸭肉夸完杏子，在又夹了一块的中途被杏子劫下，说："你这家伙是变相夸你自己吧！还不快把黄焖鸭的配方给木娘讲讲，人家刚才还求我教她呢！"杏子把话头转向木娘，"现成的师傅在这里，木娘你还不快去请教？"

他们一边吃喝一边闲聊，不知不觉，夜色更深了些。

木娘起身说："我得先走了，豆豆一会儿要睡觉，找不到我她会闹的。"

龙三穗跟着站起来说："一起走，我也还有事，白天约了你们胡家老鸭客，要去听他讲讲鸭文化。"

杏子说："木娘，你不陪我睡了吗？"

木娘说："我先去看看小家伙，如果她不啰嗦我再来。"

"把小家伙带来，我好久没见她了。"

"看情况。"

木娘和龙三穗一同下楼，他用手电给她照路。

他们默默地走着，黑暗处的稻田里虫鸣东一声西一声的。走了一会儿，龙三穗没话找话说："老木寨真是个好地方，来到这儿就不想走。"

"何以见得？"

"我说的是真的，这里的民居和环境都保护得很好，人心善良，是个适合待下去的地方。对了，你今天还没画完，明天还要继续不？"

"应该还要去吧！"

"挺羡慕你们会画画的。天底下的景色从你们的笔端生出来，好奇特的感觉。"

"有什么可羡慕的，每个人都有自己的长处，你会的我也不会。"

"我啊，也没有什么特长。"

251

"别谦虚了，没点特长能当文化站站长么？你刚才说要去听听鸭文化，鸭有什么文化？"

"有啊，传统放鸭背后也有它的故事和文化。"

"你们这些文化人就会神秘兮兮的。"

"不是我神秘，是你们胡家老鸭客的故事神秘。我老早就听说了，你们胡家的那位老人放了一辈子的鸭，他身上有许多关于鸭客这种古老职业的故事，挺吸引人的。"

"你们城里人，看到什么都新鲜。哦，对了，你还真会炒黄焖鸭啊？"

"会啊，地道的农家炒法，跟我老妈学的。鸭的几种烹饪法我妈都会，比如血浆鸭、老鸭汤……改天上我们家，我让她做做。"

"那可不敢麻烦老人家。"

"呵呵，没事的，要不我亲自下厨？"

"好啊！我到了，太晚，也不邀请你去家坐了，再见。"

"好的，再见，明天见。"

话题戛然而止。龙三穗站在岔路口，意犹未尽。龙三穗将电筒光照着木娘，一直等她走到家门口才继续朝另一个方向走去。

木娘才到门口，杏子电话就来了。木娘说："刚到家，正准备给你打，你就打来了。"

那头说："鬼才信你，几分钟的路走成了马拉松，蚂蚁都被你们踩死了吧！跟帅哥都说了些什么？快招来！"

"什么都没说，路黑，走得慢。哪有你想得那么诡，还要不要我来陪你？"

"不要了，刚陪帅哥又来陪我，不诚心，不要了。我明天要早起去镇上买东西，今晚就饶了你。"

挂了电话，木娘眉眼间还残留着会心的笑。

第二天，木娘又去画索桥和银杏王。眼前的景物与头天别无二致。画架已经支好，炭笔在手里握了半天，手心生出了汗，却怎么也落不下去。她心里无端不踏实起来，漫无目的打量着四周，空荡荡的。身后的空地里，一只公鸡好像叨了什么，边啄边放，它咯咯地唱着，讨好似地招呼母鸡。她又往索桥上望，空无一人。她扔下画笔，起身朝索桥走去。索桥两边用粗实的钢索拉着，桥面由一块一块的松木板拼铺在一起，踏上去，脚下就有了轻微的晃动。木娘不自觉地展开两臂保持平衡，慢慢往中间走。走了几步，她明显地感觉河面的风吹拂着脸颊，吹动着头发，衬衫和裙子一下子也灌满了风。索桥晃动幅度更大了一些，她只好横着往上挪了两步，抓住钢索。就在不经意的回头间，她看到有个男人正蹲在画板前。这时，那人站起来，正好看着她。

"喂，木娘，我来看你画画呢！你怎么到桥上去了？快下来呀！"龙三穗大声地朝木娘喊。木娘晃了一下身子，有些站不稳。

他又喊："桥上风太大，别乱动，我来扶你。"

"别来别来，我马上下来！"木娘转身的时候险些摔倒。

"站着别动！"这时龙三穗已经到了桥头。

他加紧几步，桥更加晃动，木娘"啊"的一声坐在桥面上。龙三穗到了面前，伸出手说："叫你别动，摔倒了吧！"

"我哪里动？是你动，好不？"

他们下桥来，到了画板前，正好水面上游来一群鸭子。龙三穗说："鸭子来当你的模特了。你看这儿！"他指着木娘的画板说：

木
娘

253

"桥的下方这一块水面有些空,不正好画上几只鸭子吗?"

"看不出你也懂构图啊?"

"嘿嘿,不懂,乱说的。"龙三穗搔了下后脑勺儿。

木娘画了几只鸭上去,但仍觉得少点什么。

这时,听见有人唤"咿呀——来呀——"鸭群应声嘎嘎地吵闹起来,并向着岸边回游。快到跟前,它们却在那儿徘徊不前。

还是龙三穗提醒:"咱们挡路了,快让开,胡大伯的鸭子要回家吃晌午饭。"

他们往旁边移了移,鸭群上岸。排成"一"字,摇摇摆摆地往寨子里走去。

木娘把目光收回来,落到龙三穗脸上。

他的脸挂着汗珠,有些泛红,赶紧找话说:"要不要听一首关于鸭子的儿歌?昨天听胡大伯唱的。"

"看来真有收获啊!"

"那当然!"

"倒想听听。"

点点姑娘穿红鞋,摇摇摆摆下河来。

手头拿张花帕子,问你去哪吃酒来?

"呵呵,真有意思。"木娘忍不住掩面而笑。

冬天,农家乐没有生意。前几天,杏子到学校找到木娘说她要进城两天,也没说什么事。反正她是个自由人,说走就走,木娘也习惯了她的风格。

二舅家杀年猪，打电话来接母亲去吃刨汤，母亲让木娘陪她一起去，但木娘要改卷子，去不成。

眼看要放寒假，却下起了冻雨，封了路，班车停运。

一连几天，天阴着脸，风一个劲地刮，毛毛雨飘在树上冻住，光秃秃的树枝像肿了一样，比平时粗了一圈，操场的水泥地如一面镜子亮光光的。学校里只剩下木娘一个人，她改完最后一张卷子天就暗了下来。她打开电磁炉，煮了几根面条当晚餐。

木娘想起龙三穗说的话——老木寨真的是个好地方。过去，生她养她，现在，又接纳她。俗话说，母亲在哪儿哪儿就是家。难怪过去女儿出嫁都要伤心地哭，那是舍不得离开母亲，害怕从此没有了家。可当女儿成了母亲，她不得不把别人的家当成自己的家。有时木娘会无头无脑地胡想这些，心里不免生出伤感来。

这段时间，住在母亲这里，木娘和女儿很少回镇上去，豆豆开心，她自己也轻松了不少。眼看要放寒假，木娘心里的恐惧一下子袭来。她不想回去，正好被冻雨堵在学校，这好像是个理由，但真正的理由是害怕回家。那个家是冰冷的，寂寞的，让她感到憋气、压抑、苦闷。

本来想好好经营那个家，可无论她怎么做，它都不像一个家。

前面那几年木娘没事做，她一直待在家里。白天，他去上班，她照顾豆豆和乡下来的婆婆。一日三餐，她尽可能多做些杂事暂时忘掉痛苦。可是，一到闲暇，她变得无端紧张、憋闷，她想逃离，逃出屋子，逃避他的视线。那些时候，她总是一个人出门，漫无目的地闲逛，有时，不知不觉爬上一座山，在林子里久坐，天黑了也不愿下来。她想不明白，从前那么开心快乐的自己，何时变得如此颓

木娘

废、如此无助。最初两年，他们还能在一起讨论书法绘画，一起谈古论今。可是后来，他就说她不懂，别瞎说。再后来，干脆一个字不提书画，不提艺术，甚至不提生活，半个字也懒得说出口。

也不知从什么时候起，她曾经仰慕的那个人，那个把书法写得那么秀美的男人，那个不爱说话却心地善良、体贴入微的男人，变得如此无趣，如此冷漠。这些都是她始料未及的。当她厚着脸皮问他为什么会这样时，他连眼皮也不抬，冰冷地甩出一句："说什么疯话？"

也就是从那时起，木娘的心冷了，再也不画画。她用来遣怀的只有文字，那些或长或短的文字放在一个上了锁的空间里，只给杏子一把钥匙。

她来老木寨当老师，居然又提起画笔，不知这是不是个好兆头。窗外的冷风仍然在黑暗中吼叫，窗台的灯光下，她铺开的画纸却有阳光般的温暖。那天的写生还没有完成。后来想让龙三穗陪着再去的，可终究没去。也不知怎么了，她害怕再见到他。见到他，心里就会乱，心里乱就画不下去。她不想让他看出来。到了晚上，展开画纸，几只鸭子的旁边，她试图画只小船，小船上立着放鸭人，也就是鸭客。鸭客的形象应该长得像龙三穗……画船的地方因第一次见面时慌乱在纸上重重戳下痕迹，她用橡皮擦拭，可怎么也擦不掉。那痕迹是一道影子，一道立起来的人影，是龙三穗的影子。他的影子无数次出现在眼前，挥之不去，她似乎感受到有一团暖意包抄过来。他说话的声音很好听，俊朗的面容有一种熟悉的感觉。"怎么能有这样的念头？"木娘感到不可思议。

这天晚上，木娘做了个梦，梦见龙三穗提着一只白鸭来到她的宿舍，教她炒黄焖鸭。

第一步，把鸭肉切成小块，用一两料酒腌制两分钟，菜油烧热后，放入鸭块炒稍变黄，加入适量花椒，少许酱油、盐，起锅。

第二步，锅中放少许菜油，放入干辣椒炒香，再放入糍粑辣椒、豆瓣酱、生姜翻炒，倒入鸭块，然后加水漫过鸭肉，放入胡椒粉，烧开后小火焖煮十五分钟左右，最后放入青椒段和蒜粒翻炒。

室内弥漫着香味，木娘正要伸筷子尝尝，敲门声将她吵醒。

"是谁呢？深更半夜的。"木娘的宿舍在二楼。她披衣推开门站在过道上，用手电照过去，照灭对方的那束光。那人抑着声音说："木娘，我是龙三穗。"

"龙三穗啊，这么晚，有事吗？"

"冷死了，我可以进来吗？"

"这——"木娘犹豫了片刻，还是下去给他开了门。

醒来的时候，木娘的脸还有些火辣辣的烫，从昨晚到现在就没退过。窗外一片晶莹的白，天空已经放晴。

木娘

远　方

　　小男孩本来在孤儿院好好的。

　　一天，王院长对他说："小家伙，你哥来接你了，回家吧！"

　　他哥可是个酒鬼，逢喝必醉。醉了爱发酒疯，发酒疯喜欢舞枪弄棍，街坊见了他都躲得远远的。那年月，好多人吃不饱饭，这个转业军人可不得了，一天一个醉。

　　人家就看他能醉多久，能疯多久，可别让人逮住小辫子。

　　哥又喝醉了，回家把外套一扔，抓起标枪在堂屋里耍弄起来。他醉得不行，舞了几下便倒在地上。

　　很快有几个戴红袖套的人将他架走。

　　哥在里面没多久不明不白得了重病，还没抬进家便断气了。

　　哥走之后，嫂子扣着小男孩的购粮证，不给吃喝，也不管冷暖。

　　小男孩重新流落街头，像野狗一样四处浪荡。

　　那天，有个货车司机让小男孩帮忙提桶水倒在车头里，说给他馒头吃。他太单薄，一个人提不动，半道上截了个跟他一般大的伙伴，两人满头大汗总算提了来。司机一人给了一个馒头，摸摸两个小鬼的头说："帮看看车，我去一会儿就来。"

天已经黑透，还不见司机来，两人爬到车厢里睡着了。

等他们醒来的时候，发现车子已不在原地，来到了一个陌生的地方，也不知道司机去了哪儿……

这是奶奶给我讲的故事。那个小男孩就是我父亲。

李顺富的婆娘和母亲吵架的时候，骂母亲是寡崽，骂父亲是野种。她对我家的情况了如指掌。

父亲是我奶奶捡来的。奶奶第一次见到父亲时，他正同小伙伴在县城的国营饭店前流浪，两个小家伙面黄肌瘦，一双眼睛怯生生地盯着里面吃饭的人。等人家走后，他们迅速走过去，拿起空碗便把脸埋进去舔。要知道，那个时候大家都吃不饱，留在桌上的碗、盘像洗过一样干净。奶奶看他们可怜，问他俩谁会放牛，两人都鸡啄米似地点头。奶奶把他们领到老木寨，没过多久，那个小伙伴被家人找来领走了，父亲没有人领就一直跟着奶奶。母亲也一样，也是从小死了父母，两岁时被送给人寄养。命运一样的两个人，最软弱的地方被人揪住，撕开伤口往里撒盐。

那婆娘因为掐住了母亲的要害，她越骂越兴奋，越骂越泼辣。她一双脚高高跃起，重重落下，好像母亲正躺在地上，她恨不能把母亲踩死。她在跳起的同时，一只手往前伸，食指是剑柄，脏话是剑锋，要把母亲往死里戳。她还说老木寨的地皮我们家是踩不热的，赶快滚蛋。母亲骂不赢，坐在地上，像委屈的孩子嘤嘤地哭。

那泼妇的男人李顺富是生产队长，公社干部里有他家亲戚。李顺富手里有权，是老木寨的"土皇帝"。一开始，他让父亲当生产

远

方

259

队仓库的保管员。给父亲这差事，不是他大发善心，而是父亲势单力薄，又是外乡人，他捏准了父亲的软肋，以为会服软于他。在领粮的时候，李顺富为了从中谋取私利，暗中同一些人说好，让他们虚报数字，然后凭他签字的字条到父亲那里开仓称粮，等人家领出来，知趣地将多余的给他。他也多次暗示过父亲，可父亲愚钝，非但不那么做，还把这个事泄露了出去。可想而知，从此父亲成了李顺富明里暗里欺侮的对象。

奶奶让父亲忍耐一些，等我和弟弟长大了日子就会好起来。

父母被人欺侮，让我幼小的心灵留下了阴影。我发誓要好好上学，有一天要带着父母走出那个天高皇帝远的地方。

奶奶看出我在使暗劲，她就经常同我说起父亲的身世，以此来激励我。她说父亲的家在远方，到底有多远，奶奶也说不清楚。

奶奶同我讲的好多事情我都记不得了，除了父亲的身世。

老木寨到处是山，山上长满了树，那些大大小小的树见不得①哪里有空隙，见缝插针地长。春天里，要是你耕地的动作慢了，说不定树的脚就伸到了地里。

我们村人家少，一家与一家还离得远远的。如果要叫人，非得扯着嗓子喊上十几声才有人应。一到晚上，外面山影重重，怪鸟乱叫，小孩子撒尿也不敢开门。我经常从板壁的缝隙里把小东西塞出去尿，久而久之，两块木板间印满了尿迹，晴天热风吹来，泛起阵阵骚味。最初，母亲闻到那个味道还只是半真半假地骂我，说多走

---

① 见不得，即见不到。

一步不会被鬼吃掉的。后来就不准我那样干了，硬生生拉着我开门出去到院子边去撒，她站在旁边陪着我。

上学时，老师讲的那个成语"地广人稀"，我觉得是讲我们老木寨的。如果发挥一下，可在前面加上"山多"，变成"山多地广人稀"更妥帖些。

父亲后来说，分田下户的时候，生产队改成了小组，李顺富仍然是组长，老木寨仍然是他的天下。集体的土地要承包到户，好的地块自然归在他的名下，剩下的才轮到大家抓阄儿。

老木寨实在是"山多地广"，山林土地多得李顺富都懒得丈量。他召集全体村民在村小教室开会，让大家伸手在簸箕里抓纸团，他自己则不参与。大伙心知肚明，只是不敢言语。

大家分到的土地只是远一些、小一些，但心里觉得可以了。人们习惯了张家的强势，不必争，也争不过。

分田土论"块"，同样，分山论"匹"。一"匹"山，就像说一匹马那样，而不是一座山、两座山，这是我们寨子的叫法。李顺富说："山，连阄儿也不必抓，是谁家屋后面的就归谁。"不过，他觉得没占到什么便宜，就说他家人口多，还得从每家的山上划一块儿给他。这有点儿像以前的外国租界，在你的地界里别人毫无道理地占领一块儿。我家屋后长得最好的那片林子也给了他，他立刻带着几个身强力壮的儿子拿着柴刀和锄头跑到山上，把界线砍出来，还挖了像战壕一样的深沟，强势地宣示他的存在。

老木寨家家养马，养马是为了拉车。驾马车的人叫赶马佬。叫赶马佬，谁也没有觉得贬低谁的意思，它代表农村的一种职业，好比劁猪匠、补锅匠、泥瓦匠一样。

远

方

261

　　父亲也是一名赶马佬。父亲养得最久的是匹白马，虽然它白得不是那么纯粹，但远远看去，少量的杂色可以忽略不计。它非常温驯，无论你怎么摆弄它，从来不发脾气。它一心一意跟随父亲，他们是一对默契的老搭档。

　　这匹白马中等个子，肚子有点儿大，走起路来四平八稳，不慌不忙，性格这一点与父亲慢吞吞的性格比较合得来。父亲很爱惜它，就算它能拉五百斤，父亲也尽量少装百十斤，怕把它累坏。有时走了一段路，他们都大汗淋漓，父亲对它说："老伙计，咱们都休息下吧，等气喘匀了再接着走！"赶集回来的次日，父亲会牵着它去寨子下面的河沟洗澡。老木寨的人一年到头都不太去洗澡。河沟离寨子有五里地，跑一趟远路洗回来一上地里又是一身汗水。这样折腾大家觉得有些费事。正因为水在低处，一早上挑不了两担水，大家在卫生上都不怎么讲究。实在热，汗臭味重，就从水缸里舀盆水抹一下了事。老木寨的人对水的利用有一种习惯，那就是将洗菜的水留来洗脸，然后洗脚，最后用来煮成猪潲。夏天，父亲坚持隔个三五天就要拉着他的白马去洗一回澡，这是其他养马人做不到的。父亲自己带着脸帕，给白马带把刷子。到了河沟，他们站在水中，他用手捧水泼到马身上，然后从头到尾给它刷一遍。马打着响鼻，老老实实，舒舒服服地享受着这种待遇。收拾好马，才轮到父亲自己洗个透彻的澡。洗完澡，父亲发现马的鬃毛有些长了，耷拉在脖子的两边，好比男人的头发一长就乱糟糟的，看上去有些邋遢。父亲帮它修理修理，用剪刀剪成鱼脊状，看上去雄起起的。

　　白马被父亲养得膘肥体壮，毛发泛着油光。这可不好，很快被人惦记。有天夜里，强盗趁父亲不在家把白马牵走。第二天，母亲托人把父亲叫回来并告知他，父亲一下子瘫坐在地上。完了，这下完了！这匹马可是一家人的天。母亲诅咒着哭喊，父亲捶胸顿足，一家人毫无办法。跟我们走得近一点的杜伯伯过来安慰父母，说蚀财免灾。

可谁曾想，过了两天半夜里父亲听见马在叫，他同母亲推门出来，看见我们家的白马站在院子里，它在月光下白得那么耀眼。"是你吗？小白！"父亲唤它。它轻轻地叫了两声来回答父亲。那声音不是引颈长啸地嘶鸣，而是劫后重生见着主人时那种欣喜地呢喃细语。父亲走过去，搂住白马脖子喜极而泣。他看见笼头下垂着一截断绳，显然是被它咬断才逃了回来。

这件事在寨子里传开，人人都说这是匹护家的良马。也不知那贼人把它牵去了多远，它仍然想着父亲，多么忠诚的马儿啊！

这真是一匹护家的白马。没过几年，父亲和它为我们家挣了一栋房子——父亲手里有了钱，请人把草屋掀掉，就地起了一栋崭新的木屋。

我们家的日子眼看越来越好过，要不是后来发生变故，父亲打算一辈子把自己交给老木寨。

那是农历腊月二十九，白马再一次护住我的家。

父亲和三个相认的老表一同拉木炭到重安江卖。重安江，一个比县城还偏远的重镇，那里的码头经常会有货船倒货出江做买卖。货物吞吐量大，价格也要贵一些。父亲他们正是想利用这最后的年场把一车木炭卖出个好价钱，好购买些年货回家过年。

那天，天空飘着毛雨，气温零度以下。寒风像一蓬带刺的乱草在空旷的地面上乱扑，勾住人的皮肤就往里扎，一直扎进骨头。到了下午，父亲的三个老表实在难挨，他们仓促地把木炭卖掉。只有父亲还在寒风中苦熬，忍受着刺骨的疼痛，他想多卖几个钱。三个老表跟父亲打了声招呼就先回了。

毛毛细雨越织越密，风刮得更欢。买卖人被雨淋散，被风刮走。父亲跺着双脚，天就黑了下来。

"可能卖不掉了。"父亲想，但他仍不死心，打算再等半个小时。

过了十多分钟，终于有人问价。

"多少钱一百斤？"

"二十。"

"少点？天这么冷，不要再熬啦！"

"不能少，是这个行情。"

"你看集都散了，十八行不行，行就帮我拉到家里去。"

"不行。"

那人把手放在嘴边哈着气，摇了摇头，离开了。

市场上几乎看不到人影，只有寒风冷雨肆无忌惮地在幽黑的空地上横冲直撞。父亲打算把木炭寄放在他认识的一个打马掌的铁匠那里，等翻年再来卖。

刚要收拾，那人折了回来。

"最后一句话，"他说，"我加一块，你少一块。"

父亲在套车，没回话。那人以为父亲不卖，伸脚要走。

父亲说："跟你走吧，你带路。"

父亲卸完木炭，买了两个馒头，跳上马车就往回赶。回家的路越走越黑，夜色空洞寂寥，只有马蹄急促的声音在回荡。寒风裹着细雨呼呼地叫啸，鼻子和耳朵先是冻得生痛，渐渐麻木，好像不是自己的。

白马跑了一阵子，父亲跳下马车跟随它跑，他担心久坐脚冻僵下不了地。也不知走了多久，父亲和他的白马越过一个又一个村庄。那些村庄被吞没在黑暗里，静悄悄的，偶有几个光点在寂寞地闪烁。父亲一边走一边安慰着白马："加油伙计，再过一个村子就到家。"白马似乎听懂了主人的鼓励，偶尔打着响鼻，脚步迈得更加勤，哒哒的马蹄声又密集了许多，像一台永不停息的机器。很快，一个村子又出现在眼前，父亲口干得厉害，喉咙里要冒烟。他敲开一户熟人家的门，要了碗热水喝。那个熟人感到惊奇，这么晚了还在路上，有意留他住下来，可是无论如何也留不住。父亲谢过熟人的好意，说："明天就是大年三十，哪有在外面住的道理，更何况回家的路都走了一大半，家就在眼前。"

是的，出了这个村子家就在眼前。父亲却不知道即将遭遇一场生死攸关的灾难。

父亲后来说，不幸当中的万幸，总算捡了条命回来。

多少次，父亲和白马爬上那个陡坡到了坳口便可以看到家的灯光。

可是那个夜晚时间已过凌晨一点，我和弟弟困得不行，早已进入梦乡。母亲还点着灯，盼着父亲的马蹄声从对面的坡上传来。

大约又过了两个钟头，母亲终于听见动静。这夜深人静的时刻，任何一点细微的声音都会击中母亲的神经。

母亲打着手电出门，她的心跳得厉害。那微弱的呻吟、那半天才落下的马蹄声，一点点撕扯着母亲的心……

母亲的手电先是照亮白马，然后照到白马尾巴上拖着的血人。

后来父亲回忆，他和白马刚走到半坡，冷不防从马路里边的沟里跳出三个黑影。一瞬间，父亲的眼睛被射进辣椒水，紧接着背上

远
方

265

和头部被什么钝器猛击几下，父亲倒下了。也不知过了多久，父亲从冰冷中醒来，他感觉到有什么东西在脸上轻抚着，他听到了响鼻，是白马。白马正站在他身边，它见父亲醒来，用头轻轻拱了一下父亲。父亲的一只手已失去知觉，只好用另一只抓住白马的鬃毛，白马慢慢抬起头，带动父亲缓缓地站起来。父亲定了定神，头昏脑胀，但凭着坚强意志在心里对自己说："不能再倒下去，倒下去就完了，一定要回到家。"于是他抓紧白马的尾巴，拖着沉重的身子，花了两个小时才走完这短短的二里路。

那个年，我们一家是在痛苦和恐惧中度过的。父亲在医院度过人生中至暗的两个月，经过医生精心治疗，总算保住性命。待病情稳定后回到家里，那段时间，我看见公安经常到我家记录父亲讲述的情况。

三个月后，案子告破。打劫父亲的不是别人，正是那天与他一起拉炭去赶集的三个表哥。

这个结果沉重地打击了父亲。如果说钝器敲击的伤让父亲承受了肉体上的痛，那么这三个表哥丧尽天良的作为则深深伤害了父亲那颗原本善良而脆弱的心。

父亲无论如何也想不到，平常在我家喝酒划拳、称兄道弟的老表——就算是认的老表，怎么转念之间就如此对他。

他的表哥们后来在审问室里对公安说，他们与父亲无冤无仇，纯属见财起意。他们知道父亲身上除了那车木炭钱，还另有两三百，那是有人还给父亲的。入冬，父亲经常拉木炭来卖，人家一时拿不出钱，父亲好说话，就说先欠着，赶年场再来收。人家也讲信用，他们在年市上真把欠的钱给了父亲。父亲后来无奈地打趣说："不怪别人，怪自己！老人家说过，任何时候钱不能露白。"意思是不能当着旁人把这么多钱暴露出来。

他们真是只冲着钱来的。据说，当晚他们搜遍父亲全身，也确如他们所掌握的那样有四百零几块。得手后，他们因分赃不均发生争执。心狠的老大一个人要二百，小弟俩有意见，说这样分的话他们不干。为此三人闹翻，老大担心两个兄弟背叛他，放话说要收拾他们。每天天一断黑，便醉醺醺地提着斧子在两个弟弟的屋边转悠。老三胆小，不敢久待家中，瞅准机会溜出门去。老二整天提心吊胆，最后终于忍不住就主动到公安局自首。这使得案子很快水落石出。

那年月正逢国家严打，三人罪有应得——一个死刑，一个无期，一个被判十五年。父亲身上的伤已基本愈合，这时，寨子上一位老人对父亲说："这地方的人野蛮欺生，你一个外乡人得不到认可，实在难为你。不知你的老家还有人不？如果有，还是离开这里回去吧！"

父亲从老人的话里听出老人是担心被惩罚的人的家族今后会找父亲报复。

不用老人说，这件事后，老木寨已变得陌生。父亲心灰意冷，"还有什么可留恋的呢？"他开始盘算着离开老木寨。这不比一只猫一只狗提着笼子搬着窝就走，好歹也是一个家，怎么能说走就走呢？更何况，后山上还埋着收他养他、不是亲娘胜似亲娘的奶奶。父亲真要走了，就再也没人陪她、看她。父亲是个重情重义的人，这一辈子奶奶是他的再生母亲，她把他养大成人却没享过一天福。

那年夏天，差不多有一个月没下一滴雨，好多的稻田干涸龟裂，只有父亲的那块大田还有一点水。插秧前，父亲吆喝着他的牯牛来来回回犁了好几遍，底子如水泥抹过一般，田坎也用钉耙抓糯泥糊过，这有点像母亲做布鞋帮子时，一针一线缠上去锁眼儿。照往年，不出意外，这块大田的水是能够熬过冬天的，当地人称为"过冬田"。这样一块良田，年成好的话，打下的稻谷有十几担呢，可够一家吃上大半年。可是，就在某天夜里，这田里的水被人偷偷用水管抽干了。

后湾里的一块花生地也被扯光，还有那几片玉米地只剩下光秆子……

父亲跪在奶奶的坟前，他有好多话要对奶奶说，可是不知从哪儿说起。他呆坐了半天，天黑的时候，他捧起奶奶坟头的一抔土装进口袋就下山了。

那个秋天，父亲几乎颗粒无收。他终于打听到老家的消息，族亲欢迎他回去。父亲先是把我和弟弟送到老家堂伯那里寄读，他贱卖掉自己辛苦修建的木屋。田土山林带不走，他难过地舍弃了它们。在一个深秋的夜里，他告别了老木寨，赶着白马载着母亲走了整整一天一夜才回到老家。

回到老家，父亲什么也没有，白马是他最大的家当。

在老木寨，他半辈子服侍犁耙，现在回到老家县城这里没有他的一寸土地、半块瓦片。族亲虽说表面热情，可是毕竟过去几十年没有往来了，骨子里的生疏不言而喻。父亲压根儿也没有想过去麻烦人家。

父亲用卖掉老屋那点钱在城郊置下两间土坯屋，这两间泥瓦匠住的屋子天通地漏，雨季来临时，外面下大雨，里面下小雨。好几次，父亲深更半夜带着我们起来找盆四处接雨。雨滴在盆子里，整个屋子叮叮当当，一家人在夜雨中熬到天明。

多雨的季节，父亲担心他的白马。刚来那段时间，有附近的好心人把不用的看鸭棚留给父亲，让父亲把白马牵进去，好歹遮些风雨。可是没过多久，鸭棚被主人收回，父亲只好把白马牵到屋后侧的一棵柿子树下拴着。这终究不是长久之计，漫漫长冬怎么熬？再说，那棵柿子树的主人也在提醒父亲白马蹭掉了它的树皮。

父亲知道，该给白马起个家，不能老在外面打游击，他也心疼白马在外面风餐露宿。趁着我和弟弟双休，父亲带着我们自力更生，去附近的砂石场捡别人丢弃的石块给白马垒圈。父亲买下我们这个家，看上的是屋子边还有足够起马圈的空地。马圈的石头垒到一半歇下来吃饭的时候，母亲说："光给你起马圈，怎么不给我起个猪圈？"父亲这才回过神来，说："险些把你的老本行忘了。"于是，挨着马圈我们又把猪圈也搭了起来。母亲除了会侍候猪，也不会干别的。

那个暑假我们一家很卖力，我们终于回到了远方的家。

我不知道当时父亲有没有恐慌，但没有退路，要生存下去必须找事做，容易上路的活计还是当赶马佬，用马车在县城里拉东西，拉一趟赚一块两块的运费，遇着什么就拉什么，比如给百货公司拉肥皂、给农资公司拉化肥、给糖厂拉白砂糖……可是没过几年，这些国营单位纷纷垮台。父亲只好拉又脏又累的蜂窝煤。父亲不怕脏不怕累，只要有活儿干。一马车蜂窝煤有好几百个，有时买煤的人家住在四五层楼，他得一层层地爬楼梯将它们搬到人家家里去。每搬一次，大约十个蜂窝煤摞在一起有八十公分（厘米）高、二十来斤，一只手托着底，另一只手扶在高处，这既需要力气又要讲技巧，没掌握好就会"暴肚子"——从中间脱离出去，摔散一地。

那时，满县城都是马车，竞争非常激烈。父亲半途而来，挤占了本来就不多的生意，有人就开始暗中排斥父亲。一次，有人把马车的轮胎扎了个洞，还有一次趁父亲搬煤球上楼，有人悄悄偷走了车上的几十个煤球。更严重的一次，几个地痞在夜里往白马的食槽里投毒。父母听到白马在痛苦地嘶鸣，找来兽医已无力回天。

白马咽气时看着父亲，它的眼角流下两行泪水。父亲擦干自己的眼泪，把白马埋在马圈底下。

那以后，父亲告别了赶马佬生涯，他学会了开三轮车。

小县城不准马车进城，说赶马佬没有驾驶证，更没有行车证，最主要的是畜牲们拉得满街都是马粪，臭气熏天。

三轮车，小县城最初的"出租车"，当地人戏称其为"慢慢游"。它走得慢吞吞，稍有坡路便夸张地喘气，像上了年纪的人。不过父亲仍然将它当成白马，赶着它早出晚归。

只是好景不长，真正的出租车很快就出现。长相丑陋，舒适度差的"慢慢游"被政府勒令取缔。父亲又一次失业，曾经赶马佬的印迹在他身上再也找不到了。后来的日子，他当过禽畜贩子，守过工地，收过山货，他甚至误入传销组织。凡是能赚到钱的营生他都不长不短地干过，因为他要养大三个嗷嗷待哺的儿子。

今年清明节，我照例回了趟乡下"老家"，去看望奶奶。奶奶的坟墓在山顶上，孤零零的，长满了野草。

离开老木寨以来，每年父亲都要悄悄回去一次。他不想让寨子上的人知道，特别是张家爷崽。父亲的行动偷偷摸摸，像在做一件坏事。身体硬朗的那些年，他都要去祭扫，以感恩那份天大地大的养育之恩。可是，随着年岁渐长，越来越严重的哮喘使他无能为力，只好把接力棒转交给我。

这次，身体稍有好转的父亲央求与我同去。我以担心他身体吃不消为由，一开始不答应，可看到他那期盼的眼神表达出强烈的愿望，我的心就软了下来。

出发前，我们从城里置办了一桌酒菜打包带走，父亲说要借这次机会请老家的人吃一餐。晚年的父亲每次讲起老木寨，他都说是"老家"。

只是没想到，他请的人还包括一直搁置不下、过不了他心里那道坎的仇人李顺富。当然也包括那些当年与李顺富站在一边，暗地里助纣为虐的帮凶。

到了村里，父亲热情地邀请多年不见的"仇人"们一起到奶奶墓前喝杯酒。

父亲一家一家登门去请。有的上地头了，父亲便叫主人的后生找回来。时间真的是一把"杀猪刀"，"仇人"们一个个佝偻着腰，白发苍苍。当年嚣张跋扈的嘴脸早已不复存在。他们按照乡俗，手头不能空着，每个人或多或少带了几刀钱纸和一把土香。很快，挂青的队伍蜿蜒在山路上。来到奶奶的坟前，父亲嘱咐我把带来的酒菜摆好，他点燃三炷香。在我的搀扶下，他努力地跪在地上，对奶奶说："伯妈，请你作证，阿方的心头已经放下，我请他们来看你，你一样地要保佑他们，保佑寨子——"不等父亲说完，坟前已响起悉悉唰唰的声音，我看见一张张老泪纵横的脸。随后，几口酒下肚，"仇人"们讲起曾经干过的"好事"。一个说："那年干旱得

远方

不行，眼瞅着秧苗卷成草索子，而坎上阿方的田里还有一点水，我趁着黑将你家田水偷放到我家的稻田里。"另一个说："你家后山的五棵杉木长得又高又大，真叫人眼馋，是我带领两个儿子去锯的，拉到县城卖了一百块钱。"一个老妇指着我说："你母亲放在外面的两头猪崽是我偷偷赶进自家猪圈的……"那时，他们把父亲当成外乡人，有一种欺侮人的优越感。但发现父亲离开村庄后，他们却高兴不起来，心头有种说不出的滋味。这么多年来，每次父亲每年回乡挂青，他们也想过把这些事说出来，可是父亲一直不搭理他们。"仇人"们终于有机会勇敢说出埋在心里的愧疚，喉咙堵着的那口痰吐了出来，身上一下子轻松了许多。那天，已经戒酒多年的父亲破例与"仇人"们碰了一杯。父亲说："我曾经的耿耿于怀，一次次在心头纠结，特别是每年回乡这种痛像针一样扎在心上。可如今我跟大家一样变老了，总不能把这些恩怨带进坟墓吧！"

当父亲与"仇人"们的"仇怨"被那杯杯淡酒浇灭时，我总算读懂了父亲。

后 记

夜色笼罩着小镇，我借着微弱的月光独自走回街尾的那栋老木屋。房间在二楼，踏上木梯会发出沉闷的声音，空寂、单调。推开漆黑的木门，拉线开关就在门边，扯一下，十五瓦的灯泡抬起眼皮，看着我走向简易的书桌。

若干年后，我经常会想起那样的画面。彼时，我在一个偏僻的小镇工作。无数个漫长的夜晚，窗边那缕昏黄的灯光如夜空中的萤火虫在忽闪着。

阅读，写作，漫不经心。岁月更迭，文字却无法破茧。偶尔也会做梦，梦见散漫的文字长了翅膀，飞向远方。

十二年前，我出版过人生中第一本所谓的文学书籍。它的意义并不在于文学价值，似乎在标榜着什么，以至于后来我很少再提起那本小册子，近乎将它忘掉。

这个时代，文学的状态是，一边高高在上，一边滑向边缘。对于底层作者来说，虽是镜中花、水中月，小酌之后，还是会说一句：情怀还在。

是的，情怀一直都在。不久，有幸参与编辑一本文学内刊，与文字打交道的时间便多了起来，那缕微弱的亮光才不至于熄灭，仍在长路上继续闪烁。

文学那么近，又那么远。这是我后来到鲁迅文学院的微妙感受。在此之前，我从未写过小说。我说不清楚后来为何深陷其中、乐在

273

其中，于是陆续写了几十多个短篇，这些作品绝大多数公开发表过。

在我的小说世界里，重现人与人、人与万事万物的联系，它是我认识和思考这个世界的一种方式。这些零碎的念头常常会闪现于眼前，抓住它需要不断地训练敏感度，需要花足够的时间将这些奇妙的火花一一释放出来，让其在虚构的空间里驰骋和燃烧。

这本小说集，不乏映衬着我们这一代人年少的苦难与艰辛、成长中的困惑，以及从中照见的温情与坚毅。与时代同频共振，浸润着黔东南的山水风情，徜徉其中，汲取养分。传统农耕中诸如牧鸭、稻作，以及苗族文化、侗族文化，常常是我讲述故事的底色。亲爱的读者朋友如果能在阅读中产生些许共情，我便知足了。

本书的出版，我要真诚地感谢精心策划的孟豫筑女士、责任编辑杨正辉先生以及贵州民族出版社的各位老师。

2024 年立冬，于凯里

274